Nid de Péché
La Série Chicago Sin
Tome 1

Alta Hensley

Renee Rose

Traduction par
Agathe M

Mentions légales

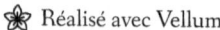 Réalisé avec Vellum

Table des matières

Livre gratuit de Renee Rose

Abonnez-vous à la newsletter de Renee

Abonnez-vous à la newsletter de Renee pour recevoir livre gratuit, des scènes bonus gratuites et pour être avertie de ses nouvelles parutions !

https://BookHip.com/QQAPBW

Chapitre Un

Armando

Un pêcheur est-il jamais libre ?

Quelle que soit la réponse, je n'ai jamais été aussi près de l'être. Je ne suis plus coincé dans ma cellule.

Les grilles de la prison s'ouvrent, et je sors, avec seulement le sac en papier qui contient les quelques affaires que j'avais en arrivant.

Mon cousin Marco m'attend devant son SUV, un sourire exagéré au visage. Je le connais assez pour voir ce qui se cache derrière. Oui, il est content de me voir, mais de toute évidence, il est mal à l'aise.

Et je le comprends.

Marco me rendait parfois visite ici. Il venait de Chicago, à une heure de route, et passait une heure à me raconter ce qui se passait dans l'Organisation. Marco, et parfois son frère Léo, sont les seuls membres de la *Famiglia* à être venus me voir.

Là encore, je comprends.

La prison, c'est contagieux. Personne ne veut être contaminé.

C'est une maladie dont il est très dur de guérir, une fois attrapée.

Même ma mère ne m'a pas rendu visite. Elle ne se sentait pas capable de voir son fils être traité comme une bête. Ce sont ses termes, pas les miens.

Alors que j'hésite devant les grilles de la prison, Marco finit par s'avancer et briser le silence.

— Content de te voir, dit-il, renonçant enfin à son sourire factice.

— Ouais.

Je ne suis pas encore prêt pour les politesses.

Marco semble le comprendre, et il s'empresse de me montrer sa voiture.

— Viens, que je t'emmène loin d'ici.

Nous montons dans le véhicule, et mon cousin prend la route de Chicago.

Je regarde par la fenêtre, mais je ne vois rien. Apparemment, je n'entends rien non plus, car je m'aperçois soudain que Marco est un plein monologue.

— ... iras chez Rocco pour te faire raser et couper les cheveux vendredi. C'est la même équipe de toujours, bien sûr, mais ils te feront passer dans le fauteuil en priorité... Il y a toujours le fleuriste à côté, mais Mary Alice a vendu la boutique à son apprentie, Hannah. Tu te souviens d'elle ? C'était encore une gamine quand tu es parti, mais maintenant, c'est une bombe...

Je me coupe de sa voix. Les endroits dont ils parlent - nos vieux repaires familiers - me semblent être à des années-lumière, désormais. Je vais devoir m'y rendre pour retrouver mes marques.

— Plein de trucs ont changé depuis ton départ, commente Marco.

Je ne réponds pas, attendant qu'il poursuive.

— L'Organisation devient de plus en plus puissante, mais elle perd son âme. Beaucoup d'initiés se reposent sur leurs lauriers. Il n'y a plus de progrès, tu vois ? Plus de sagesse, comme dit le don.

J'assimile ses mots sans rien dire. Mon cousin est un type intelligent. Je respecte son opinion par-dessus tout, surtout pour ce qui a trait aux affaires de la Famille. Il est entré dans l'Organisation à peu près en même temps que moi, mais il très lucide. Beaucoup plus avisé que ne le laisseraient penser son âge ou son expérience.

Lui, il possède cette sagesse dont il parle. Il semble capable d'observer l'Organisation avec objectivité et de comprendre ce qui s'y passe.

Je tente de me concentrer sur ses mots, sur le travail, sur ce qui redeviendra ma réalité, maintenant que je suis de retour au bercail, mais je dois lutter contre ma poitrine qui se serre.

L'habitacle du SUV m'étouffe, me rappelant ma cellule.

Je prends une grande bouffée d'air et entrouvre la vitre. Ça fait longtemps que je n'ai pas fréquenté quelqu'un que le système n'a pas désabusé. Les détenus ne parlent pas comme les gens libres.

M'habituer à Marco, ou à tous les autres, sera un défi.

Cinquante-quatre mois. Voilà le temps que j'ai passé en prison. Une existence fade entre quatre murs de béton.

Une peine plus longue que celles de certains membres de l'Organisation. Plus courte que d'autres. Je n'ai pas parlé et j'ai accepté ma sentence, comme il se doit. J'ai également obtenu un diplôme de commerce.

— Libéré pour bonne conduite, raille Marco, comme s'il lisait dans mes pensées. Qui l'eut cru ?

Je ne réponds pas, mais je songe à l'ironie de la chose, vu qu'en prison, j'ai planté un type. Heureusement que je fais partie de l'Organisation, et que le don a réussi à m'éviter les ennuis. C'est dingue, cette capacité qu'a la mafia de faire disparaître les choses, en tôle. Son pouvoir dans les prisons surpasse peut-être même celui qu'elle a dehors.

Je remarque que les jointures de Marco ont blanchi sur le volant, et je réalise que je le mets mal à l'aise. Je sais pourquoi. Je me suis fait choper, et lui non. J'ai purgé ma peine, et il est resté libre. J'ai déjà ressenti la même chose que lui. Une sorte de culpabilité du survivant, quand un autre plonge pour les crimes de la Famille. C'est dur à gérer, et on se demande toujours si l'on sera le prochain. Ça fait cliché de dire ça, mais la prison, ça change bel et bien un homme.

À présent, assis dans le siège passager de la voiture de mon cousin, à Chicago, je ne ressens pas la grande joie de la liberté. J'observe le ciel. Les buildings. La circulation. Le bruit et l'énergie de la ville qui m'a avalé et recraché. Je ne ressens rien. Ces rues familières n'évoquent rien chez l'ancien moi. Chez le jeune homme que j'étais avant la prison. Je suis resté anesthésié pendant tout le trajet, comme si j'étais hors de mon corps. Je pense à ce jour depuis que j'ai commencé ma peine, et maintenant qu'il arrive, que je suis dehors... je ne ressens rien du tout. Je suis fermé à l'expérience.

— Hé, arrêtons-nous pour dîner. C'est moi qui t'invite, bien entendu, dit Marco.

Il fait un créneau devant le Lorenzo, l'un des repères favoris de l'Organisation.

— Ouais, d'accord.

Je n'ai pas envie d'y aller. Le trajet était déjà assez

pénible comme ça. Je suis touché de la loyauté de mon cousin envers moi, mais je n'ai aucune envie de passer une heure de plus avec lui. De croiser de vieilles connaissances.

Mais j'ai toujours adoré manger au Lorenzo. Les plats sont copieux, et les clients sont traités comme des invités, surtout lorsqu'ils font partie de la Famille. Avant, les serveurs et les employés connaissaient mon nom et m'accueillaient avec des poignées de main enthousiastes. Je suis curieux de voir si les choses ont changé.

Une explosion de voix m'agresse lorsque je pénètre dans le restaurant.

Je ne suis pas armé. Je ne peux pas me défendre.

Chapitre Deux

Armando

Tout mon corps se fige, et mon instinct de survie s'active avant que je puisse le mettre en sourdine.

— *Bentornato* !

Bon retour parmi nous. Des hourras s'ensuivent.

Merde.

Bentornato, Mando, dit la bannière qui traverse la salle privatisée.

Tout le monde crie et applaudit autour de moi tandis que je tente d'expulser l'air coincé sous mes côtes. Les regards accueillants sont braqués sur moi, mais je ne parviens même pas à mobiliser un semblant de sourire pour ces connards.

— *Cristo*, tu aurais pu me prévenir, grommelé-je à l'intention de Marco.

Nous avons six mois d'écart, lui et moi. Nous avons été élevés ensemble. Nous nous sommes battus ensemble. Nous avons été initiés ensemble. Nous sommes plus proches que des frères.

Et l'espace d'un instant... j'ai cru que nous allions mourir ensemble.

Il me coule un regard et remarque mes poings serrés. Mes mâchoires crispées.

— Surprise, dit-il d'un ton sardonique. Désolé. Je vais te chercher à boire.

Ma mère se jette sur moi, ses bras graciles serrés autour de mon cou. Je suis obligé d'ouvrir les mains pour l'étreindre. Je sens beaucoup trop ses côtes. L'adrénaline rugit toujours en moi après cette surprise à la con.

Franchement. Qui organise une *fête surprise* pour un détenu tout juste libéré ? J'aurais pu tuer l'un des convives, s'ils avaient été à portée de mes poings. Heureusement que Marco ne m'a pas donné de flingue après être passé me chercher.

Je passe en revue la pièce pleine de visages familiers.

Don Pachino est assis dans le fond, en train de mâchonner un cigare en sirotant son whisky, entouré par ses capos et son beau-fils. Je lui fais un signe du menton pour lui témoigner mon respect, et il lève son verre.

C'est un accueil de soldat : le retour du héros.

Sauf que seules les personnes présentes dans cette pièce me traiteront comme tel. Aux yeux de la société, je serai toujours marqué par ma condamnation.

Un criminel.

— Tu es trop maigre, Mando, me gronde ma mère lorsque je réussis enfin à échapper à son étreinte.

— Toi aussi, Ma.

Je l'embrasse sur la joue. Elle est beaucoup plus osseuse qu'avant mon départ. Et ses cheveux deviennent gris. Ça me tue, de constater à quel point ma détention l'a fait vieillir.

Je regarde la croix autour de son cou et me demande ce qu'elle doit penser de moi. Ce n'est pas tous les jours que le fils d'une fervente catholique finit en tôle. Je sais que je l'ai déçue, et que je ne pourrai jamais me rattraper.

Cette croix me rappelle à quel point je me suis éloigné de l'enfant de chœur qui rêvait d'être un prêtre, comme le héros de ma jeunesse, le Père Fantoni. La foi dont il me parlait toujours n'a pas suffi à me sauver de mes vieux démons et de mes liens avec la Famille.

Ma mère me regarde avec un mélange d'amour et de doute. Je vois la peur dans ses yeux à l'idée que je retourne en prison, mais elle m'accueille tout de même à bras ouverts. Elle m'aime malgré mes actes et mes fréquentations, et je lui en suis reconnaissant. Elle est mère dans la mafia, et cela s'accompagne d'une lourde histoire, mais aussi de compréhension. Aucune mère ne veut voir son fils être incarcéré, cependant. J'étais censé cacher mes activités à l'église et aux dames avec qui elle déjeune. Je n'étais pas censé merder.

J'ai envie de lui dire que je suis désolé de l'avoir déçue, et que j'essayerai de m'améliorer, mais j'ai du mal à trouver les mots.

J'ignore pourquoi être dans ce restaurant me fait l'effet d'un coup de poing. Cette soirée a été organisée pour moi. Je devrais fêter ma libération. Mais je ne me souviens pas de ce que c'est, de ressentir de la joie.

Je ne me souviens même pas de ce que c'est de ressentir tout court.

Le Père Fantoni approche, et j'ai beau être surpris de le voir à la fête, je sais que l'Organisation ne lui est pas inconnue. Il nous a tous vus grandir, et il fait tout autant partie de la famille que les autres convives.

— J'espère te voir à la messe, désormais, dit-il en plaçant une main accueillante sur mon épaule. Bon retour chez toi.

Ses yeux sont dénués de jugement. De condamnation.

— Oui, mon Père. Dès que... j'aurai repris mes repères.

Apparemment satisfait de ma réponse, il hoche la tête et reprend son tour de la salle.

— Contente de te voir, Mando, murmure une voix douce et féminine dans mon dos.

Je me retourne et observe la beauté sophistiquée de mon ex. Son maquillage parfait, ses cheveux lissés. Ses grands yeux de biche aux iris verts.

Putain de Grace.

Bizarrement, je ne ressens rien. Ni colère. Ni chagrin. Ni sentiment de trahison.

Je ne trouve pas de réponse à lui donner, alors je plonge mon regard dans le sien et dis :

— Tu n'étais pas obligée de venir.

— Bien sûr que si.

Ses doigts s'entremêlent et luttent devant sa taille. Elle porte des talons hauts et une robe portefeuille bleue à pois qui met en valeur ses seins parfaits, son décolleté orné d'un pendentif en diamant en forme de cœur. Un collier que je ne lui ai pas offert, c'est certain. Quelques mètres derrière elle se tient Emilio, sa nouvelle conquête. À moins que ce soit lui qui l'ait conquise, qui sait ?

En tout cas, elle n'a jamais pris la peine de venir me voir en personne pour me rendre sa bague de fiançailles.

— Non, tu n'étais vraiment pas obligée, insisté-je d'un ton lourd de sens, et elle pâlit.

— Si tu veux que je m'en aille, je le ferai, chuchote-t-elle, les lèvres tremblantes.

À une époque, voir ses yeux verts s'embuer me poussait à décrocher la lune pour la consoler. À présent, sa peine ne me fait ni chaud ni froid. Je me contente de hausser les épaules.

— Que tu restes ou que tu partes, je m'en fous complètement, ma belle.

Je m'éloigne en jouant des coudes, en direction du don. Ses cheveux poivre et sel sont eux aussi plus gris qu'avant, mais il ressemble toujours autant à un roi. Ou au parrain de l'Organisation, si vous préférez.

C'est la seule personne présente à qui je dois le respect. Le seul à qui je dois ma loyauté. Tous ces autres *stronzi* peuvent aller se faire foutre.

À l'exception de mes cousins, personne ici n'a pris la peine de me rendre visite en tôle. Pourquoi prétendent-ils s'intéresser à moi maintenant ?

— Mando. Assieds-toi, ordonne Don Pachino en tapotant le tabouret voisin.

Je ne sais pas si je devrais être vexé qu'il ne se soit pas levé pour m'étreindre. Je m'assois sur le siège et lui tends la main. Il coince son cigare entre ses dents et me serre la paume avec trop de force, comme il le faisait quand j'étais adolescent. Pour me montrer qui est le chef.

Alex, son beau-fils, s'éclipse pour nous laisser un peu d'intimité.

— Tu en veux un ?

Il fait glisser la boîte à cigares dans ma direction. Je devrais en prendre un. Je devrais l'allumer et le fumer avec le don. Pour lui montrer que je suis toujours son fidèle lieutenant. Pour lui prouver que ma loyauté n'a pas failli.

Mais la fumée me donne la nausée.

— Non merci, réponds-je en me frottant le nez, comme si cela pouvait chasser la puanteur. Il est trop tôt.

Marco me glisse un verre de bourbon dans la main avant de disparaître à nouveau avec souplesse, avant que je pense à le remercier. Je vide mon verre d'un trait, savourant la brûlure dans ma gorge.

— Alors tu es sorti.

— *Si*, *Signore*. Content d'être rentré.

C'est faux. Je ne suis content de rien du tout. Le *contentement* est une émotion que je ne connais plus depuis très longtemps. Mais c'est ce que je suis censé dire.

Don Pachino sort une épaisse enveloppe de la poche intérieure de son costume à cinq mille dollars et me la tend.

— Tiens, c'est pour t'aider à t'installer.

Je range l'enveloppe dans la veste que Marco m'a apportée lorsqu'il est venu me chercher. La veste qui me semble si étrangère, même si c'était ma préférée.

— Merci, Don Pachino.

Il tire sur son cigare.

— Je t'ai trouvé un emploi fictif dans le bâtiment. Six mille balles par mois. Tu n'as pas de souci à te faire, Mando.

J'incline la tête. La gratitude que je devrais ressentir ne vient pas. Je suis obligé de la feindre.

— Merci. Je suis très reconnaissant.

Il me donne une tape sur l'épaule.

— Je t'avais bien dit que je prendrais soin de toi, non ? Tu fais partie de la famille, Mando.

— C'est gentil. Merci beaucoup.

Bon sang, j'espère que mon ton ne lui paraît pas aussi monotone qu'à moi.

Je ne veux pas la chercher du regard, mais sans savoir comment, je me retrouve à regarder Grace, qui frotte ses seins au torse d'Emilio, à l'autre bout de la pièce.

— Tu n'étais plus là, dit Don Pachino d'un ton définitif.

Il me fait savoir quel est son positionnement à ce sujet, s'il me venait à l'esprit de faire des vagues.

Je ne réponds pas, car que pourrais-je bien dire ? *Ouais,*

c'est chouette qu'il m'ait volé ma fiancée pendant que je jouais les loyaux soldats. Excusez-moi de ne pas aller lui faire la bise et de le laisser m'enculer, pendant qu'on y est.

Don Pachino n'aime pas mon silence. Son air nonchalant s'envole, et il me regarde droit dans les yeux.

— Il n'y aura pas de représailles. *Capisce ?*

Je n'hésite qu'un instant avant d'acquiescer. C'est une chose que j'ai toujours respectée chez le don. Ses attentes sont claires.

— Compris, réponds-je.

— Ne me défie pas là-dessus.

— Promis.

— On forme une famille. Nous tous.

Il fait un geste qui englobe la pièce avec son cigare. J'attends qu'il poursuive, mais il se contente de marmonner :

— Et tu n'étais plus là.

Ouais.

J'ai pigé.

Je n'étais plus là. Ma copine était libre.

Maintenant, je sais comment ça marche.

Je me sens insulté, c'est sûr, mais à dire vrai, je n'ai pas eu le cœur brisé.

Lors de mon incarcération, je pensais aimer Grace, mais ces sentiments avaient déjà régressé et disparu avant que j'apprenne la nouvelle de ses fiançailles. Ils étaient morts dès ma première année de prison, quand elle a arrêté de m'écrire et qu'elle n'est jamais venue me voir.

— Pendant ta conditionnelle, je veux que tu sois irréprochable. Tu profites de cet emploi fictif et tu reprends ta vie. Tu ne portes pas d'arme, tu ne conduis pas, et tu n'enfreins aucune autre condition de ta mise en liberté. Je ne veux pas que tu retournes en prison pour une connerie.

— Je n'y retournerai pas.

Hors de question.

Pas parce que je suis fou de joie d'être sorti. Je n'arrive toujours pas à ressentir la moindre émotion.

Mais je suis certain de ne pas y retourner.

Je préfère encore me prendre une balle dans la tête.

Chapitre Trois

Hannah

Hannah Munn, fleuriste de la mafia.
C'est moi.

On peut dire tout ce qu'on veut sur la mafia, mais posséder une entreprise dans l'un de leurs immeubles a ses avantages. Déjà, ça fait une clientèle régulière, chose dont j'ai désespérément besoin.

Ma boutique, *Le Jardin d'Éden*, est un endroit qui permet aux péchés de la mafia de pousser.

Et si je ne vends pas cinq bouquets supplémentaires avant la fermeture, ce soir, je ne serai pas en mesure de faire mon paiement au don.

L'angoisse bouillonnante que cette idée provoque chez moi, c'est le désavantage à être sous le joug de la mafia.

— Il me faut deux bouquets. Un gros pour ma femme, et...

— Un plus petit pour votre copine, conclus-je pour Lorenzo.

Connard infidèle. C'est la même chose toutes les semaines.

— J'ai reçu de superbes roses lavande hier. J'ai préparé un bouquet magnifique pour votre épouse.

Je me rends dans ma chambre froide et en sors une composition florale : une douzaine de grosses roses lavandes avec des freesias roses et violets et du feuillage.

Comme j'estime que les fleurs ont une signification, je consacre beaucoup d'efforts aux bouquets destinés à la femme de Lorenzo. Comme si en choisissant bien l'arrangement, en l'impressionnant réellement, je pouvais compenser l'infidélité de son mari. Si ça se trouve, elle a un amant, elle aussi. Le mec qui nettoie sa piscine ou son prof de yoga est peut-être en train de la lécher des orteils au clitoris en ce moment même. Je ne devrais pas me préoccuper d'une chose dont je ne sais rien, mais je ne peux pas m'en empêcher. J'absorbe les émotions des autres avec une intensité presque handicapante, parfois. Et je cherche toujours à faire plaisir.

— Et ça, c'est pour votre dulcinée du moment.

Je lui tends un bouquet de gerbéras aux couleurs vives.

Lorenzo a un demi-sourire, comme s'il n'était pas sûr de la définition de dulcinée. Ou comme s'il se demandait si je lui manquais de respect. Je n'espère pas. Je lui adresse un grand sourire pour lui assurer que je ne fais que plaisanter.

Je vais encaisser ses achats. Lorenzo fréquentait déjà la boutique avant que Mary Alice m'engage comme apprentie il y a dix ans, alors que j'étais toujours adolescente.

Tous les vendredis, lui et une demi-douzaine des hommes de Pachino vont voir Rocco, le barbier d'à côté, pour se faire raser de près, avant de passer au *Jardin d'Éden* pour acheter des fleurs aux femmes de leur vie. Un autre groupe passe tous les jeudis. Et la génération plus âgée et à la retraite vient généralement me voir le samedi. Si j'ai bien remarqué une chose chez ces mafieux, c'est qu'ils aiment leur routine.

— Garde la monnaie, ma belle.

Toutes ces années, et Lorenzo n'a jamais pris la peine d'apprendre mon prénom. Ou s'il le connaît, il ne s'en sert jamais. Il repousse les six dollars et quelques pièces sur le comptoir.

— C'est mon pot de vin pour que tu gardes le secret, ajoute-t-il.

Il me fait un clin d'œil, la même blague à chaque fois. À. Chaque. Fois.

— Merci, Lorenzo.

Je remets l'argent dans la caisse. Dieu sait que j'en ai besoin, avec tous les chèques que j'ai déjà faits sans savoir s'ils seront solvables, ce qui risque de causer ma banque-route. Ou pire, de me valoir des rotules brisées par l'un des clients que je remercie si chaleureusement.

— Tu as des nouvelles de Mary Alice ?

J'ai un sourire indulgent. Je soupçonne mon ancienne patronne d'avoir été la *dulcinée* de Lorenzo à quelques reprises au fil des ans, mais elle n'a jamais avoué. Les fleuristes sont très douées pour garder les secrets.

— Oui, réponds-je en faisant tourner l'une des roses de son bouquet sous un meilleur angle. Elle m'envoie des photos de son petit-fils presque tous les jours. Elle est au paradis, là-bas.

Mary Alice s'est installée à Green Bay l'année dernière, quand sa fille a eu un bébé, m'obligeant à choisir entre poursuivre mes études d'infirmière, le même métier que ma mère, ou racheter la boutique.

Mes parents sont convaincus que j'ai fait le mauvais choix. Ils ne le disent pas ouvertement, car ils sont du genre à me laisser prendre mes propres décisions, mais je perçois leur inquiétude dès que nous abordons le sujet.

Moi aussi, je commence à me demander si je n'ai pas fait une erreur.

— Tu lui diras bonjour de ma part.

Lorenzo coince les deux bouquets sous son bras et range son portefeuille dans sa poche.

— Sans faute, réponds-je. Bon week-end.

Il commence à partir, avant de se retourner.

— Tout se passe bien, ici ? Personne ne t'embête ?

Je jette un regard à Josie, ma meilleure amie et employée un peu fainéante, occupée à placer une composition de chrysanthèmes dans la chambre froide. Elle a un sourire en coin, car nous venons justement de parler de ça. Ces types adorent jouer les héros.

— Tout va bien. Mais merci de demander.

Mon sourire est sincère, car j'ai beau lever les yeux au ciel et railler mes clients, je les aime bien, au fond. Sans doute parce que quand j'avais quinze ans, leurs pourboires de cinq dollars me donnaient l'impression d'être riche. Et la fleuriste romantique qui se cache en moi est flattée de leur galanterie.

Je me sens en sécurité, sous leur protection. Je sais que s'il y avait le moindre problème, si je me faisais braquer ou si j'étais harcelée, je saurais exactement qui aller voir pour obtenir justice.

Lorenzo me tire son chapeau imaginaire et s'en va. Josie ricane.

— Tu as raison, dit-elle.

J'éclate de rire.

— Tu vois ? Il y en a toujours au moins un par semaine qui est prêt à aller tuer un dragon pour moi. C'est mignon.

Josie manque de renverser un bouquet alors qu'elle déplace des vases sur les étagères de la chambre froide.

— Évidemment. La perspective de cogner un connard pour sauver la jolie fleuriste sans défense les fait bander.

— Mmm. Touchant, non ?

— Ouais, j'imagine que tu ne peux pas te plaindre, avec tes gardes du corps personnels. Et au moins, lui, il ne s'est pas comporté comme un pervers. Hier, un abruti a acheté un bouquet, avant de me donner l'une de ses roses. J'étais là, mec, si tu veux me demander mon numéro, file-moi au moins le bouquet entier !

Je glousse.

— Oui, ce sont des coureurs de jupons.

Quand j'étais toujours lycéenne, j'étais dans tous mes états lorsque les hommes les plus jeunes venaient à la boutique. Je craquais sur les mafieux. Ils dégageaient beaucoup d'assurance et de puissance. Ils étalaient leur argent, et ils avaient du charisme. Je n'avais pas la naïveté de croire à toutes leurs vantardises, mais ça m'excitait quand même. C'était mon fantasme secret.

Mais ils avaient beau flirter à tout va avec Mary Alice, avec moi ils se contentaient d'être polis. Je ne sais pas pourquoi, ils ne sortent peut-être pas avec des femmes noires. Ou alors, ils me voyaient comme une gamine à l'époque, et cette image continue de me poursuivre.

— Enfin, peut-être pas tous, mais une bonne moitié d'entre eux sont des séducteurs, tempéré-je.

Josie me rejoint et s'accoude au comptoir. Ses créoles en or se balancent. Elles sont géantes. Assez grandes pour contrebalancer ses épaisses boucles blondes.

L'angoisse me prend au ventre dès que nous nous rapprochons physiquement. Sans doute parce qu'il faut que je lui parle de son inaptitude professionnelle, mais je repousse sans cesse ce moment. Je ravale comme toujours mon émotion.

— Ose me dire que tu n'as jamais envisagé de céder à leurs avances. Pas pour du sérieux, mais pour te faire inviter à dîner une fois de temps en temps.

— Jamais, réponds-je.

— Mmm.

Son ton est dubitatif.

— Bon, d'accord. Il y en avait bien un, mais il avait une copine. Il ne m'a jamais invitée à sortir, mais j'étais sous le charme dès qu'il venait. Il était super beau. Une fois, quand je faisais la fermeture, il m'a fait la leçon sur le fait que je rentre seule à pied le soir, parce que c'était dangereux. Il a insisté pour me raccompagner. J'ai trouvé son côté protecteur très sexy.

— C'était lequel ?

— Je ne sais pas. Je ne me souviens pas de son prénom.

Je mens. Je m'en souviens parfaitement. *Armando*. Armando, avec sa voix sexy et son sourire à tomber.

Mais j'étais presque soulagée qu'il soit fiancé. Car j'avais beau craquer sur lui, je n'ai jamais voulu sortir avec un mafieux. Surtout pas. Ils trompent leurs épouses. Ils sont misogynes. Pour eux, la place d'une femme est pieds nus, dans la cuisine. Ils sont dangereux. Extrêmement dangereux. Ils commettent des crimes, font du mal aux gens, et ils tuent, même. Oui, ce sont des hommes, mais un monstre se cache en chacun d'entre eux.

Et Armando me semblait être le plus redoutable d'entre tous. Je ne craignais pas qu'il me fasse du mal physiquement, mais émotionnellement.

Avec un homme comme lui, je tomberais beaucoup trop amoureuse. C'est une bonne chose qu'il ait disparu.

— Il ne vient plus, poursuis-je. Je ne l'ai pas vu depuis très longtemps. Des années.

— Il s'est peut-être fait buter. On ne sait jamais, avec ces types-là, hein ?

J'ai beaucoup trop d'empathie, car à cette idée, mon estomac se serre. Je le connaissais à peine, m'étant contentée de lui vendre des fleurs pour sa fiancée chaque semaine.

— Je n'espère pas, réponds-je. Il avait l'air destiné à accomplir de grandes choses.

— Ouais. Des choses illégales qui lui ont valu de finir dans le lac Michigan avec des chaussures en ciment, plaisante Josie.

Je refuse d'y songer.

— Il a peut-être déménagé, dis-je. Lui et sa copine étaient fiancés.

Je le sais, car quand elle a dit oui, il a rempli leur appartement de roses de toutes les couleurs. Mary Alice a dû refaire livrer la boutique.

— Moi, je parie qu'il est mort. Ou il a témoigné contre la mafia, et la police le cache, insiste Josie, avant de hausser les épaules et de repousser un bouquet non terminé. Je vais y aller, d'accord ?

Mon angoisse monte à nouveau. Son service ne prend fin que dans quarante minutes. Elle n'a même pas terminé ce qu'elle était en train de faire, et son poste est complètement désorganisé. J'aurai besoin d'aide si plusieurs clients passent acheter des bouquets avant de rentrer chez eux.

Pitié, mon Dieu, faites qu'il y ait de l'affluence avant la fermeture.

Je devrais lui dire tout cela, mais je me contente de ravaler un soupir. Je l'aime trop pour causer un conflit entre nous. Je sais... engager une amie était une erreur. Une erreur que je vais continuer de payer longtemps, si je ne trouve pas un moyen d'asseoir mon autorité. Mais Josie a été virée du boulot de ses rêves, apprentie décoratrice d'intérieur, alors je lui ai proposé de venir travailler avec moi, convaincue qu'il serait amusant de faire tourner la boutique avec ma meilleure amie.

Sauf que ce n'est pas toujours amusant. Et ces derniers temps, je suis même plus stressée lorsqu'elle est là que lorsqu'elle est absente. Pas besoin de psy pour en conclure que c'est sa présence qui me rend anxieuse. Mon subconscient veut mettre les choses au point avec elle, mais mon cœur ne peut pas supporter l'idée de perdre ma meilleure amie.

Niveau professionnel, cependant, c'est le cadet de mes soucis. Je n'aurai peut-être même plus de boutique dans quelques mois, si la situation ne s'arrange pas.

— D'accord, merci.

Argh. Pourquoi est-ce que je la remercie ? C'est moi qui la paye. Elle s'en va avant l'heure.

Sans demander la permission.

Et c'est moi qui me retrouve à nettoyer son poste.

Si c'était à refaire, cependant, je l'engagerais sans doute à nouveau, car la perspective d'engager un inconnu me rend beaucoup trop nerveuse.

Niveau autorité, je ne suis pas encore au point.

Au lieu d'ajouter quelque chose, je braque les yeux sur la porte et tente d'encourager mentalement les clients potentiels à venir acheter mes fleurs.

Chapitre Quatre

Armando

— Ce n'est pas un grand appartement, me dit Marco en glissant la clé dans la serrure pour ouvrir la porte. Mais j'habite sur le palier, et l'immeuble est dans le centre.

Je jette un regard dans le logement. Il est simple et confortable, mais il n'y a pas la moindre décoration ou touche personnelle. La chambre est uniquement meublée d'un lit, d'une commode et d'une table de nuit. Il y a un canapé en cuir noir dans le salon et une table dans la cuisine. La seule fenêtre se trouve dans le salon, mais le balcon offre une vue incroyable sur Chicago.

— Tu peux le décorer comme tu veux, accrocher des photos, ajoute Marco en montrant les murs nus. Le proprio est sympa. En plus, ma copine connaît des architectes d'intérieur super, si tu veux. Je peux te mettre en contact avec eux, si ça t'intéresse.

J'inspecte les lieux, légèrement troublé. J'ai passé si

longtemps avec un compagnon de cellule que l'idée de passer la nuit seul me semble bizarre.

— Je sais que ce n'est pas grand-chose, mais c'est un début, dit mon cousin, qui cherche visiblement à se montrer encourageant. Bientôt, tu auras retrouvé tes repères, et tu pourras faire tout ce que tu veux.

Je hoche la tête et prends une grande inspiration.

— Merci, Marco.

Je devrais témoigner plus d'enthousiasme, mais j'en suis incapable.

Par chance, Léo pénètre dans l'appartement, et sa présence domine la pièce. Pendant mon séjour en prison, mon cousin a bien grandi. Ce n'est plus le gamin maigrichon et arrogant qui voulait faire ses preuves au sein de l'Organisation. Il est presque trois fois plus baraqué qu'avant, et il me fait penser à un mur de briques. Un tas de muscles traverse la pièce. Je crois que même en unissant nos forces, Marco et moi n'arriverions pas à avoir le dessus sur lui.

Léo jette un regard au balcon.

— C'est quoi ce bordel ? Un balcon ? Un escalier de secours ? Marco, tu veux qu'il se fasse agresser ou quoi ?

— Il fait profil bas, répond son frère. Ce n'est pas comme s'il y avait un contrat sur sa tête. Laisse-le profiter de la vue et du grand air, après en avoir été privé si longtemps.

Léo grogne et acquiesce à contrecœur, sans cesser de passer l'appartement en revue, à la recherche de menaces potentielles. Il finit par se tourner vers moi.

— Bon retour parmi nous, cousin. Tu m'as manqué.

Il me donne une tape sur l'épaule, sa poigne forte et rassurante. Puis il regarde son frère en plissant les yeux.

— Qui dit balcon dit pigeons. Et qui dit pigeons dit fientes partout.

Marco lève les yeux au ciel et se rend dans la cuisine.

— J'ai mis de la bière au frigo. Quelqu'un en veut une ?

— Ouais, réponds-je.

J'en ai bien besoin. Je ne me sens pas du tout à ma place, alors que je suis censé être chez moi.

Léo accepte une bière et la brandit pour me saluer.

— Santé, cousin. À ton nouveau départ.

Je bois une gorgée de ma bière, impatient de savourer le goût de la liberté, mais sa saveur est aussi fade que mes émotions. C'est ça, la liberté ?

Tout est tellement étrange. Je suis hors de prison, mais je ne suis pas réellement libre. Je vis aux crochets de la générosité des autres, de mes relations.

Léo s'assoit sur le canapé et s'étire les jambes.

— Alors, Mando. Ça te dérange pas, pour Grace et Emilio ? Vraiment pas ?

— Bien sûr que si.

Avec mes cousins, je peux être sincère.

Marco grogne son approbation.

— Le don me dit de laisser couler, alors je laisse couler. Mais pour tout vous dire, je trouve ça tordu.

Je vais m'asseoir sur un fauteuil placé à côté du canapé et bois une longue gorgée de bière.

— Je n'ai jamais aimé Grace, commente Marco, appuyé contre le plan de travail de la cuisine. Ça ne m'a pas étonné qu'elle cherche direct un autre mec pour l'entretenir.

— Je me fous complètement de Grace. Ce que je trouve tordu, c'est que personne n'ait protégé ce qui m'appartenait pendant que j'étais au trou. Emilio a pris ma place alors qu'il aurait dû garder ses distances. Il enfreint le code.

— Ouais, c'est abusé, renchérit Léo. Il a carrément enfreint le code. C'est indéfendable, ce qu'il a fait.

— Je n'ai rien vu venir, intervient Marco. Sinon, j'aurais tué ça dans l'œuf.

— Pareil, dit Léo, les mâchoires serrées. Emilio a fait ça en douce. Quand ça s'est su, le don était déjà au courant et semblait avoir donné sa bénédiction. Alors...

— Si le don dit qu'il ne faut pas répliquer... commence Marco.

— Il n'y aura pas de représailles, conclus-je.

Mais rien ne m'oblige à m'en réjouir. Ou à oublier. Je bois une autre gorgée de bière et secoue la tête.

— En plus, j'ai toujours trouvé que Grace avait l'air d'une grosse feignasse, dit Marco avec un sourire en coin pour détendre l'atmosphère. Elle ne doit même pas bien sucer.

Personnellement, je ne vois pas l'intérêt de casser du sucre sur le dos de l'ex d'un pote, parce que ça revient à cracher sur ses goûts, mais bon.

— Ouais, il faut que tu te trouves une meuf capable de satisfaire tes besoins. Parce qu'après ta période creuse... tu dois être affamé.

Je me souviens quand je pensais la même chose que Léo, en voyant d'autres types sortir de prison. Comme si la pire chose qu'ils avaient dû endurer, c'était l'absence de sexe. J'aurais pu faire les mêmes remarques que mes cousins. Le sexe semblait être le plus important.

Mais... bon sang. Je ne sais même pas par où commencer. Mon corps tout entier semble engourdi. Y compris ma queue.

— Le don m'a filé un boulot à la con dans le bâtiment. Fictif, bien sûr. J'irai juste là-bas pour chercher mon chèque.

— Ouais, j'en ai entendu parler, dit Marco.

— C'est pas un mauvais plan, commence Léo.

Ce dernier finit sa bière et fait signe à son frère de lui en donner une autre.

— J'ai l'impression d'avoir été mis au placard, admets-je. Avant toute cette histoire, j'étais à mon apogée. Et maintenant, je me retrouve quasiment à la retraite.

— Mais c'est temporaire, non ? s'enquiert Marco. Pendant ta liberté conditionnelle ?

Je hausse les épaules.

— Ma vie entière me semble temporaire. Comme si on avait appuyé sur un énorme bouton pause, le jour où je me suis fait choper. Et maintenant, qu'est-ce que je fais ?

— T'as besoin d'argent ? me demande Léo.

Je secoue la tête.

— Nan. Le don s'en est chargé. Et le boulot qu'il m'a donné me met à l'abri du besoin. Mais merci.

La dernière chose que je veux, c'est accepter de l'argent de mes cousins. J'ai déjà suffisamment l'impression d'être un fardeau.

— Tu as purgé ta peine. Tu n'as balancé personne. Et tu es de retour. Tu as bien mérité de te reposer un peu. Profites-en tant que ça dure. Je suis sûr qu'une fois ta conditionnelle terminée, le don te mettra au boulot à plein temps, et tu pourras te refaire.

— On va remettre de l'ordre dans ta vie, dit Marco. Ça prendra un peu de temps, mais tu renaîtras de tes cendres. Promis.

Chapitre Cinq

Armando

— Armando, dit Rocco en tapotant le fauteuil de barbier. Ici, Monsieur.

Je quitte le petit groupe d'initiés qui emplissent le salon de fumée de cigare tout en parlant à voix haute.

Les murs d'un blanc cassé fadasse sont encombrés de photos du temps où la boutique était un bar clandestin. Le parquet, la baie vitrée, les chaises pliantes et les magazines me ramènent à une époque que j'affectionnais. Les hommes sont tous vêtus de costumes sur mesures et de cravates, les cheveux gominés, la moustache et la barbe parfaitement taillées.

Le salon de Rocco est une oasis familière dans un monde qui m'est devenu étranger.

Mon corps est raide et nerveux alors que je me laisse tomber sur le fauteuil. Chaque pas que je fais dans mes anciennes chaussures me donne l'impression de sortir de mon corps.

Même ici, j'ai l'impression d'assister à la scène de l'extérieur.

Tout est exactement pareil, et pourtant complètement différent. Avant, j'adorais les vendredis après-midi passés chez le barbier. Le plaisir des serviettes chaudes de Rocco sur mon visage. L'impression d'être un roi pendant que le vieux s'occupait de moi et que les autres hommes bavardaient et plaisantaient. J'adorais passer du temps avec les gros bonnets. J'étais fier d'avoir été nommé lieutenant et de pouvoir jouer dans la cour des grands. J'étais au top, à cette époque. À l'apogée de ma vie.

J'avais une copine. Du fric. Et un poste élevé au sein de l'Organisation.

Je me sentais vivant. Puissant. Mon avenir était plein de promesses.

La seule chose différente, à présent, c'est la copine. Mais j'ai oublié Grace le jour où elle m'a appelé pour me dire qu'elle emménageait avec Emilio. Alors pourquoi suis-je donc incapable d'éprouver le moindre plaisir ?

Arturo, le bras droit de Don Pachino, me scrute à travers un nuage de fumée.

— T'as pas l'air à l'aise, Mando. T'as du mal à laisser quelqu'un s'approcher de ta gorge avec une lame, après avoir dormi à l'ombre ?

Les images de la fois où un mec a eu la bêtise de s'attaquer à moi en prison me reviennent en mémoire. J'avais emmerdé la mauvaise personne, mais il ne se doutait pas que j'étais redoutable. Il avait fait l'erreur de me sous-estimer, et il l'avait payé très cher.

— Don Pachino est dans le métier depuis très longtemps, Mando. Il sait choisir ses hommes. Tu as la réputation d'être loyal et prudent, et c'est pour ça qu'il te fait confiance.

Il marque une pause, avant de poursuivre :

— Mais au-delà de ça, il sait que tu es prêt à tout pour accomplir ce qu'il te demande. Mais il faut que tu gardes la tête froide. Ne laisse pas toute cette noirceur t'atteindre, sinon tu feras tout foirer. Tu sais de quoi je parle. Te laisse pas faire, fiston.

Je hoche la tête et me force à sourire.

— Tout va bien, Arturo. Aucune inquiétude à avoir.

Je prends le temps de passer la pièce en revue. Elle contient toujours les mêmes visages. Des visages familiers. Des visages qui m'ont soutenu en toutes circonstances.

Mais quelque chose cloche. Je le sens dans l'air. De la tension. Du scepticisme. Un manque de confiance qui n'était pas là avant.

Je comprends pourquoi. Je suis resté longtemps en prison, et l'Organisation a beau m'avoir soutenu pendant cette période, elle gardait tout de même ses distances. Malgré ce que disaient ses membres, je sais qu'ils me voyaient comme un danger. Je risquais de les dénoncer pour sauver ma peau. Et derrière les barreaux, je ne pouvais pas les aider, alors ils faisaient comme si je n'existais pas.

Je suis revenu, à présent, et je sens ce malaise crépiter dans mes veines. Ils ne me connaissent plus, et c'est réciproque. Nous sommes des étrangers les uns pour les autres.

— Tu sais, dit Arturo, il n'est pas trop tard pour essayer d'arranger les choses.

Je fronce les sourcils, dérouté. Qu'est-ce qu'il raconte ? Arranger quoi ? Faire revenir Grace ? Faire oublier au don que je suis allé en prison ? Faire disparaître toute trace de mon incarcération ?

Arturo poursuit :

— Le don t'adore. Et nous aussi. Tu as ça dans le sang, Mando. Tu es la crème de la crème. Et tu ne dois jamais l'oublier. Tu es encore jeune, tu peux retrouver ta place au sommet. Tout le monde le sait.

Je ferme les yeux, conscient de la chaleur de la serviette sur mon visage. Je sens la lame aiguisée contre ma gorge, qui me rappelle que je suis toujours là. Bien vivant. Ça me fait mal de l'admettre, mais je sais qu'Arturo a raison. J'ai réussi à m'extirper du gouffre dans lequel je m'étais fourré, et je suis toujours debout. Tant que je respire, je peux retrouver ma place. Mais en même temps, le don lui-même m'a mis en retrait. M'a ordonné de rester clean.

La lutte est acharnée entre le bien et le mal. Entre le petit diable et le petit ange sur mes épaules. C'est ma réalité, désormais.

Je dois prendre sur moi pour plaquer un sourire sur mon visage. Il ressemble sans doute plus à une grimace.

Les commentaires d'Arturo ont jeté un froid. Il y a surtout des anciens, aujourd'hui, la jeune génération seulement représentée par Marco, Léo et moi. À mon avis, quelqu'un a dû dire à Emilio de rester à l'écart par respect pour moi. Sans doute Marco. Il veille sur moi comme un frère. Je ferais la même chose pour lui, dans la situation inverse.

— Je parie que ce rasage va te faire un bien fou, hein gamin ? dit l'un des anciens.

— T'as déjà trempé ton biscuit ? s'enquiert un autre, Angel. *Madonna*, quand je suis sorti, j'ai cueilli une fille au club de strip-tease et je l'ai baisée toute la nuit. *Trois nuits de suite !*

Les autres types se joignent à son rire tonitruant.

Je me raidis, sans savoir pourquoi je suis sur la défensive. Parce que l'idée de m'envoyer en l'air ne me fait pas le moindre effet ? Parce que *la vie* ne me fait pas le moindre effet ?

Mais Arturo m'observe toujours. Quoi qu'il déduise de mon expression, je décide de la cacher.

— T'es pas resté bloqué sur ta copine, si ? Celle qui est avec Emilio, maintenant ?

— Nan, réponds-je aussitôt.

Même si c'était le cas, je ne le montrerais pas.

Don Pachino m'a prévenu : pas d'embrouilles avec Emilio. Ça en dit long sur la hiérarchie actuelle.

Emilio est le fils de sa sœur. Moi, je ne suis que le fils de la sœur *de sa femme*.

Rocco me remet de la crème à raser. L'odeur fait remonter de vieux souvenirs, mais pas le plaisir que j'éprouvais dans ce fauteuil à l'époque.

Je ne suis qu'un putain de fantôme, revenu hanter mon ancienne vie. Sans pouvoir la toucher. Sans pouvoir y goûter. Et sans pouvoir ressentir quoi que ce soit. Ma vie est devenue grise. Ou en couleurs, mais avec l'un de ces filtres qui rendent tout fade et froid.

Rocco passe sa lame sur ma peau d'une main experte. Je regrette la remarque d'Arturo, car désormais, je ne peux pas m'empêcher d'imaginer la facilité avec laquelle le barbier pourrait me trancher la jugulaire.

Ferait-il une chose pareille ? Avant, je ne doutais pas du tout de mon lien avec la *Famiglia*. J'aurais confié ma vie aux types présents dans cette pièce. Nous étions loyaux les uns envers les autres, et envers l'Organisation. Nous tenions tous les autres à l'écart.

À présent, je n'ai confiance en aucun d'entre eux. Et Rocco ne fait pas partie de la Famille. C'est juste un Italien à la tête d'une petite entreprise fréquentée par la mafia. Si ça se trouve, il nous hait. Avant, je pensais qu'il nous traitait comme des rois parce qu'il aimait nous avoir comme clients.

Parce qu'il tenait à nos pourboires. Mais qui sait ? Il a peut-être simplement peur, comme tout le monde.

À moins qu'il emmagasine les informations sur nous et attende le bon moment pour tous nous balancer.

Ou alors, je suis en plein délire paranoïaque, et il faut que je me reprenne.

Le rasage terminé, je me regarde dans la glace. Mes joues sont lisses, mais je ressemble à un putain de cadavre. Le visage dur. Les yeux morts. Le cœur en putréfaction.

Je me lève et paye.

Alors que je me dirige droit vers la sortie, Arturo m'appelle.

— Tu ne comptes pas rester ? Quoi, t'as mieux à faire ?

— Ben oui. Il va se trouver une fille pour réentraîner sa queue, intervient Angel en riant.

— Ouais, dis-je. Exactement.

Marco et Léo m'observent et voient plus de choses que je ne veux leur en montrer.

— Tu n'as pas besoin que je te conduise quelque part ? demande Marco.

C'est lui qui m'a amené ici.

— Nan, ça ira.

Je veux seulement être seul. Me tirer d'ici. Je leur adresse un signe de la main et quitte le salon.

Fanculo, voilà qui était désagréable. Même les moments les plus simples du quotidien me demandent un effort surhumain.

Bon sang, il faut vraiment que je trouve le moyen de me réveiller.

Chapitre Six

Je quitte le salon de Rocco.

Ça me fait bizarre d'être en mesure de le faire. D'être capable de sortir et de respirer l'air frais si j'en ai envie, tout simplement. Pas de gardien en train de me surveiller pendant ma sortie quotidienne. Pas de grilles et de fils barbelés. Rien d'autre qu'une liberté pure.

C'est une drôle de sensation. Après tant d'années de confinement, le vaste monde ressemble à une autre planète. Je suis comme un extraterrestre. Maintenant que je suis libre, je ne sais ni où aller ni quoi faire. Entouré par les rires et les conversations, je n'ai plus l'impression d'habiter mon corps.

— Hé ! fait la voix de Marco derrière moi.

Je jette un regard par-dessus mon épaule et vois que mes deux cousins m'ont suivi dehors.

— Tout va bien. Vraiment.

J'ai sincèrement envie d'être seul.

— Je sais que ce n'est pas facile, ce que tu vis en ce

moment, dit Léo. Mais Arturo a raison. Tu vas reconstruire ta vie. Tout reviendra bientôt à la normale.

Marco me pose une main sur l'épaule.

— Allons boire un verre, ou un truc comme ça.

— Nan, je sais que vous avez du boulot, aujourd'hui. Pas besoin de vous occuper de moi.

Je prends le temps de les regarder tour à tour dans les yeux.

— Je vais bien. J'ai juste besoin de faire un tour et de me reprendre en mains. Mais c'est sympa de votre part.

Vu le regard qu'ils échangent, je sais qu'ils n'ont pas envie de me laisser, mais j'ai raison sur le fait qu'ils ont du travail. La Famiglia les *appelle*.

— Bon, d'accord, répond enfin Marco. Mais plus tard, alors. C'est moi qui payerai la tournée.

Je hoche la tête et les regarde monter dans la voiture de Léo sans rien ajouter. Soulagé qu'ils n'aient pas trop insisté, je décide de m'éloigner du salon de Rocco. Je ne veux pas que quelqu'un d'autre sorte, me prenne en pitié et se sente obligé de s'occuper de moi. Je commence à marcher.

Je connais le quartier par cœur. Le barbier, puis le fleuriste voisin, *Le Jardin d'Éden*, c'était ma routine, à l'époque. Je me faisais raser, puis j'achetais des fleurs pour Grace. Un rituel confortable. Et maintenant que je suis rasé, je réalise que je n'ai aucune raison de me rendre chez le fleuriste. Pour qui achèterais-je des fleurs, à présent ?

Je secoue la tête, conscient qu'il faut que j'arrête de me morfondre. Je suis un homme libre. Je dois arrêter de pleurnicher. Mais je traîne toujours un boulet à ma cheville, m'empêchant d'avancer. Difficile d'être heureux ou optimiste face à l'avenir, quand je suis sans cesse ramené à la noirceur de mon passé.

Il y a quelque chose de glacé en moi, et je doute que ça se réchauffe un jour.

C'est alors qu'une lueur de vie s'éveille en moi ; quelque chose de primitif et d'instinctif. Si j'étais un homme des cavernes, je brandirais mon gourdin. Parce qu'un homme avec un sweat-shirt gris, jusqu'ici adossé à l'immeuble, se dirige soudain vers moi. Il plonge la main dans sa poche.

Je tords le bras dans mon dos avant de réaliser que je n'ai pas de flingue. Les criminels n'ont pas le droit d'être armés, et je suis censé me tenir à carreau.

Je repense immédiatement à mon agression en prison. Seulement capable de me défendre grâce au peu de ressources dont je disposais. Survivre à tout prix, en devant se contenter de son intelligence et de ses muscles.

Tout est fini en quelques secondes. Je me jette sur le type et lui agrippe le poignet avant qu'il puisse pointer son pistolet sur moi. La force de mon agression nous envoie tous les deux valser dans le caniveau. Mon épaule s'enfonce dans sa clavicule, et une explosion de douleur jaillit dans ma poitrine.

Nos membres sont emmêlés tandis que nous luttons pour prendre le contrôle de l'arme. Il a plus de force que moi. Son visage est tordu par une grimace.

La prison a émoussé mes prouesses physiques. Je ne suis plus aussi affûté qu'avant. Mes réflexes sont meilleurs que ceux de mon agresseur, mais mon corps ne suit pas.

Ce type veut clairement en découdre, et je suis prêt à me battre à mort, car je sais que s'il parvient à récupérer son arme, je suis foutu.

La lutte s'intensifie, et je me sens faiblir. Il arrive à libérer son poignet, et sa main se rapproche du pistolet. Je sais que je ne fais pas le poids face à lui. Je ne suis pas assez fort, pas assez rapide. Je sens déjà l'acier froid et dur de l'arme contre ma peau. Mais je ne lâche rien. Je sais que c'est un combat à mort, et je ne baisserai pas les bras. Je tords le poignet du type, l'obligeant à lâcher son arme, puis j'écrase mon genou contre sa gorge pour l'empêcher de crier.

Je vois la peur dans ses yeux alors qu'il se débat pour m'échapper, conscient que j'ai désormais le dessus. Le temps semble s'arrêter pendant que nous nous affrontons du regard, la tension palpable entre nous. Nous luttons pour dominer, pour conquérir, pour survivre. Nous sommes deux prédateurs dans la nature, en plein combat à mort.

J'ai marqué une pause, et mon agresseur en profite pour se libérer et s'attaquer à moi avec encore plus de force, nous faisant percuter la porte du commerce le plus proche. C'est le fleuriste. J'ouvre la porte et la fais claquer sur son poignet jusqu'à ce qu'il lâche son arme.

Elle tombe sur le sol de la boutique, et nous suivons tous deux l'arme des yeux. Nous nous ruons à l'intérieur comme des fous. C'est moi qui atteins le pistolet en premier.

Je dois prendre sur moi pour ne pas lui tirer en pleine tête.

Je ne veux pas retourner en prison. En plus, je tiens à découvrir pour qui il travaille.

Parce qu'il s'agit manifestement d'un contrat.

Je vide le chargeur et me sers du flingue pour lui donner un coup sur la tempe. Il vacille, mais ne perd pas connaissance. Au lieu de cela, il me plaque au sol, et l'arme glisse de nouveau par terre.

Chapitre Sept

Hannah

C'est lui. *Armando.* Celui sur qui je craquais. Je n'avais pas imaginé le revoir à la boutique dans ces circonstances.

Le cri reste coincé dans ma gorge à l'instant où je réalise ce qui se passe réellement sous mes yeux. Je suis trop choquée pour faire le moindre geste. Durant cinq longues secondes, je reste plantée là comme une idiote et assiste à une violente bagarre.

Puis je réalise que je devrais faire quelque chose.

Appeler quelqu'un.

Je ramasse mon téléphone sans quitter des yeux les deux hommes qui luttent par terre. Ils semblent se livrer un combat à mort. Armando est calme et efficace. Il ne fait pas un bruit alors qu'il roule sur son adversaire. Qu'il le roue de coups de poing. Mais il perd l'avantage et est projeté en arrière, contre une étagère chargée de pots de fleurs.

Je me plaque une main sur la bouche pour étouffer mon cri d'horreur face à la destruction de mon cher inventaire. Je n'ai pas vraiment les moyens de remplacer les pots s'ils sont détruits.

Armando m'aperçoit.

— Raccroche, m'ordonne-t-il les dents serrées en maintenant son adversaire au sol par le cou.

L'autorité dans sa voix est redoutable. Assez effrayante pour que je laisse tomber mon téléphone sur le comptoir avec fracas.

— Je t'ai dit de raccrocher, gronde-t-il.

Ils sont toujours par terre, dans une masse qui se contorsionne. Ce n'est plus le mec sympa qui venait acheter des fleurs pour sa fiancée. Face à moi, il n'y a plus qu'une bête sauvage.

— Je n'ai eu le temps d'appeler personne ! protesté-je en brandissant mon téléphone pour lui montrer l'écran.

Il ne regarde pas, car l'autre type a sorti un canif. Armando manque de se faire lacérer. Ses mouvements sont très précis, comme si au lieu d'être mafieux, il était agent secret, un espion de haute volée à la James Bond. C'est peut-être son absence de panique qui me fait dire cela. Il ne ressemble pas à un homme qui joue sa vie. Il s'attaque à son adversaire comme un ange de la mort venu achever ce type.

Armando lui donne un grand coup de poing en plein visage, et s'apprête à recommencer lorsque l'autre homme tente de lui donner un coup de couteau. Armando esquive. Des plantes tombent des étagères, des pots se brisent.

Je gémis, consternée.

Armando ramasse un pot de fleurs et l'abat sur la tête du type. Ce dernier tombe, et Armando le suit au sol, les doigts autour de sa gorge tandis que de l'autre main, il retient le bras qui tient le canif.

— Qui t'a envoyé ? lui demande-t-il d'un ton impérieux.

Son adversaire émet un borborygme, mais parvient à dégager son bras.

Je hurle lorsqu'il vise le visage d'Armando avec son couteau. Ce dernier s'écarte, mais perd l'avantage. L'autre type se relève maladroitement et écrase l'un des pots de fleurs de mon étagère en métal contre la tempe d'Armando, qui tombe comme une masse. Le craquement de son crâne contre mon carrelage m'arrache un nouveau cri.

Je compose le 911 sur mon portable, mais j'oublie de lancer l'appel, car le type se jette sur Armando avec son canif.

Dans un mouvement épatant, Armando se relève pile à temps, avant de faire basculer la lourde étagère en métal sur la tête de son adversaire. Le type s'effondre et ne bouge plus.

Si vous vous posiez la question, la mort ne laisse aucun doute, quand on l'a sous les yeux.

La position de son corps est complètement tordue. Sa nuque est manifestement brisée.

Armando a les mains qui tremblent tandis qu'il examine le corps inerte sous ses yeux. Un frisson me parcourt l'échine alors que le choc me fige sur place.

Armando regarde autour de lui, comme s'il s'attendait à ce que d'autres ennemis surgissent, et je l'imite.

Et maintenant ? Qu'est-ce que c'était que cette histoire, bon sang ?

C'est impossible. J'ai rêvé, ou quoi ?

Y a-t-il vraiment un homme ensanglanté étendu au milieu de ma boutique ?

La pièce est plongée dans le silence, à l'exception du tic-tac de l'horloge et du sifflement dans mes oreilles.

Armando pousse un juron et se laisse tomber à genoux pour prendre le pouls du type.

Puis il se met en mouvement, rapide et efficace. Il verrouille ma porte, ferme les persiennes et tourne la pancarte sur *Fermé*. Il ramasse le pistolet, puis traîne le cadavre derrière le comptoir, en direction de l'arrière-salle.

— Pas un geste, me dit-il en passant.

Pas un geste.

Je ne sais pas pourquoi, mais jusqu'à cet instant, je ne m'étais pas imaginé une seconde que ma vie puisse être en danger.

J'étais observatrice, et je priais pour qu'un camp l'emporte.

Le camp qui a gagné la bataille.

Mais soudain, je réalise que nous n'allons pas échanger des tapes dans la main. Un homme vient d'être *tué* dans ma boutique, et j'en ai été témoin.

La *seule* témoin.

Et le meurtrier vient de m'ordonner de ne pas bouger. Ce qui signifie que bouger est précisément ce que je devrais faire.

Armando traîne le corps dans ma chambre froide. Ensuite, ce sera mon tour.

Voilà un problème. Je ramasse mon sac et passe devant la chambre froide sans faire le moindre bruit. Mon cœur bat la chamade, et je sens mes paumes devenir moites. J'ai presque parcouru la moitié du chemin vers la liberté quand j'entends un bruit au fond de la boutique. Je me retourne et vois Armando marcher vers moi d'un pas lent, arme à la main, le visage menaçant. Il ne me laissera pas filer aussi facilement. Il fait quelques pas supplémentaires dans ma direction, et je comprends que je ne m'en sortirai pas vivante. Je me tourne de nouveau vers la porte, mais il est trop tard. Il est presque sur moi, et je n'ai aucune issue.

— Arrête. Je t'ai dit de ne pas bouger, putain !

Quelle voix ! Il est très doué pour donner des ordres. Chaque cellule de mon corps a envie d'obéir.

Mais ce serait stupide, alors je me mets à courir.

— *Hannah.*

Surprise qu'il se souvienne de mon nom, je marque une hésitation. Cela me coûte cher. Il me rattrape en un instant. Il me saisit par le coude et me fait tourner vers lui.

— *Pas un geste,* j'ai dit.

Seigneur, il est d'une beauté à se damner. Mâchoire carrée. Nez aquilin. Yeux noisette avec de longs cils. Il est tellement proche que j'arrive à sentir l'odeur de la mousse à raser de Rocco sur lui. Il porte une chemise bleue impeccable et hors de prix, ouverte au col pour révéler un marcel d'un blanc immaculé.

— Je suis dans ton camp, dis-je dans un souffle.

J'ignore si c'est mon instinct de survie qui me pousse à dire ces mots, ou si c'est la pure vérité. Je connais Armando. Je l'ai toujours bien aimé... peut-être un peu trop.

Je suis dans son camp. Vraiment.

Il me fait pivoter face au mur et me maintient en place.

— Je t'ai dit de ne pas bouger.

C'est la voix d'un fou furieux. D'un mafieux. D'un tueur. Il faut que je m'en souvienne.

— Je ne dirai rien.

Ça, c'est ce que tous les gens disent avant de se faire tuer.

C'est fini. Je suis condamnée.

Je m'attends à sentir le couteau contre ma gorge. Au lieu de cela, il me donne une claque sur les fesses.

Je pousse un petit cri de surprise. C'était une tape forte - punitive, pas joueuse -, et bizarrement, ça m'excite.

Je le regarde par-dessus mon épaule. Une fessée, ce n'est

pas une véritable menace. C'est quelque chose de sexuel. Torride. La glace de mes veines se met à fondre.

Il me donne une autre claque, sur l'autre fesse, cette fois.

Eh ben.

J'ignore complètement ce qui se passe, mais je suis plus excitée qu'effrayée.

Je dois prendre l'adrénaline pour du désir. Oui, c'est forcément ça.

À moins que je perde la tête ? Ai-je tellement peur de mourir que mon corps est dérouté par ces sensations nouvelles, et...

Il me donne une nouvelle tape, plus forte que les autres.

Mon corps réagit. Une chaleur irradie depuis mon centre, et je ne peux pas m'empêcher de gémir de plaisir. J'ai honte de ne pas être capable de maîtriser des émotions que je devrais lui cacher. Je sens mon cœur s'emballer, ma peau me picoter, et je mouille de plus en plus.

Il glisse les mains le long de mes flancs, laissant une traînée de feu dans son sillage. Il récupère ensuite un rouleau de ruban adhésif de fleuriste dans la poche de mon tablier.

— Voilà ce qui va se passer, dit-il.

Il me coince les bras dans le dos et m'attache les poignets avec le ruban adhésif. Le matériau est souple, mais il fait une demi-douzaine de tours bien serrés, m'empêchant de me libérer.

— Tu vas rester juste là, face au mur, jusqu'à mon retour. Tu ne feras pas un geste. Tu ne feras pas un bruit. *Capisce ?*

Je me dépêche de hocher la tête.

— Oui, d'accord.

J'ai l'air à bout de souffle.

J'ai peur. Une peur panique. Mais une sensation insensée est également tapie en moi. Une chaleur qui monte en flèche, un fourmillement curieux.

J'ignore si c'est parce que je craquais sur ce mec à une époque ou si sa fessée a réveillé une zone érogène chez moi, mais mon entrejambe est trempé.

Il se place face à moi, se penche et me murmure à l'oreille :

— Obéis, Pâquerette. Obéis, ou tu le regretteras.

Sa voix est grave, possessive. Son souffle chaud me chatouille la peau, envoyant des vagues de plaisir à travers mon corps.

Il me prend par le menton et tourne mon visage vers le sien. Il recule légèrement, et je halète, le cœur battant.

Il passe le doigt le long de ma joue, puis de ma gorge.

— Je reviens vite. Pas un geste.

Armando fait un pas en arrière pour me détailler des pieds à la tête, son regard brûlant de ce que j'espère être du désir. Ses yeux s'attardent sur le ruban adhésif serré autour de mes poignets, et il esquisse un sourire en coin.

— Sois sage, dit-il d'un ton d'avertissement avant de tourner les talons et de s'éloigner.

L'ai-je mal cerné ? Et ai-je complètement perdu la boule ? La seule chose que je devrais ressentir, c'est une envie folle de prendre mes jambes à mon cou. Je devrais me débattre, hurler, et surtout, être terrifiée.

Pourtant, je reste là, le cœur battant, et... le corps brûlant de désir. La chaleur entre mes jambes devient plus intense à chaque seconde qui passe, et une étrange excitation me traverse.

Mon impatience est presque douloureuse. Je suis toujours attachée et impuissante, mais cette fois, ma peur a été remplacée par autre chose. Quelque chose d'enthousiasmant. Je ne peux pas m'empêcher de me demander ce qui se passera au retour d'Armando, et même de fantasmer là-dessus.

Je tends l'oreille alors qu'il pénètre dans ma chambre froide. Je l'entends parler d'une voix tendue, autoritaire. Il doit être au téléphone.

À qui parle-t-il ?

Que dit-il ?

Oh, Seigneur, est-il en train d'appeler la mafia pour demander de l'aide avec sa... situation ? Le *Jardin d'Éden* s'apprête-t-il à baigner encore plus dans le sang, mais dans le mien, cette fois ?

Si j'étais plus maligne, je ne resterais pas là à attendre de découvrir ce qu'il compte me faire. Je trouverais un moyen de m'échapper. Je ne suis pas une cruche qui tombe sous le charme du premier bad boy venu. Je n'ai jamais été faible. Je n'ai jamais été une demoiselle en détresse. Alors qu'est-ce que je fabrique encore ici ?

Pile lorsque j'envisage de me diriger lentement vers la porte de derrière, il revient et me retourne. Avec mes poignets attachés dans le dos, mon bonnet D est projeté vers l'avant.

— Très bien, Pâquerette. Qu'est-ce que je vais faire de toi ?

C'est peut-être mon instinct de préservation qui prend le dessus. Ou l'effet qu'il me fait. Ou la brûlure sur mes fesses, là où il les a frappées, mais je fais la seule chose qui me vient à l'esprit : je l'embrasse.

Ses lèvres se collent aux miennes, me coupant le souffle. Sa langue se glisse dans ma bouche, joignant la mienne dans une danse lente et étourdissante. Je gémis contre lui, et mes hanches ondulent dans sa direction, comme s'il s'agissait d'une nouvelle étoile polaire.

Les mains d'Armando se faufilent plus bas, le long de mes hanches et de mes cuisses. Ses doigts effleurent mes vêtements, et je frémis. Il me saisit les fesses, les pétrit et les masse, enflammant chacune de mes terminaisons nerveuses. Ce baiser...

Chapitre Huit

Armando

Je recule et interromps notre baiser, surpris. C'est un moment inattendu et torride.

Comme si l'on venait de m'appliquer un défibrillateur sur la poitrine, un courant électrique semble me traverser.

La lumière se rallume. Mon corps revient à la vie.

Ça fait presque cinq ans que je n'ai pas goûté à une femme, et soudain, je dois rattraper le temps perdu.

Je me jette sur elle en une seconde et dévore sa bouche pulpeuse, la main glissée sous son tee-shirt. Je viens de tuer un mec et de cacher son corps dans la chambre froide de Pâquerette. C'est de ça que je devrais m'occuper. Mais dès qu'elle m'a embrassé, le monde a repris ses couleurs. J'ai besoin de l'explorer, tout autant que j'ai besoin d'oxygène. Elle porte une minijupe, et ma main remonte contre son sexe.

La soie douce de sa culotte est humide.

Cela suffit à mon cerveau pour foncer. Je suis une bête,

incapable de se réfréner. C'est un instinct sauvage qui dirige mes actions, pas ma raison.

Je soulève son tee-shirt et penche la tête pour me repaître de l'un de ses tétons. Ses halètements m'emplissent les oreilles.

Je glisse les doigts sous la couture de sa culotte pour caresser ses replis trempés.

— Dis-moi, Pâquerette, qu'est-ce qui t'a fait mouiller à ce point ?

J'introduis un doigt en elle, et elle se met sur la pointe des pieds en poussant une exclamation.

Mon corps est en feu, mon désir si violent que j'en sens presque le goût dans ma bouche. Je vais la prendre ici même, jusqu'à ce que toute ma noirceur ait été chassée. Jusqu'à ce que je sois de nouveau capable de respirer.

Elle renverse la tête en arrière, les ongles plantés dans mes épaules tandis que mon doigt s'enfonce plus profondément, arrachant un gémissement à ses lèvres entrouvertes. Qu'elle le veuille ou non, elle fait onduler ses hanches et se colle à ma main. Je suis si profondément enfoncé en elle que je touche son centre.

— S'il te plaît, susurre-t-elle.

Me supplie-t-elle de continuer, ou de la libérer et de m'en aller ? La frontière entre le bien et le mal est trop floue pour que je le sache.

Mon cœur tambourine dans mes oreilles, et mon sexe est en acier. Nos bouches s'écrasent l'une contre l'autre dans un baiser désespéré, explorant, goûtant, titillant. Ma main libre glisse autour de son corps pendant que ma langue chatouille ses lèvres. Je la sens trembler contre moi alors que j'enfonce un deuxième doigt en elle.

Ses gémissements pleins de ferveur me font bander tellement fort, me donnent tellement envie de dévorer chaque centimètre d'elle, que je frémis comme un homme affaibli. Je place une main derrière sa nuque tandis que nous nous savourons l'un l'autre. La chaleur de nos corps mêlés est presque insupportable.

Si elle m'implorait d'arrêter, j'aurais du mal à me faire.

Je sais qu'elle ne peut pas être à l'aise, pressée contre le mur avec les mains attachées dans le dos, mais je semble incapable de calmer mes ardeurs.

Oui, il y a un cadavre dans sa chambre froide, et je la retiens prisonnière.

Mais autour de nous, le monde semble disparaître, nous laissant enveloppés dans un désir ardent et frénétique. Rien ne compte, à part le moment où elle deviendra toute à moi.

Oui, c'est ce qu'elle est. *À moi.*

Parcouru par l'adrénaline du combat que je viens de mener, je n'arrive pas à maîtriser le démon qui veut sortir pour la posséder pleinement.

J'écarte les doigts pour étirer son centre étroit, et je vais et viens plus vite et plus fort, avec une intensité qui la fait haleter et trembler contre mon corps. J'arrête seulement lorsque je sens ses muscles se contracter et qu'elle se met à crier de plaisir.

— Ça te plaît d'être attachée ? Ou c'est la fessée qui t'a excitée ?

Elle me contemple avec ses yeux bruns pailletés d'or. Sa masse de cheveux bouclés forme un halo autour de sa tête et retombe sur son œil droit. Elle est splendide. Un concentré de féminité dans un petit corps tout en courbes. Je n'ai jamais eu de relation avec une femme noire, mais après avoir connu des hommes de toutes les origines en prison, le racisme avec lequel j'ai grandi a quitté mes pensées depuis bien longtemps.

Mais surtout, je n'ai jamais eu de relation avec une

femme aussi belle. À couper le souffle serait une meilleure description. Une déesse, qu'aucune autre ne peut égaler.

— Ou alors... poursuis-je en me souvenant des circonstances complètement tordues. Est-ce que c'était la violence à laquelle tu as assisté ? Qu'est-ce qui t'a fait gémir mon nom, Pâquerette ? Qu'est-ce qui t'a fait mouiller à ce point ? C'est la mort qui t'excite ?

— Je... je ne sais pas.

L'espace d'un instant, ma raison tente de prendre le dessus. De me réfréner. De me rappeler que ce n'est ni le lieu, ni le moment. Mais son sexe qui se contracte sur mes doigts et ses joues rosies me renvoient à ma seule obsession : aller jusqu'au bout.

— Tu veux que je te soulage, en bas ?

J'arrête de bouger et attends qu'elle me donne son consentement. Nous sommes tous les deux essoufflés, nos visages à quelques centimètres l'un de l'autre. Tout en soutenant mon regard, elle hoche presque imperceptiblement la tête, juste avant de se jeter sur moi dans un nouveau baiser.

Je me jette sur elle à mon tour.

Je n'ai jamais connu une femme aussi entreprenante, et ça me rend fou. J'enfonce de nouveau les doigts profondément en elle, tout en pétrissant ses fesses de mon autre main. Elle gémit et soupire de plaisir en se tortillant contre moi, ses lèvres toujours contre les miennes, sa langue dansant dans ma bouche.

J'insère un troisième doigt pour la préparer à la suite. Je ne fais pas exprès d'être aussi sauvage et cochon, mais mon corps n'en fait qu'à sa tête. Mon autre main la caresse entre les fesses, cherchant le petit renflement de son anus.

Elle pousse un cri de surprise lorsque je le trouve, et elle se laisse tomber contre moi en contractant les muscles.

Je la repousse contre le mur et vais et viens en elle de ma main gauche tandis que ma main droite alterne les caresses sur son anus et sur ses fesses généreuses.

Ses Converse roses dansent sous elle. Je n'ai même pas encore sorti mon membre, mais je ressens son plaisir. Ça fait très longtemps, mais je ne me souviens pas avoir déjà fait un tel effet à une fille. Pas si facilement. Pas si vite. Le mélange d'érotisme et de tension entre nous me donne l'impression que ma vie dépend de sa jouissance.

C'est peut-être le fait d'avoir échappé à la mort de justesse qui me fait cet effet.

Le fait de...

Non, je ne penserai pas à ça maintenant. Pour l'instant, je me contente d'admirer Hannah, la jolie fleuriste, pendant que son orgasme monte.

Elle pousse un cri en jouissant avec force, et j'étouffe sa bouche avec la mienne, avalant ses gémissements.

Je reste pressé contre elle et continue d'aller et venir avec mes doigts jusqu'à ce que ses contractions de plaisir cessent de les aspirer.

— Bon sang, Pâquerette.

J'ôte mes doigts, puis je soutiens son regard, les paupières lourdes, pendant que je les glisse dans ma bouche.

— Ça a le goût du paradis, dis-je d'une voix rauque et gutturale. Je pourrais te lécher toute la nuit.

Elle me regarde d'un air hébété, les yeux flous et brillants, les joues rougies.

Elle a toujours été très belle, mais elle était trop jeune, quand je suis parti. À peine sortie du lycée. Elle a bien grandi. Elle s'est percé le nez. Elle a laissé pousser ses cheveux, et ses boucles folles aux pointes dorées lui tombent jusqu'aux fesses. Elle est à tomber par terre.

Je ne peux pas m'en empêcher. J'en veux encore. Je crois que ça me tuera, si je ne plonge pas en elle *tout de suite*.

— J'ai envie d'être en toi.

Je suis surpris d'avoir parlé à voix haute. C'est mal. Très mal. J'ai ligoté cette fille avec du ruban adhésif, bon sang. Mais quelque chose dans son regard me dit que j'ai mes chances.

— Tu me laisses te pencher sur le comptoir et te baiser bien fort ?

Nom de Dieu. Je suis complètement dépravé. Quelle fille irait dire oui à un truc pareil ?

Je n'en reviens pas, mais elle s'humecte les lèvres et demande :

— Tu as un préservatif ?

Oh que oui, j'en ai un. J'ai beau ne pas avoir ressenti le besoin de m'en servir jusqu'à présent, je m'étais préparé à cette éventualité, au cas où.

Je la mets dans la position que je viens de décrire en moins de deux secondes. Je soulève sa minijupe et lui donne plusieurs tapes sur les fesses, avant de baisser sa culotte. J'adore la couleur qu'elles prennent, mon empreinte qui commence à se voir.

Je trouve mon préservatif. Le pistolet que j'ai rangé à ma ceinture tombe lorsque je libère mon membre, mais je n'y fais pas attention, trop aveuglé par le désir pour réfléchir correctement.

Je parviens tant bien que mal à enfiler le préservatif.

Je fais glisser mon érection dans son nectar.

Elle est toujours délicieusement trempée. Glorieusement, miraculeusement trempée. Je m'enfonce dans sa chaleur, et tout mon corps frémit de plaisir.

— Putain. C'est tellement bon.

Je ne suis pas du genre à avoir la langue bien pendue, mais toucher cette fille me rend bavard. Je colle sa tête au comptoir, ses boucles brun foncé et couleur miel en éventail. Je chasse les cheveux qui lui tombent sur le visage, avant de les saisir au niveau de la nuque.

— Tu aimes qu'on te tire les cheveux ?

Elle pousse une petite plainte. Ça pourrait vouloir dire non, mais elle se met à mouiller de plus belle, alors je prends ça pour un oui.

Je la saisis fermement par les cheveux et me mets à la pénétrer en rythme avec ses halètements. Je sens chaque contraction de son vagin tandis que je m'enfonce plus profondément en elle. Son corps tremble, comme si des courants électriques la parcouraient. Je me mets à aller plus vite, et mes coups de reins deviennent plus forts.

Je lui caresse les seins, les massant et les pétrissant tout en poursuivant mes va-et-vient impitoyables. Ses gémissements se font plus intenses lorsque je stimule son clitoris avec mes doigts. Je la sens se contracter autour de moi, me poussant vers le précipice. Lorsqu'elle frémit et crie de plaisir, je m'enfonce le plus profondément possible.

Puis je perds le contrôle. Je la baise vite et fort. Des feux d'artifice dansent sous mes yeux. Une explosion de plaisir secoue mon corps. La chaleur monte à la base de mon échine. Mon sang bouillonne.

Ça fait des années que je suis mort. Je n'aurais pas imaginé qu'une bonne baise me suffirait à revenir à la vie. Et ça, c'est la meilleure baise de tous les temps.

C'est incomparable. Chaque coup de reins me donne un électrochoc de plaisir. J'y vais trop fort avec elle, mais je n'arrive pas à me réfréner. Mon bassin claque contre ses fesses. Ses poignets liés rebondissent dans le bas de son dos.

— Mes hanches, halète-t-elle. Ça fait mal.

Merde. Je les fais cogner contre le comptoir.

Je glisse un bras devant elle pour les protéger, avant de reprendre mes va-et-vient effrénés. Si je me fais mal au bras, je m'en fous. En fait, je savoure même la sensation. Le plaisir et la douleur se mélangent pour former une symphonie sensorielle. L'odeur d'Hannah me monte aux narines, accompagnée de l'arôme des roses, des lys et des autres fleurs qu'elle garde ici.

Elle halète alors que je m'enfonce avec force, faisant monter la pression en elle de façon presque insupportable. Ses hanches se mettent à trembler, me suppliant de lui en donner plus. Je glisse la main devant elle, trouve son clitoris et me mets à le caresser dans un mouvement circulaire. Elle gémit, cambrée, et se frotte à moi. Mes coups de reins deviennent plus rapides et plus puissants alors que j'approche de la jouissance.

J'en suis trop proche pour attendre qu'elle atteigne l'orgasme, trop dérouté pour savoir comment l'y mener. Je pousse un juron et m'enfonce d'un cou, renversant sa tête et son buste en arrière pendant que j'éjacule.

Elle pousse une petite plainte, et une bouffée de remords m'envahit.

C'est marrant.

Je viens d'achever un homme ici même sans rien ressentir. Comme Terminator en mission. Et soudain, j'ai une conscience. Et j'ai *raison* de m'en vouloir. Je viens de baiser une fille que je venais d'attacher et de faire prisonnière. Le fait qu'elle m'ait demandé si j'avais un préservatif ne constitue pas un consentement. Elle m'implorait sans doute seulement de prendre des précautions.

Bon sang. Quel genre de *stronzo* suis-je ?

Chapitre Neuf

Hannah

Oh la vache.

J'ai la tête qui tourne, le corps en ébullition. J'ai oublié d'avoir peur pendant que nous couchions ensemble, mais à présent, les circonstances me reviennent. Je suis plaquée à mon comptoir, la culotte baissée et les poignets attachés dans le dos, toujours étirée par le sexe d'un quasi-inconnu.

Qu'est-ce que je fabrique ?

On ne dirait pas, là, mais d'habitude, je suis du genre prudente, concernant mes choix de partenaires.

Je ne comprends pas pourquoi j'ai perdu la tête à ce point-là. C'était tellement torride. Sauvage. Primaire. Mon béguin d'adolescente sur Armando rendait ces ébats nécessaires. Je n'ai pas joui à la fin, mais j'étais à deux doigts de le faire.

À présent, tout mon corps fourmille, brûlant et en manque. Ce qui ne suffit pas à me faire oublier la menace qui plane.

Je risque de gros ennuis, là. La mort, même.

Il a tout de suite protégé mes hanches quand je lui ai dit que j'avais mal.

Je m'accroche à cette preuve pour me convaincre que cet homme n'est pas un psychopathe. Qu'il ne vient pas de me violer. Que je vais m'en sortir vivante.

Quelqu'un tambourine à la porte de derrière, et Armando se retire en poussant un juron. Il remonte ma culotte et jette le préservatif dans la corbeille.

La tension revient dans ses mouvements tandis qu'il tourne les talons et observe les alentours. Je me raidis lorsqu'il ramasse un rouleau de gros scotch sur une étagère et en coupe un petit morceau.

— Non...

Il me le colle sur la bouche.

Je crie sous le scotch, soudain terrorisée.

Ohmondieuohmondieuohmondieu.

Que se passe-t-il ? Que va-t-il me faire ?

On frappe à nouveau, et Armando m'attrape par le bras pour me traîner jusqu'à la réserve.

— Chut.

Il pose un doigt sur mes lèvres scotchées tout en me poussant dans la petite pièce obscure.

Je tente de hurler *non*, mais je ne produis qu'un bruit étouffé.

— Silence, Hannah, dit-il d'un ton d'avertissement.

La porte se ferme.

La panique s'empare de moi. J'ai peur du noir. Je n'aime pas les espaces restreints. Et je n'ai aucune envie de rester ligotée et de pourrir ici.

Je suis tentée de donner des coups de tête dans la porte pour faire du bruit, sauf que la personne qui vient d'arriver était attendue par Armando. Il s'agit donc de quelqu'un qu'il connaît.

Je ne peux pas espérer d'être secourue.

D'ailleurs, s'il me cache de l'un de ses complices, c'est peut-être pour ma propre sécurité. L'autre insisterait peut-être pour qu'il me tue.

Eh merde.

Tout mon corps se met à trembler. Ce n'est pas un petit frémissement, mais des spasmes qui font cogner mes genoux l'un contre l'autre et me contractent douloureusement la cage thoracique.

J'entends des voix d'hommes et des bruits de pas passer devant la réserve. J'entends un corps traîner sur le sol.

Des larmes roulent sur mes joues et sur le scotch qui couvre ma bouche. Je respire bruyamment par le nez.

— Et la fleuriste ? demande le nouveau venu juste devant la réserve. Tu veux que je règle ça ?

— Je me suis débarrassé d'elle, répond Armando.

— Ah bon ?

— Ouais. Elle n'a rien vu. Tout va bien.

J'avais raison. Il me protège. C'est pour ça qu'il m'a enfermée là. Parce que si ses potes apprenaient que j'ai assisté à la scène, je serais condamnée.

Mais dans ce cas... comment être sûre qu'il ne m'éliminera pas quand même ? Il compte peut-être se servir de moi comme d'un jouet sexuel d'abord. Me garder attachée dans son placard pendant des mois et des mois avant de m'assassiner et de me jeter dans un fossé.

Seigneur.

La situation est grave.

— Je vais terminer de faire le ménage ici. Je t'en dois une. Ne parle de ça à personne. Je raconterai tout au boss moi-même, d'accord ?

— Ça marche, du moment que tu le préviens.

— Promis juré. Hé... fais aussi disparaître son pistolet. Je n'ai pas le droit d'être armé.

— Tu délires ou quoi ? Quelqu'un vient d'essayer de te buter. T'as besoin d'un flingue.

— Je sais me défendre autrement.

Ça, c'est bien vrai. Je viens de le voir achever un homme armé sans tirer un seul coup de feu. D'ailleurs, il avait même vidé le chargeur du pistolet. Je ne pense pas qu'il avait l'intention de tuer ce type. C'était de la pure légitime défense.

— J'espère vraiment, répond l'autre homme.

La porte de derrière se ferme. J'attends, la respiration de plus en plus saccadée tandis que différents scénarios défilent dans ma tête.

Qu'est-cequisepassequ'est-cequisepassequ'est-cequi-sepasse ?

La porte de la réserve s'ouvre à la volée, et la lumière soudaine me fait ciller. Le visage d'Armando devient plus net. Il fronce les sourcils en m'observant.

— Oh, bébé. Tu as cru que j'allais te laisser là-dedans ?

Il essuie les larmes qui coulent sous mon œil gauche avec son pouce.

Est-ce ce que j'ai cru ? Pas vraiment. Mais je n'ai pas apprécié d'être attachée et enfermée dans un placard obscur. Impuissante.

Il me tire vers l'avant et commence à soulever l'un des coins du scotch.

— Désolé pour ça.

Il tire sur le scotch d'un seul coup. Je pousse un cri étouffé.

— Ça va ?

— Non, réponds-je d'un ton cinglant. Libère-moi.

L'ordre que je lui donne semble plus implorant qu'autoritaire.

— Désolé, Pâquerette. Ce n'est pas possible.

Il me traîne dans mon atelier.

— Voilà ce qui va se passer. Je vais faire le ménage dans ta boutique, et tu vas rester là où je te mettrai sans faire un bruit. Tu en es capable, ou il faut que je te remette dans la réserve ?

Je suis tentée - très tentée - de lui donner un coup de genou dans les parties. Sauf que je viens de voir ce dont cet homme est capable. Il a affronté un homme armé d'un pistolet *et* d'un couteau, et il a gagné. Ça ne se finirait pas bien pour moi.

Il essuie de nouveau mes larmes.

— Sois sage, Pâquerette, et il n'y aura pas de problème entre nous. D'accord ?

— Je ne veux pas de toi ici.

C'est bête à dire, mais c'est vrai. Je veux qu'il s'en aille. Qu'il quitte ma boutique. Ma vie. Ma réalité.

J'ai envie de vomir.

J'aimerais que tout ça ne soit jamais arrivé.

— C'est réciproque, Pâquerette, dit-il.

Il tire le tabouret derrière mon bureau, qui se trouve plus ou moins dans le couloir, mais qui donne sur la boutique, et il m'assoit dessus.

Je me tourne vers lui pendant qu'il sort un balai et une pelle d'un placard et s'active dans la boutique.

— C'est Hannah. Mais tu le sais déjà.

Je suis un peu amère, car le fait qu'il ait prononcé mon prénom a causé ma perte. Si je n'avais pas hésité lorsqu'il m'a appelée, j'aurais réussi à fuir par la porte de derrière.

Il me tourne le dos. Il balaye les pots brisés et la terre avec des mouvements rapides et habiles.

— Hannah. C'est toi la propriétaire, désormais.

Je regarde les muscles de son dos onduler à chaque coup de balai. Je ne devrais pas être flattée qu'il sache des choses à mon sujet. En plus, ce n'est pas comme s'il s'agissait d'informations fracassantes. Dans son organisation, tout le monde est au courant. Mais mon pouls s'emballe quand même.

— Armando.

En entendant son nom, il relève brusquement la tête et plante son regard dans le mien. Mon estomac se serre. Il est aussi beau que dans mes souvenirs, sauf qu'il a un air plus sérieux, désormais. Il n'y a plus la moindre trace de sourire sur son visage. Plus trace de charme et de désinvolture. Et ses yeux...

Je ressens une pointe de compassion.

Car ses yeux semblent très vieux.

— Tu t'en souviens, dit-il.

Je hausse les épaules, comme s'il n'avait pas tenu le premier rôle dans une centaine de mes fantasmes les plus inavouables.

— Toi aussi, tu te souvenais de mon prénom. Où étais-tu passé ? demandé-je d'une voix rauque.

Son regard se ferme, et il reprend sa tâche.

— En prison. Je viens de sortir.

Un frisson me parcourt. *En prison.* Josie et moi n'y avions même pas pensé.

— Est-ce que c'était ta... première fois depuis ta sortie ?

Ça expliquerait pourquoi il s'est jeté sur moi comme une bête sauvage quand je l'ai embrassé.

Au début, je crois qu'il ne me répondra pas. Il m'ignore alors qu'il jette le contenu de la pelle aux ordures. Puis il marmonne :

— Ouais.

Je suis à la fois ravie et dévastée. J'imagine que j'aurais préféré que sa passion vienne uniquement de son attirance pour moi. Il avait retenu mon prénom, après tout.

Que je suis bête !

Puis je réalise qu'il m'observe, et je tente de maîtriser mon expression. De porter un masque indéchiffrable, comme lui.

— Ça va ? J'ai été... sauvage.

Eh merde, je rougis. Je sens la chaleur me monter dans le cou et se répandre dans mes oreilles et mes joues.

Oui, il était sauvage. Et c'était torride. Je ne savais pas que j'aimais que l'on me tire les cheveux ou que l'on me donne la fessée. Et j'en veux encore, comme une grosse gourmande. Le manque est presque douloureux.

— Je t'achèterais bien des fleurs, mais je crois que ce n'est pas ton truc, dit-il.

Il esquisse un sourire, et idiote que je suis, je lui souris en retour.

— Seulement si tu achètes le bouquet ici, réponds-je.

C'est absurde, parce que je n'aimerais pas qu'un homme m'achète un bouquet pour me l'offrir. J'ai seulement dit ça parce que je suis tellement à court d'argent que je serais vexée qu'il achète des fleurs ailleurs.

Qu'est-ce qui me prend, de penser à ça ? Je suis retenue prisonnière dans ma propre boutique. Par un *meurtrier*.

L'heure n'est pas aux roses et au romantisme.

Alors je fais ma curieuse :

— Où est passée ta fiancée ?

Il grimace, et son expression se fait plus dure.

— Tu poses beaucoup de questions, Pâquerette.

Les pièces du puzzle s'assemblent dans mon esprit.

— Elle ne t'a pas attendu, réponds-je à sa place.

Il remet la table renversée sur ses pieds et pose les plantes survivantes dessus.

Il ignore ma compassion et me passe devant pour remplir un seau dans mon grand évier professionnel. Je sens une odeur d'eau de javel. Bon, au moins, il nettoie après lui. Il aurait pu m'obliger à le faire.

Je me tords les mains dans le dos.

— Ça fait mal, dis-je.

— Arrête de bouger.

— Merci. Super conseil. Ça ne m'avait pas traversé l'esprit.

Il me jette un regard tout en diluant l'eau de javel dans le seau.

— Tu es attachée parce que tu ne m'as pas obéi. Sois plus sage, si tu veux que j'arrête de te tenir en laisse.

— En laisse ?

Il emporte le seau dans la boutique. Il y a du sang par terre, mais pas beaucoup, heureusement.

— Pourquoi tu ne t'es pas servi du pistolet ? Trop bruyant ?

Il secoue la tête.

— Tais-toi, Pâquerette.

— Tu ne voulais pas le tuer.

Armando émet un bruit réprobateur tout en passant la serpillière dans le couloir. Il passe devant moi pour jeter l'eau sale dans l'évier.

— Ne t'en mêle pas. Tu n'as rien vu. Si quelqu'un te pose la question, il y a eu une bagarre, mais on est sortis pour terminer ça dehors. Tu as fermé la boutique et tu es rentrée en avance.

Mon tabouret pivote, alors je me sers de mes pieds pour tournoyer comme une enfant.

— Sans vouloir te vexer, ton histoire ne tiendrait pas deux minutes face à un interrogatoire.

Armando me rejoint à grands pas.

La part de moi assez audacieuse pour se montrer insolente se ratatine, surtout lorsque je me rappelle que cet homme est un tueur brutal.

Il s'arrête juste devant moi, et l'indécision apparaît sur ses traits. Il a peut-être perçu ma peur. Il tend la main vers moi, et je sursaute. Ses gestes deviennent plus lents. Il glisse les doigts dans mes cheveux, avant de les serrer avec force.

— Écoute-moi bien, Hannah. Je n'ai pas envie de prononcer les mots que je suis censé te dire, là. Pas avec toi.

Mon estomac fait des sauts périlleux tandis que je tente de décrypter ses paroles. Je n'arrête pas de me focaliser sur le *pas avec toi*.

Comme s'il me voyait bel et bien comme une personne à part. Mais je surinterprète sans doute trop ce qu'il dit, pour ne pas regretter de l'avoir laissé me faire ces choses.

Comme si je voulais croire que ces ébats sauvages avaient compté pour lui.

Moi, en tout cas, je suis toujours troublée. Et quand j'arrête de cogiter ou de me demander si je me suis salie en faisant ça, je commence à me dire que m'envoyer en l'air avec un homme comme Armando valait le coup. À mon avis, après lui, le sexe plan-plan n'aura plus aucune saveur. Les hommes doux et gentils ne me feront plus d'effet. J'aurais dû me douter que si ces connards de la mafia m'ont toujours attirée, c'est pour une bonne raison. Je préfère les mâles alpha. Je suis certaine qu'il s'agit d'une faiblesse biologique que beaucoup de femmes partagent avec moi.

Je tente de déglutir, malgré l'étau invisible qui m'étrangle.

— Je ne parlerai de ce que j'ai vu à personne, parviens-je à dire d'une petite voix.

— Gentille fille. Il n'y aura aucun problème, alors.

Oh, que si. Pour moi et pour nous.

Je prends mon courage à deux mains, car poser des exigences n'est pas mon fort, surtout dans ce genre de situation insensée. Je lève le menton.

— Mais c'est toi qui payeras pour les dégâts.

Je ne quitte pas son visage des yeux alors que je montre la zone où les pots ont été brisés.

— Oui. Bien entendu.

Ouf. C'était plus facile que je le craignais.

Je m'assois au bord du tabouret, autant que faire se peut, avec sa poigne sur mes cheveux qui me maintient en place. Cela a seulement pour effet de projeter ma poitrine en avant. Son regard tombe sur mon décolleté, et son expression devient avide.

Je me lèche les lèvres, et ses yeux se posent sur ma bouche.

— Est-ce que... est-ce que tu me libéreras ?

Son désir disparaît, remplacé par son air dur habituel.

— On verra, Pâquerette.

Il me lâche les cheveux et se détourne.

Un frisson traverse ma peau.

Le doute et l'horreur envahissent mon cerveau et chassent toutes pensées intelligentes.

Je bondis sur mes pieds. Il pivote, et sa main se retrouve sur ma gorge en un instant. Il ne me serre pas, mais me fait reculer jusqu'à mon tabouret. Son ton est égal lorsqu'il dit en secouant la tête :

— Je ne t'ai pas autorisée à bouger.

C'est cette voix glaciale plus que tout le reste qui me terrifie.

Il doit voir la panique dans mon expression, car il pose doucement un doigt sur mes lèvres et le fait glisser vers le bas.

— Chut. Du calme. Si tu fais ce que je te dis, je ne te ferai aucun mal. *Capisce* ?

Je soutiens son regard et hoche rapidement la tête.

— Gentille fille.

Chapitre Dix

ARMANDO

Merde.

J'ignore ce que je vais faire de cette fille. Je ne peux pas la garder attachée éternellement.

Elle a été témoin d'un meurtre, mais je ne fais pas de mal aux personnes innocentes.

Le type que j'ai tué aujourd'hui ? C'était un professionnel. Pas un bon, mais clairement un mec payé pour cette mission. Sans doute envoyé par les *Hermanos*.

Cazzo.

Je suis passé directement de ma première confession hors de prison à l'enfer. Don Pachino m'a ordonné de me tenir à carreau. La bonne blague. Je finis de nettoyer la boutique, désireux d'effacer toute trace de lutte. Je vais devoir rembourser quelques pots de fleurs à Hannah, mais les dégâts sont raisonnables. Par chance, il n'y avait pas trop de sang.

Marco est un ange de s'être chargé du corps pour moi. C'est la seule personne en qui j'ai assez confiance pour ça. Il y a des soldats. Avant, j'avais ma propre équipe, et j'aurais pu appeler l'un d'entre eux, mais quelque chose m'a soufflé de ne pas le faire.

Debout face à Hannah, je fais glisser ma paume autour de son bras pour la mettre debout. Elle me fusille du regard.

— Où sont les clés du van garé à l'arrière ?

Elle écarquille les yeux.

— Pourquoi ? Tu ne peux pas mettre un corps dedans...

— Il n'y a pas de corps, la coupé-je. Mais il faut qu'on parte. Maintenant. Et je n'ai pas de voiture.

Je n'ai pas de permis non plus, mais ça, c'est le cadet de mes soucis. J'aurais sans doute dû garder le pistolet, au point où j'en suis. Je viens de commettre un meurtre et un kidnapping. Les cinq ans de prison que je risque pour possession d'arme à feu par un criminel, c'est du pipi de chat, à côté.

— C'est... c'est une épave. Je ne m'en sers plus, parce qu'il n'arrête pas de caler.

Merde.

— Je prends le risque, dis-je. *Où sont ces putain de clés ?*

— Dans mon sac à main. *Bon sang.*

Elle me montre un sac caché sous le comptoir d'un geste du menton.

Ça me plaît, que mon ton l'énerve et qu'elle me réponde un peu. Ça signifie qu'elle n'est pas complètement terrorisée. Elle estime toujours que je devrais la traiter mieux que ça, et elle a raison, bien sûr. Mais je n'ai plus vraiment l'habitude de faire des politesses.

Je fouille dans son sac et trouve les clés, puis je consulte son permis de conduire pour découvrir son adresse.

— Tu vis seule ?

Elle pâlit.

— P... pourquoi ?

— Parce que quelqu'un essaye de me tuer. Je ne devrais

pas t'emmener dans mon appartement. C'est tranquille, chez toi ?

Le soulagement envahit ses traits, et elle hoche la tête, tremblante.

— Oui. Je vis seule. Enfin, c'est petit.

— Tu sais, je viens tout juste de quitter une cellule de deux mètres sur trois. Je crois qu'on survivra.

Je ne me suis confié comme ça à personne, depuis ma sortie. Même pas à ma mère ou à Don Pachino. Je la traîne vers la porte, mais elle résiste et jette un regard à la caisse enregistreuse.

Je tente d'interpréter son hésitation.

— Tu ne laisses pas d'argent dans la caisse la nuit ?

— J'ai un dépôt à faire. Ce soir. Sinon, ton boss n'aura pas son argent quand il encaissera mon chèque.

Ses yeux s'embuent, et une drôle de sensation s'empare de moi.

Je n'avais rien ressenti depuis mon incarcération.

Nada.

Aucun cœur ne battait dans ma poitrine.

Mais à présent, l'empathie pointe de nouveau le bout de son nez.

Ses finances doivent être au plus bas.

Je la traîne jusqu'à la caisse et teste ses clés une à une jusqu'à trouver la bonne. Il n'y a pas beaucoup d'argent à l'intérieur. Moins de trois cents dollars, à mon avis.

— Il y a une enveloppe dans le tiroir, dit-elle.

Je trouve une sacoche avec une fermeture éclair et je fourre l'argent dedans.

— C'est tout ?

De nouvelles larmes lui montent aux yeux, et elle hoche la tête.

Oui, elle a clairement des soucis d'argent.

Bon, si elle garde mon secret, je lui serai redevable. Je glisse ma main libre dans ma poche.

— Combien il te manque ?

— Quoi ? demande-t-elle, surprise, en me dévisageant. Oh, euh, au moins cent dollars, peut-être plus.

Je passe en revue les billets que le don m'a donnés lorsque j'ai de nouveau prêté serment à lui-même et à l'Organisation, que le don aime appeler la *Cosa Nostra*. Je fourre six cents dollars supplémentaires dans sa sacoche.

— Ça suffira ?

Les yeux ronds, elle hoche la tête, le souffle court.

— Bien. Voilà ce qui va se passer. Si tu es sage - bien sage -, je te détacherai et je te laisserai t'asseoir dans le siège passager. On ira faire ton dépôt.

Je lui donne une tape sur les fesses avec la sacoche pleine d'argent.

— Ensuite, on ira chez toi. *Capisce ?*

Elle hoche la tête en vitesse.

— Je serai sage. Promis.

Lorsqu'elle se lèche les lèvres, je suis envahi par l'envie soudaine de l'embrasser à nouveau. Parce que je n'avais jamais connu un baiser pareil. Plein de passion, de chaleur et de désir pur. Je veux y goûter à nouveau.

Et ensuite, j'aimerais bien voir ces lèvres étirées sur mon membre. En train d'aller et venir sur mon érection avec le même enthousiasme dont elle a fait preuve tout à l'heure, penchée sur le comptoir. Je veux voir le plaisir dans ses yeux quand je la ferai jouir, sentir son corps trembler sous une jouissance que moi seul peux lui donner. Je me rapproche d'elle, et mes mains glissent le long de ses bras tandis que je colle mon bassin au sien, sans laisser le moindre doute quant à mes intentions.

Je jurerais qu'elle lit dans mes pensées, car quand je baisse les yeux, je vois ses tétons dressés sous son tee-shirt.

Et je dois avoir perdu la tête, car ma seule pensée, c'est que je devrais la baiser avant de partir.

Au lieu de cela, je la traîne à l'arrière, et nous sortons dans la ruelle où j'ai aidé Marco à fourrer le cadavre dans son coffre, trois quarts d'heure plus tôt. Je m'arrête sur le seuil de la porte et me sers de l'une des clés d'Hannah pour couper le ruban adhésif qui lui lie les poignets.

Avant de la libérer, je glisse la main dans ses cheveux et lui renverse la tête en arrière.

— Ne me le fais pas regretter, Hannah.

Mon corps est collé au sien. Sa poitrine se soulève et retombe rapidement, attirant mon regard vers son décolleté appétissant. Je glisse le pouce le long de sa mâchoire.

— Non. Je serai sage. Promis.

— C'est bien.

Je la relâche lentement, peu désireux de séparer mon corps du sien. Je ne suis pas sûr de pouvoir lui faire confiance, hors de la boutique. Elle risque de hurler. De s'enfuir. De prendre son téléphone.

Mais bon, ça servira de test. Si elle se comporte mal, je gérerai la situation. Et je saurai que je ne peux pas lui faire confiance.

Ce qui signifie... Bon sang, je n'ai vraiment pas envie de songer aux conséquences, car je ne fais pas de mal aux femmes. Et encore moins aux innocentes.

Et elle fait partie de ces deux catégories.

Chapitre Onze

Armando

J'ouvre la porte de derrière et la pousse dehors, avant de fermer derrière nous et de tester le verrou.

— Prouve-moi que tu es digne de confiance, dis-je en lui assénant une autre claque sur le derrière.

Je ne suis pas très fessée, d'habitude. Pas avant la prison, en tout cas. Bon, d'accord, il m'est déjà arrivé de donner une ou deux tapes sur les fesses de ma copine au lit, mais avec Hannah, ça n'a rien à voir.

Son cul est pulpeux. Rond, rebondi. Ferme. Je ne veux pas me contenter de la pencher en avant pour la baiser à nouveau, j'ai envie de la fesser jusqu'à ce que sa peau noire rosisse avant de la prendre par-derrière.

Nom de Dieu.

Je suis un sauvage.

Une bête en rut.

Et Hannah est ma proie.

J'ai envie de la jeter à l'arrière du van et de profiter de

son corps plantureux ici, tout de suite.

Je prie presque pour qu'elle me donne une bonne raison de continuer à la brutaliser, mais elle se tient à carreau et se dirige droit vers la portière passager du Doge Ram pourri tout droit sorti des années 70, avec un autocollant de fleur sur le côté. Elle attend que je déverrouille la portière. La peinture du vieux van s'effrite, et la carrosserie commence à être rongée par la rouille. Les mots *Le Jardin d'Éden – Fleuriste* sont abîmés, délavés et se décollent, dévoilant la peinture jaune qui se trouve en dessous.

— Ce tas de ferraille roule encore ?

J'ai prononcé ces mots à voix haute tout en ouvrant la portière à Hannah. Je n'ai pas l'intention de l'humilier, mais bon sang, cette épave est un vrai dinosaure.

— Et toi, tu as le droit de conduire, au moins ? rétorque-t-elle en montant.

— Non.

Je claque la portière et fais le tour du véhicule, gardant un œil sur elle à travers les vitres. Elle s'assoit et croise les mains sur ses genoux, sage comme une image.

Un peu trop, peut-être. Soit déposer cet argent à la banque compte plus à ses yeux que sa sécurité, soit elle mijote quelque chose.

J'espère que c'est la première proposition.

Je me glisse derrière le volant et démarre. Correction : je *tente* de démarrer. Il faut plusieurs essais pour que le van prenne vie en crachotant. Je me demande comment elle effectue ses livraisons, avec ce truc. Encore une preuve qu'elle a des soucis d'argent.

Le van sent les lilas et l'essence, et le pare-brise est fendillé. Le moteur a beau tourner, il ne ronronne pas vraiment comme une machine bien huilée. Si nous parvenons à quitter cette ruelle, ce sera un miracle.

Je jette un regard aux mains croisées d'Hannah. Ses poignets portent toujours la marque du ruban adhésif dont je me suis servi pour les attacher, et elle a une égratignure rouge vif sur le bras.

C'est quoi ce bordel ?

Je lui saisis aussitôt le poignet, avant d'avoir eu le temps de me calmer. Je suis furieux de lui avoir fait du mal. Je ne sais même pas à quel moment c'est arrivé. Mon corps déborde de colère, comme si je voulais la défendre contre moi-même. Cette agressivité est différente de celle que j'ai éprouvée face au tueur à gages. Elle est moins froide et clinique. Cette fois, l'émotion s'en mêle.

Hannah pousse une exclamation et tente de se dégager. Je m'efforce de me montrer plus doux, car je lui fais peur.

— C'est moi qui t'ai fait ça ? dis-je d'une voix étranglée en passant le pouce sur la longue écorchure.

Elle me regarde comme si j'avais perdu la boule.

C'est peut-être le cas.

Un petit rire quitte ses lèvres.

— Quoi ? Cette griffure ? Non. C'est mon chaton qui m'a fait ça hier soir. Il est tombé dans la baignoire pendant que je prenais mon bain. J'ai découvert que les chats savaient voler.

Encore un rire nerveux.

Chaton.

Chaton. Il me faut un moment pour assimiler ce terme. Une adorable créature touffue dotée de griffes. Bien sûr. C'est son chat qui l'a griffée.

Pas moi.

Je la lâche et m'enfonce dans mon siège, m'efforçant de souffler. J'ai envie de lui demander si je lui ai fait du mal, mais je sais déjà que la réponse est oui. Elle a des marques aux poignets et des bleus sur les hanches. Rien de plus grave, j'espère. Rien de profond et de psychologique qui la hantera jusqu'à la fin de ses jours.

Mais bien sûr. Un type entre dans sa boutique, tue un mec sous ses yeux, avant de l'attacher et de la baiser. Évidemment qu'elle restera traumatisée.

— J'ai plein de griffures sur les cuisses aussi, dit-elle.

Mes yeux tombent sur le bas de sa minijupe. Bon sang, j'ai très envie de voir ces griffures-là, maintenant.

Je tourne la tête en direction du pare-brise. Il faut que je me concentre. Je trempe ma bite dans une meuf, et tout part en couille.

Hannah doit avoir une chatte magique, ou un truc dans le genre. Ça ne me paraît pas si insensé que ça.

— Quelle banque ? demandé-je d'un ton brusque. J'espère qu'on peut faire le dépôt depuis l'extérieur.

— La Chicago City Bank, sur Lincoln Street. Et euh... peut-être.

Son ton est dubitatif, comme si elle savait que ce n'était pas possible, mais qu'elle ne voulait pas me le dire.

— C'est possible ou pas, Pâquerette ? insisté-je d'un ton cassant.

Elle me touche l'avant-bras.

— S'il te plaît ? Il faut *vraiment* que je dépose cet argent.

Je n'en reviens pas d'envisager une chose pareille. Hannah est mon otage le temps que je trouve une solution avec elle, et moi, je l'emmène à la banque ? Où elle aura une bonne dizaine d'occasions d'appeler à l'aide ou de s'enfuir ?

D'un autre côté, mon plan, très vague, est de la garder sous surveillance le temps de voir si je peux lui faire confiance. Pour déterminer si elle risque de me dénoncer. Ignorer ses besoins ne m'aidera pas à gagner ses faveurs. Et puisque je suis réticent à l'idée de la faire taire sous la menace, je vais devoir lui lâcher du lest, si je ne veux pas l'éliminer.

Et je ne le veux pas du tout.

Les dents serrées, je tente de prendre une décision. Passer à la banque est une très, très mauvaise idée. Je ne peux pas l'y envoyer seule. Je ne peux pas la laisser dans le van à moins de la ligoter à l'arrière, et faire une chose pareille en public serait risqué.

— S'il te plaît, répète-t-elle.

Je lui jette un regard et pousse un juron.

— Si tu tentes quelque chose, Pâquerette, tu le regretteras.

C'est la seule menace que je suis capable de proférer contre elle.

M'en prendrais-je à une femme ? Jamais de la vie. Nous avons beau être des criminels, nous faisons le serment de respecter les femmes et les anciens. J'avais envie de me donner un coup de poing, quand j'ai cru que je lui avais éraflé le bras.

Je n'hésiterais pas à lui donner une fessée et à l'attacher, par contre. À lui montrer qui est le chef.

— Je ne tenterai rien, répond-elle.

Je grogne, mais je trouve une place de parking tout près de la banque.

— N'ouvre pas cette putain de portière avant que je fasse le tour, ordonné-je avec un regard noir.

Elle pâlit légèrement.

— Du calme, Armando. Je ne ferai rien. Je veux juste déposer cet argent.

Elle ramasse la sacoche posée entre nos sièges et l'agite en l'air. Sa main tremble énormément, et je m'en veux de lui avoir fait peur, mais je ne m'excuse pas. Je me contente de la fusiller des yeux pendant que je ferme ma portière et fais le tour du véhicule.

Elle attend que j'ouvre sa portière, comme je le lui ai ordonné.

— Gentille fille.

Je lui tends la main pour l'aider à descendre.

Elle serre la sacoche contre sa poitrine.

— Je peux prendre mon sac ? Au cas où il leur faudrait une carte d'identité ?

J'ai déjà mis son portable dans ma poche, mais cette idée ne me plaît pas. Je ramasse son sac et sors sa carte d'identité de son portefeuille.

— Allons-y.

Je lui prends la main, mais je la coince dans son dos, comme si elle était en état d'arrestation. C'est symbolique ; son autre main est libre, mais elle comprendra où je veux en venir.

Je me mets à angoisser dès que nous pénétrons dans la banque. L'air empeste le bois verni, le désinfectant et la sueur. Il y a des gens partout. Un vigile armé à l'entrée. C'est un grand mec baraqué avec une moustache et un uniforme trop petit. Ses yeux observent les environs derrière les verres de ses lunettes, fatigués et pleins d'ennui.

Hannah n'a qu'à crier à l'aide, et je suis foutu.

— Armando, murmure-t-elle.

J'aime bien quand elle dit mon nom. Ça me plaît qu'elle se soit souvenue de moi. Sa main se tortille dans la mienne, et je réalise que je la serre trop fort.

Je lâche un peu de lest et laisse nos mains jointes se balancer entre nous. Nous avançons jusqu'à un guichet, et mon cœur bat tellement fort que je crains que la banquière l'entende. Elle pensera sans doute que je suis là pour braquer la banque, et elle appuiera sur l'alarme silencieuse.

Hannah remplit le formulaire de dépôt et pousse les billets sur le guichet.

— Vous avez eu des agios, aujourd'hui.

Hannah se crispe.

— Ah bon ? Je croyais que j'avais jusqu'à la fin de la journée pour faire mon dépôt.

La banquière regarde son écran.

— Non, tout est fait en temps réel. Votre chèque a été encaissé à 14 h.

Bon, elle ne m'a pas menti là-dessus, au moins. Elle a réellement des problèmes financiers. Je tapote les billets sur le formulaire.

— Ça suffira à couvrir les frais ? demandé-je.

La banquière compte l'argent et entre le montant dans son ordinateur.

— Les agios se montent à 35 dollars, il vous manque donc 22 dollars.

Je fourre la main dans ma poche et en sors cinq cents.

— Déposez ça sur le compte avec le reste.

Elle hoche la tête, compte les billets et tape autre chose.

— Ce sera tout ? demande-t-elle.

Je referme les doigts sur la main d'Hannah.

— Oui.

Je commence à la tirer vers la sortie, quand la banquière m'appelle.

— Attendez.

Je me fige, les épaules sous tension.

— N'oubliez pas votre reçu.

Bon sang. Je veux quitter cet endroit. Mais je tourne les talons et prends le reçu, avant d'entraîner ma petite captive à ma suite.

— Il te manquait beaucoup d'argent, dis-je alors que nous quittons la banque.

Je ne veux pas l'humilier, mais je me demande comment elle comptait s'en sortir, au juste.

Elle se raidit et coince ses boucles derrière son oreille gauche.

— Mieux vaut devoir de l'argent à la banque qu'au don, non ?

— Si. Tu as des loyers en retard ?

J'ignore pourquoi je m'inquiète soudain pour elle, mais c'est bel et bien le cas. Si elle doit du fric à Don Pachino et qu'elle ne le paye pas, il ne fera qu'une bouchée de son entreprise. Le magasin de fleurs deviendra une machine à blanchir de l'argent. Chaque van de livraison sera conduit par un soldat de la Famille en mission. Ce serait tellement pratique, d'ailleurs, que je suis surpris que mon chef n'ait pas encore mis ce type de système en place.

Hannah secoue la tête, et ses pointes dorées cascadent dans son dos, mais un océan d'inquiétude se lit toujours dans ses épaules tendues. Je comprends. Son loyer a beau être à jour, elle continue de se faire du souci pour le lendemain, le surlendemain et ainsi de suite.

Je la remets dans le van. Vu le fiasco de cette journée, je suis surpris que notre passage à la banque se soit bien passé.

Je me rends dans son quartier, qui ne se trouve pas très loin du fleuriste. Trouver une place est un enfer, et je tourne en rond une demi-douzaine de fois. Je ne veux pas me garer trop loin de chez elle, car cela lui donnerait l'occasion de crier à l'aide ou de s'enfuir ou... peu importe.

Le plus bête, c'est que je sais parfaitement comment tuer dans l'œuf ce genre de comportement. Je suis doué pour les menaces. Je maîtrise parfaitement l'art de la méchanceté et de la cruauté.

Elle se pisserait dessus, et je n'aurais même pas à lever le petit doigt.

Mais je n'en ai pas la force. Même si cela me simplifie-rait la vie.

Ça me faciliterait la tâche une fois chez elle. Il me suffi-rait de lui rappeler mes menaces. De la terroriser. Et de véri-fier de temps en temps qu'elle est toujours aussi effrayée.

L'intimidation, c'est un jeu d'enfants.

Mais je n'ai pas envie de m'y adonner ce soir.

Je ne sais vraiment pas ce que je vais pouvoir faire d'elle, mais tout en moi se révolte à l'idée de lui faire encore plus peur. Et honnêtement ? Hannah est une dure à cuir, car jusqu'à présent, la seule chose qui l'a fait craquer, c'est la perspective de ne pas pouvoir faire son dépôt.

Ça signifie qu'elle me fait confiance malgré elle, ou qu'elle est persuadée d'être en mesure de me manipuler.

Aucune de ces deux possibilités ne me dérange.

Nous passons devant un flic en train de distribuer des amendes. Hannah relève brusquement la tête.

Je me fige alors qu'un million de scénarios défilent dans ma tête. Dans le plus crédible, elle essaye d'ouvrir la portière pour sauter. Mais elle tourne aussitôt les yeux vers moi. Elle ne cherche pas à faire comme si de rien n'était. Elle ne me cache pas qu'elle a vu le flic. Elle me demande plutôt du regard : *toi aussi, tu as vu ce policier ?*

Je hausse un sourcil. Cette fille est une énigme.

— Qu'est-ce qui se passera s'il te contrôle ?

Mon cerveau tourne à plein régime. Elle est sérieuse ?

— Tu t'en fais pour moi ?

Elle hausse les épaules.

— Tu n'as pas le permis.

Je presse les freins en voyant quelqu'un déboîter, et je mets mon clignotant derrière la voiture. Pendant que nous patientons, je dévisage longuement Hannah pour essayer de lire en elle.

— Est-ce que tu as même un tout petit peu peur de moi, Pâquerette ?

Je devrais vouloir qu'elle me réponde oui. Cela signifierait que j'ai fait le nécessaire pour qu'elle se taise. Pour qu'elle ne me dénonce pas. Mais pour une raison idiote, je suis ravi qu'elle ne soit pas trop effrayée. Parce que je lui plais.

Elle écarquille légèrement les yeux, comme si je venais de lui rappeler qu'elle devrait me craindre.

— Oui, répond-elle le souffle court.

— Pas au point de vouloir que je me fasse choper.

Elle retient toujours son souffle lorsqu'elle secoue légèrement la tête.

Mmm. Je ne suis pas sûr d'avoir mérité sa loyauté, mais ça me fait plaisir.

Je me gare et ouvre ma portière, avant de faire le tour à la hâte pour ne pas qu'elle s'enfuie.

Elle ne tente rien. Elle bondit hors du véhicule et tire sur sa minijupe, qui remonte sur ses cuisses fuselées. Ses boucles denses lui tombent sur un œil tandis qu'elle m'observe.

Je lui tends la main comme si nous étions en plein rencard et qu'elle m'avait invité à entrer, au lieu de la situation tordue que je lui impose.

— Je t'ai assez tenu la main comme ça, rétorque-t-elle.

Elle me dépasse sans accepter mon geste. Une sensation étrange monte en moi. Une chose que je n'ai pas ressentie depuis des années. De quoi s'agit-il, déjà ?

De l'amusement.

Cette fille m'amuse.

Mes lèvres essayent de s'étirer, mais elles ne savent plus comment faire.

Tant pis. Je la suis.

Chapitre Douze

Hannah

Nous montons les escaliers jusqu'à mon appartement, et je tente de me souvenir si j'ai nettoyé la litière d'Ombre, ce matin. Mon logement est tout petit, alors les mauvaises odeurs peuvent facilement s'installer.

Mais c'est idiot. Est-ce que je me soucie sérieusement de ce qu'il pense ?

Ce n'est pas comme s'il s'agissait d'un mec invité à mater une série et plus si affinités. C'est un mafieux qui vient de tuer un homme dans ma boutique. Il m'a prise en otage, avec mon van et mon appartement, et je ne sais absolument pas comment la situation risque de se terminer.

La seule chose qui m'empêche de paniquer pour de bon, c'est son attirance manifeste pour moi. Même maintenant que je monte les marches, je sens son regard sur mes fesses.

Je me retourne pour vérifier. Bingo.

— Tu aimes ce que tu vois ? raillé-je.

— Oh, Pâquerette, *j'adore* ton cul.

Je détourne la tête avant qu'il voie mon air satisfait. Ce mec n'a pas fréquenté de femmes depuis des années, et je suis la première avec qui il couche depuis sa sortie de prison, alors pas étonnant qu'il me trouve incroyable. Il n'empêche que sa réaction face à mon baiser m'a changée à jamais. Je ne veux plus jamais être avec un homme moins réceptif que lui.

Non que je manque d'attention, d'habitude. Loin de là. Je me fais souvent draguer. Je plais beaucoup aux mecs. Mais ça ne dure jamais, parce que je suis une imbécile qui s'attache beaucoup trop vite. Je suis une éponge émotionnelle, et je plonge dans leurs mondes. Je ressens leurs émotions. J'essaye de résoudre leurs problèmes. J'oublie les miens. Et puis soudain, je me sens complètement impliquée, alors que le type me quitte. À tous les coups.

Sérieusement, je suis sortie avec beaucoup trop d'hommes-enfants. Des séducteurs immatures qui ne pensent qu'à eux.

Armando, lui...

Il est très compétent. Et très dangereux, aussi. Même si c'est tordu, je suis certaine que ça fait partie de ce qui m'attire chez lui.

Et je me souviens qu'à l'époque, il débordait de charme.

À présent, c'est un homme brisé.

Il a fait de la prison, vient de tuer un type sous mes yeux et m'a attachée avant de me baiser dans la foulée. Oui, vraiment brisé.

Je suis folle d'éprouver un tel désir pour lui. Pourquoi est-ce que les bad boys donnent envie aux femmes de les changer ? Ça ne marche jamais, à mon avis. Il a beau être plus sexy et plus doué de ses mains que les mecs avec qui je sors d'habitude, mon besoin irrépressible de jouer les sauveuses restera le même.

Une part secrète de mon être a envie de le guérir.

Je crois que c'est pour ça que je me suis donnée à lui. Que je l'ai embrassé. Que j'ai offert mon corps pour étancher son désir désespéré.

Je l'attends à la porte, car c'est lui qui a mon sac. Il en sort mes clés et me les donne. Lorsque je peine à insérer la bonne dans la serrure à cause de mes doigts tremblants, il prend le relais et nous ouvre la porte, avant de me guider à l'intérieur d'une main dans mon dos.

Mon appartement n'est qu'un studio avec une salle de bains. Par chance, il n'y a pas de mauvaises odeurs. Ma porte d'entrée est peinte aux couleurs d'un bourdon, même si je sais que mon proprio péterait les plombs s'il le découvrait. Mais j'ai besoin d'une touche de couleur pour égayer les choses.

À l'intérieur, mon appartement est petit et simple. L'unique pièce contient un canapé deux-places violet, une table basse avec une nappe aux couleurs vives, et une télé que j'ai achetée 30 dollars au magasin d'occasion. La kitchenette compte quatre placards et un petit frigo. J'ai de la chance, car contrairement à certains appartements voisins, mon studio possède une cuisinière à deux feux. J'ai à peine la place pour une table minuscule et deux chaises, mais j'ai réussi à les faire passer.

Mon lit est collé contre le mur du fond afin de me laisser le plus d'espace possible. Des coussins aux couleurs de l'arc-en-ciel reposent sur un édredon bleu vif, pour donner une ambiance un peu lounge et faire oublier qu'il s'agit seulement d'une petite pièce avec un canapé et un lit dans un coin.

Une guirlande de lumières est accrochée en travers du studio et dégage une lumière chaude. Cet appartement n'a rien d'impressionnant, mais c'est le mien, et je m'y sens bien.

Mon chaton miaule sur le lit. Il se lève et creuse le dos pour s'étirer en frémissant.

— Coucou, Ombre.

Il court vers moi sur ses petites pattes et se frotte à mes chevilles.

Je regarde Armando déambuler dans mon espace, sans savoir comment interpréter son expression.

Les yeux trahissent généralement les émotions cachées derrière le masque des gens, mais quand je plonge le regard dans ceux d'Armando, je ne vois que le néant. Tout son être semble avoir érigé un mur entre nous, et je ne peux pas le pénétrer. Une sensation de malaise et d'incertitude me monte le long de l'échine alors que je tente de le sonder.

Sa présence a tout de même quelque chose d'étrangement réconfortant, de rassurant. C'est ironique, vu les circonstances…

— Alors, qu'est-ce qui se passe, maintenant ? demandé-je en faisant mine de ne pas avoir peur de cet homme imposant.

Armando se frotte le visage.

— Maintenant ? répète-t-il.

Je suis convaincue qu'il n'en a aucune idée. Il n'y a pas de marche à suivre type pour le scénario j'ai-tué-un-mec-dans-ta-boutique.

— Maintenant, je vais te garder prisonnière jusqu'à ce que je sois certain que tu es fiable.

— Je suis fiable, lui assuré-je immédiatement.

J'imagine que je m'attends depuis le début à ce qu'il me

pose la question. Ou qu'il m'en donne l'ordre, ou qu'il... bref. J'ai déjà pris ma décision, et je crois que je l'ai su tout de suite : je ne le dénoncerai pas.

— Je ne répéterai à personne ce que j'ai vu. Je ne dirai rien, c'est promis.

Il hoche la tête.

— Bien.

— Alors... c'est réglé. Non ?

— Pas encore.

Je soupire.

— Qu'est-ce que tu comptes faire, dans ce cas ?

Il s'adosse à la porte et examine mon appartement. Lorsque son regard se pose sur mon lit, ses paupières deviennent lourdes, mais il secoue la tête et sort son téléphone.

— Avant tout, il faut que je passe un coup de fil. Ensuite, je nous commanderai à manger. Qu'est-ce que tu aimes ?

Je hausse les épaules. Je ne cracherai pas sur un repas gratuit, vu que dans ma cuisine, je n'ai que quelques cannettes d'eau pétillante aromatisée et un sachet de chips.

— J'aime tout, réponds-je.

Il hausse un sourcil.

— Tu manges des calzones ? Je connais un super resto.

— Ça me va. Je prendrai la même chose que toi.

Il compose un numéro, et j'entends une brève conversation saccadée. Surtout des *ouais* et des *merci*. Je me rends dans la salle de bains. De là, je l'entends commander deux calzones, une salade et une bouteille de vin, avant de donner mon adresse, qu'il a manifestement mémorisée.

Je profite de mon passage dans la salle de bains pour nettoyer la litière en vitesse, même si je ne comprends pas pourquoi je me donne autant de mal.

Ce n'est pas un rencard.

Je quitte la pièce avec un sac poubelle fermé plein de crottes de chats et je percute de plein fouet le torse large d'Armando.

Il me rattrape par les poignets, avant de plisser le nez et de repousser mon bras qui tient le sac poubelle.

— Tu voudrais que ce soit un rencard ? demande-t-il.

Quoi ?

Oh non, est-ce que j'ai parlé tout fort ? Je le croyais au téléphone !

Je me dégage et me rue presque vers la porte.

Il me retient par la taille juste avant que j'atteigne le seuil.

— Où tu vas comme ça ?

Je brandis le sac poubelle.

— À la benne à ordures. Hors de question que je laisse ça ici, réponds-je de mon meilleur ton condescendant.

Il ne me lâche pas. Au lieu de cela, il me serre encore plus fort, et sa bouche effleure les contours de mon oreille.

— Continue de me répondre sur ce ton, Pâquerette. Je me ferai un plaisir de te donner une autre fessée.

Mes genoux menacent de céder.

Bon sang. Ce ne sont pas des paroles séductrices, mais mon corps semble le penser. À ces mots, mon sexe se contracte lentement, brûlant. Une plainte lancinante après mon orgasme manqué. Je pourrais recoucher avec lui, rien qu'une seule fois, juste pour finir, pour voir si la jouissance est à la hauteur de toute cette ardeur.

— Sors la poubelle toi-même, alors, répliqué-je d'un ton insolent, sans même le faire exprès.

Heureusement - ou malheureusement -, il ne relève pas ma provocation. Il se contente de me relâcher lentement.

— Pas possible non plus, dit-il.

— Alors finalement on va l'avoir, ce rencard. J'ai toujours rêvé qu'un homme m'escorte jusqu'aux poubelles.

Je rejette mes cheveux par-dessus mon épaule sans le quitter des yeux.

J'entrevois un écho de l'ancien Armando. Ses lèvres frémissent comme s'il risquait de sourire si je continuais. Il me prend le sac des mains et entrelace nos doigts.

— Je suis prêt à tout pour ma chérie, dit-il.

Je cache mon sourire tandis qu'il ouvre la porte et glisse l'index dans mon trousseau de clés.

Ombre détale dans le couloir, et je me penche pour le ramasser. J'enfouis le visage dans sa fourrure avant d'embrasser sa jolie petite tête et de le remettre dans l'appartement. Je ferme la porte.

J'ai envie de continuer de flirter, mais un silence gêné tombe entre nous. Ou en tout cas moi, je suis gênée. Armando est aussi tendu qu'à l'accoutumée. Il a la même expression dure et indéchiffrable que quand il faisait le ménage après son meurtre. Que quand il conduisait mon van.

Nous descendons les trois volées de marches et sortons jusqu'aux bennes à ordures, avant de faire demi-tour sans échanger un mot. Armando jette un coup d'œil dans la rue, de nouveau semblable à un agent secret dur à cuire.

Je me demande pour qui il s'inquiète.

— Qui veut te tuer, alors ?

Armando ne laisse rien transparaître. Il ne me regarde pas. Mais je vois un muscle se crisper dans sa mâchoire, comme s'il serrait les dents.

Il ignore ma question et presse le pas pour regagner l'immeuble.

Je passe les faits en revue. Il vient de sortir de prison, et quelqu'un a tenté de l'assassiner. Soit il s'agit d'une histoire qui date d'avant son incarcération, soit c'est quelque chose qui s'est passé pendant qu'il purgeait sa peine.

— C'est toi qui as tué quelqu'un le premier ? insisté-je.

Il me jette brièvement un regard avant de détourner la tête.

Alors c'est ça. Quelqu'un cherche à se venger.

— C'est quelqu'un qui fait partie de la mafia ?

— Sérieusement, Hannah, dit-il d'un air inflexible. Encore une question, et je te scotche la bouche. Je ne plaisante pas.

Je suis plus vexée par sa menace que je ne devrais l'être. Nous faisons tous les deux semblant que je ne suis pas sa prisonnière. Je crois que je préfère cette illusion à la menace sinistre qui plane sur la réalité. Ou mon avenir.

— Sale con, grommelé-je.

Jolie répartie.

— J'essaye de te protéger.

Serait-il sur la défensive ?

Je ricane.

— Ouais, c'est ça, tu es un vrai chevalier servant, hein ?

Son propre ricanement étouffé est amer.

— Non, certainement pas. Et tu ne veux pas savoir tous les trucs dépravés que j'ai envie de te faire, alors ne me cherche pas.

Si, j'ai envie de savoir, désormais.

Tellement envie... que je suis tentée de lui poser la question. Nos épaules se touchent alors que nous montons les escaliers côte à côte.

— Quels trucs dépravés ?

Apparemment, je n'ai aucune retenue.

Il me jette un regard langoureux qui me fait aussitôt mouiller. Il laisse échapper un son guttural, avant de répondre :

— Je pourrais t'attacher au lit.

Et ? J'ai désespérément envie qu'il poursuive.

Chapitre Treize

Hannah

Mes tétons se dressent. Je suis trempée. J'ai envie d'un deuxième round pour pouvoir jouir. Je réalise que c'est insensé. Moi, séduire mon ravisseur ! Ou est-ce lui qui me séduit ?

Qu'est-ce qu'on fabrique ?

Nous regagnons mon appartement, et il ferme la porte derrière nous.

— Je t'écarterais les jambes et je te lécherais jusqu'à ce que tu cries.

Sa voix est grave et rauque.

Je repense à sa passion, dans la boutique. Au fait qu'il sort tout juste de prison, et que je suis la première femme avec qui il a couché.

Je déglutis.

— Qu... qu'est-ce que je dois faire... pour subir ça ?

Armando me prend par les cheveux et s'empare de ma bouche tout en me faisant reculer jusqu'à ce que l'arrière de mes genoux cogne contre le lit. Je tombe sur le dos, et il me suit, allongé sur moi, ses lèvres collées aux miennes.

J'aurais pu affirmer que notre baiser à la boutique était le meilleur de toute ma vie, mais celui-ci est peut-être encore mieux. Il est moins frénétique, mais il gagne en finesse. Comme un baiser violent suivi d'une petite morsure. Une pluie de bisous le long de ma gorge.

— On est dans le pétrin, murmure-t-il en me coinçant les poignets au-dessus de la tête. Vraiment dans le pétrin.

Je me trémousse sous son corps, envahie par le désir. Je n'ai jamais réagi ainsi face à un homme. Il m'est arrivé d'être excitée, surtout après un verre ou deux, mais avec Armando, les sensations sont décuplées.

Notre première fois était comparable à un éclair. Cette fois, il prend son temps. Il tire sur mon tee-shirt et mon soutien-gorge avec les dents pour stimuler mon téton. Je glisse les jambes autour de sa taille pour le serrer contre moi. Je fais rouler mes hanches pour me satisfaire en me frottant à lui. Il sort quelque chose de sa poche. Je m'attends à ce que ce soit un préservatif, mais c'est le ruban adhésif de fleuriste.

Comme s'il avait *prévu* de m'attacher à nouveau.

Cette idée devrait me faire bien plus peur. Mais avec sa bouche sur la mienne, je ne trouve qu'une seule interprétation à son geste : il comptait s'en servir au lit.

Il me lie les poignets - pas aussi serrés qu'à la boutique - et il me les soulève au-dessus de la tête. En appui sur une main, il m'observe. Ses pupilles sont dilatées, ses yeux pleins d'un désir sombre, mais son visage est inexpressif. Comme s'il avait oublié comment sourire.

Il passe doucement le pouce à l'intérieur de mon bras. Je me tortille lorsqu'il touche une zone chatouilleuse.

— Tu ne m'as pas répondu, tout à l'heure, dit-il.

Il semble tellement bourru. Tellement sérieux. S'il n'était pas en train de m'effleurer, je pourrais le croire en colère.

— À quel sujet ?

— Quand je t'ai demandé ce qui t'avait excitée, les poignets attachés ou la fessée ? Ou l'autre truc ?

L'autre truc. J'imagine qu'il fait référence à son combat à mort.

Ça n'aurait clairement pas dû m'exciter. Mais j'ai toujours aimé les films de Jason Bourne, et Armando était tout aussi cool et redoutable que Matt Damon. Ou que Chris Hemsworth dans son film sur Netflix, *Tyler Rake*. Alors oui, jusqu'à la mort en elle-même, la scène a titillé la partie la plus primitive de mon cerveau. La partie qui tient à se reproduire avec le guerrier le plus féroce des environs.

— Les trois, susurré-je.

Il me dévisage encore un moment, sans dire un mot. Comme s'il cherchait à sonder les profondeurs de mon âme. Puis il demande :

— Tu aimes quand c'est sauvage ?

Mes joues se mettent à brûler. Je serais idiote d'admettre une telle chose face à un mec dont je devrais me méfier. En plus, je n'en suis même pas sûre. Avant aujourd'-hui, je n'avais jamais essayé.

— J'ai aimé ça avec toi.

C'est la vérité. Et la seule chose dont je sois sûre.

Quelque chose semble se fermer derrière ses yeux, et il me prend les poignets. Il tire sur mes bras pour les attacher à la tête de lit.

Un frisson d'excitation me parcourt à l'idée d'être aussi vulnérable. Complètement à sa merci, je ressens tout de façon plus aiguë. Il soulève mon tee-shirt et tire sans ménagement sur mon soutien-gorge. Je pousse une petite exclamation, le ventre frémissant à chaque respiration, les tétons dressés. Il prend le droit entre le pouce et l'index et serre. Fort. Puis il me donne une claque sur le côté du sein.

Je grogne, surprise. J'ai peur – oui, vraiment peur –, parce que ça fait un peu mal, et que personne ne m'a encore jamais fait ça. Son geste a également quelque chose d'irrespectueux, et je ne suis pas sûre d'aimer ça.

Sauf qu'il observe attentivement mon expression.

Et son regard ferme m'apaise.

Il me pince de nouveau le téton et penche la tête pour le sucer. Il le lape avec sa langue, l'effleure avec ses dents, le prend en bouche et le libère dans un bruit mouillé.

J'entrouvre les lèvres. Mon cerveau grésille et court-circuite.

Il inflige le même traitement à mon téton gauche, sauf qu'il commence avec sa bouche et termine par une tape.

Je pousse un cri, de nouveau prise au dépourvu. Je suis un peu craintive, et très excitée. Il pince mes deux tétons en même temps, puis les fait rouler avant de me saisir les seins à pleine main.

Je renverse la tête en arrière et me cambre, ma poitrine collée à ses paumes. J'en veux plus.

Armando commence à descendre, soulevant ma jupe, sur mes hanches, avant de baisser ma culotte.

— Je ne t'ai pas fait assez jouir tout à l'heure, hein ? dit-il d'une voix rocailleuse. Tu es une vraie gourmande.

Je secoue la tête.

— Je vais me rattraper.

Mon soupir se transforme en gémissement.

Il jette ma culotte sur le côté et promène le pouce le long de ma fente mouillée.

— Juteuse, commente-t-il.

J'aurais honte, sauf qu'il porte son pouce à sa bouche et suce mes fluides comme s'il s'agissait d'un nectar.

— Écarte.

Je le regarde un moment sans comprendre. Il me soulève les genoux et les colle à mon buste, avant de me donner une tape sur l'intérieur des cuisses. C'est douloureux, et je n'aime pas ça, mais ça me sort vite de l'esprit, car il plonge la tête entre mes jambes.

Son premier coup de langue me fait soulever le bassin. Il glisse les mains en dessous et me pétrit les fesses au rythme de ses caresses le long de ma fente.

Des bruits insensés quittent ma bouche. Des plaintes étouffées. Des petits *mmm*. Des halètements.

Je gémis, me cambre et serre les jambes autour de ses épaules.

Il prend son temps. Le bout de sa langue parcourt mes petites lèvres, avant de taquiner mon clitoris. Il me pénètre avec, avant de coller la bouche à mon bouton sensible pour le sucer.

Je pousse un cri et tire sur mes poignets liés, les genoux pressés contre ses oreilles. Il enfonce le pouce dans mon entrée sans cesser de sucer mon clitoris, et je me mets à frémir, à trembler. Je suis proche - toute proche - de la jouissance. Du moment qu'il continue d'aller et venir en moi avec son pouce, j'y parviendrai.

Mais il arrête.

Il ôte son pouce. Cesse de me suçoter.

— Noooon, gémis-je. Pitié.

— Tu veux jouir ?

Sa voix est tellement grave et rauque que je la reconnais à peine.

— Oui. S'il te plaît. Recommence, Armando. Oh, Seigneur. S'il te plaît ?

— Tu seras bien sage ?

— Oui !

Je ne sais pas de quoi il parle, mais je serai sage, bien sûr. Je suis prête à tout, à ce stade.

— Si je te dis *écarte*, qu'est-ce que tu fais ?

Il donne une petite tape à mon clitoris, et mes genoux s'ouvrent comme les ailes d'un papillon.

— J'écarterai les jambes, réponds-je. Seigneur, j'écarterai les jambes. Je suis désolée. J'étais un peu lente, tout à l'heure.

Il enfonce de nouveau le pouce dans mon entrée, et je gémis de plaisir. Je réalise à quel point je suis mouillée et gonflée. À quel point j'ai besoin de ça.

— S'il te plaît, imploré-je à nouveau.

Je n'ai jamais supplié un mec au lit. Je n'ai jamais été aussi désespérée.

Si seulement il allait et venait avec son pouce, l'orgasme serait à ma portée. Ou bien il pourrait sucer mon clitoris. J'agite mes genoux-ailes un peu plus pour tenter de prendre son pouce plus profondément.

Je suis surprise de sentir un doigt contre mon anus, et je me contracte en poussant une plainte.

— Non non, dit-il en secouant la tête. Ouvre-toi.

Bon sang. Il est sérieux ?

Je n'ai pas envie de ça. Sauf que si. Parce qu'alors que son doigt caresse mon entrée de derrière, ma température monte d'au moins deux degrés, et je me mets à gémir comme une star du porno. C'est tabou et c'est mal, mais c'est tellement bon !

Il se met à aller et venir, alternant entre son pouce et son autre doigt, avant de faire bouger les deux en même temps. Dès qu'il se penche et lèche mon clitoris, je jouis. *Fort.*

Incroyablement fort.

Tellement fort que des feux d'artifice dansent sous mes yeux, et que je ravale un véritable hurlement.

La pièce se met à tourner. Des lumières continuent d'apparaître derrière mes paupières. Mon vagin et mon anus se contractent autour de ses doigts, et je gémis chaque once de plaisir que j'ai en moi.

J'ignore combien de temps ça dure. Je m'égare dans un autre monde.

J'ouvre les yeux lorsqu'il se retire, et j'ai l'impression de m'être absentée très longtemps.

L'expression d'Armando est toujours aussi insondable.

C'est alors que la sonnette retentit.

Chapitre Quatorze

Armando

J'ai faim, et le timing est parfait, mais je suis tout de même énervé de devoir aller ouvrir la porte.

Je déchire le scotch qui lie les poignets d'Hannah et je l'assois, en replaçant son tee-shirt sur son soutien-gorge en désordre. Je ne veux pas que le livreur la voie comme ça.

Je ne veux pas que le livreur la voie tout court.

Je me sens extrêmement possessif, là. J'aide Hannah à se lever et je la guide vers la salle de bains.

— Va te débarbouiller. Je vais ouvrir la porte.

Je lui donne une tape sur les fesses.

Bon sang, ce cul est fait pour ça. Je crois que je pourrais ponctuer chacune de mes phrases d'une tape sans jamais m'en lasser.

Elle se rend dans l'autre pièce, et j'ai une drôle de sensation dans la poitrine.

Sa reddition me fait de l'effet. Elle n'est ni faible, ni stupide, ni même apeurée. Pas trop apeurée, en tout cas. Je crois qu'elle est sincèrement soumise. Cela expliquerait sa réaction quand je lui ai attaché les poignets. Je n'ai jamais connu une femme comme elle. Sa confiance est un cadeau. Un cadeau qui me donne l'impression d'être fort et faible à la fois. Honoré.

Et très protecteur.

J'attends que la porte de la salle de bains se referme avant d'ouvrir au livreur pour le payer. Je pose la nourriture sur la table pour deux qui se trouve près de la fenêtre, et je cherche des assiettes et des verres à vin. Je n'en trouve pas. Son appartement est minuscule, mais mignon. Elle a des plantes dans des pots de toutes les couleurs un peu partout. Certaines sont en fleurs, d'autres sont ornées de rubans. Ses meubles sont rustiques, en bois délavé. Sans doute des objets dénichés au marché aux puces, mais tout va bien ensemble. Les riches payent des fortunes pour ce genre d'esthétique. Elle a une âme d'artiste, c'est évident. Elle a l'œil pour ces choses-là.

Je m'apprêtais à servir les calzones et à ouvrir le vin, mais le bruit de la douche me cause un lancinement entre les jambes. Je suis tellement en manque après l'avoir léchée que j'ai du mal à marcher.

Je devrais la laisser tranquille. La laisser prendre sa douche.

Au lieu de cela, je me retrouve à presser la poignée. Et quand je constate que la porte est ouverte, je vois ça comme une invitation. Mes vêtements tombent au sol avant même que je décide de me déshabiller. Je tire sur le rideau de douche et rejoins Hannah.

Elle fait de grands yeux, mais ne recule pas. Elle admire mon corps. Je baisse les yeux. Je me sentais tellement déconnecté que je ne sais même plus à quoi je ressemble. J'ai le torse poilu, et je suis pâle à cause du manque de soleil.

À mon arrivée en prison, j'étais plus potelé. Cette couche de graisse s'est transformée en muscles secs.

Hannah semble aimer ce qu'elle a sous les yeux, car ses lèvres s'entrouvrent comme si elle avait envie de me goûter. Je prends le temps de la dévorer du regard.

Elle est parfaite. Petite, mais pulpeuse, avec une taille fine, des seins ronds et des fesses en forme de cœur. Une couronne de fleurs est tatouée autour de son bras, une petite fée assise sur l'un des boutons. Sa peau brune est lisse. Elle ne ressemble en rien aux filles que j'ai connues. Elle est naturelle. Superbe.

Je regarde les gouttes d'eau courir le long de ses tétons. J'ai envie de les laper. Non. Je vais laper ces gouttes d'eau. Je tire le rideau derrière moi et la plaque aux carreaux du mur, avant de coller ma bouche à la sienne avec toute la force de mon agressivité contenue.

J'ignore si c'est parce que j'ai été privé de sexe pendant cinq ans ou parce qu'Hannah me fait particulièrement de l'effet, mais je semble incapable de me réfréner, avec elle. Par chance, elle est plus que consentante. Ses bras glissent autour de mes épaules, et elle enroule une jambe autour de ma taille pour me permettre de la pénétrer.

— Préservatif, halète-t-elle entre deux baisers.

Un préservatif. Merde. Comment ai-je pu oublier ?

— Ne bouge pas d'ici, grondé-je en la plaquant au mur d'une main entre ses seins, attendant qu'elle assimile l'ordre que je lui donne.

Puis j'ouvre le rideau de douche et fouille dans la poche de mon pantalon. Je sors une capote de mon portefeuille, déchire l'emballage et me redresse pour l'enfiler.

— C'est bien, tu as été sage.

Elle n'a pas bougé d'un centimètre.

— Viens là.

Je saisis sa cuisse et trouve son entrée avec mon gland couvert de latex. Je tâtonne jusqu'à ce que je glisse en elle.

— Voilà, laisse-moi entrer, murmuré-je en la pénétrant lentement.

Elle s'agrippe à mes épaules pour me coller à elle.

— Prends-moi en entier.

Je continue de m'enfoncer, jusqu'à la garde. Puis je place un pied sur le rebord de la baignoire, sa cuisse calée sur la mienne, et je me mets à aller et venir.

C'est le paradis. La dernière fois que je l'ai baisée, j'étais fou de désir. Cette fois, je savoure chaque coup de reins. La caresse de nos peaux mouillées l'une contre l'autre, la chaleur de son passage étroit et accueillant.

J'ôte ses mains de mes épaules pour les coller au mur. Pas pour moi – j'aime sentir ses ongles égratigner ma peau –, mais pour elle. Parce que j'essaye de découvrir ce qui lui plaît. Ça fonctionne. Peut-être même un peu trop, car ses yeux roulent dans leurs orbites, et son pied glisse. Je lui maintiens les poignets d'une seule main et me sers de l'autre pour hisser ses fesses et lui faire garder l'équilibre.

Je devrais dire quelque chose. La complimenter. Lui montrer que j'adore ça. Avant, j'étais capable de dire des trucs cochons en toutes circonstances. Désormais, je suis rouillé, je ne sais plus parler aux gens. Je pousse mes lèvres à bouger :

— C'est trop bon, Hannah.

Ma voix est rocailleuse. Grave et à vif.

— Tu es tellement bonne.

Elle gémit doucement, et je prends ça pour un encouragement.

Je n'ai pas envie que ça se termine, mais mon bassin n'en fait qu'à sa tête. Mes va-et-vient deviennent plus brusques, plus profonds.

Hannah se remet à pousser de petits gémissements sexy, et mon cerveau court-circuite. J'ai trop chaud à cause du jet d'eau et de la vapeur, de mon sang qui afflue directement vers mon entrejambe. J'ai le tournis, ce qui n'est pas rassurant, vu que c'est moi qui nous fais tenir debout.

J'entrouvre le rideau pour faire entrer un peu d'air, et je la baise avec plus de force. J'oublie de lui maintenir les poignets, car mes mains explorent son corps, pétrissant ses seins, agrippant sa taille, caressant ses fesses.

— Putain, tu es tellement bonne, gémis-je d'une voix essoufflée et rauque.

Elle se cambre, sa poitrine collée à la mienne, et je jurerais sentir son cœur battre au même rythme que le mien.

Je suis perdu dans la sensation de nos peaux mouillées qui glissent l'une contre l'autre, de son corps qui se contracte sur le mien. Je suis tout proche... encore quelques coups de reins, et je tomberai du précipice.

Mais avant toute chose, je glisse les doigts entre nous et trace des cercles autour de son clitoris. Elle pousse une exclamation, et je sens ses parois pulser autour de moi dans l'orgasme.

Mes lèvres effleurent son cou, lui donnant des frissons tandis que je continue d'aller et venir en elle.

Ma respiration devient plus rapide alors que ma propre jouissance se profile, et je la saisis par les hanches pour m'enfoncer plus profondément en elle, désireux de savourer chaque instant. Elle crie alors que son corps convulse autour du mien.

Mes bourses se contractent. Je grogne et agrippe ses fesses à deux mains pour me plonger en elle alors que j'éjacule. Elle incline le pelvis dans ma direction pour me prendre plus facilement, frottant son clitoris à mon pubis pour atteindre l'orgasme à nouveau. Ses muscles se contractent dans un rythme effréné sur mon érection, et mon plaisir s'intensifie. Je remplis le préservatif.

Je colle mon front au sien et respire avec elle, mon membre pulsant en elle. Nos souffles se mêlent et ralentissent. L'eau devient froide. Je n'ai pas envie de me retirer, mais je le fais quand même. Je coupe le jet et sors de la baignoire pour jeter le préservatif. Le sol est trempé, parce que j'ai ouvert le rideau, alors je jette une serviette par terre et en prends une autre pour sécher Hannah. Elle est toujours adossée au mur, l'air étourdi, et je l'aide à sortir, en la maintenant au cas où ses jambes céderaient.

Elle me montre le placard d'un doigt tremblant en murmurant quelque chose d'inintelligible. Je l'ouvre et trouve une autre serviette, avec laquelle je me frictionne.

— Ouah, murmure-t-elle.

Je me tourne vers elle tout en me séchant les cheveux.

— Ouais, confirmé-je. Merci.

— Alors... tu vas me libérer, maintenant ? On est quittes ?

Je me fige. Je cligne des yeux d'un air hébété. La pièce tourne autour de moi. Je laisse tomber ma serviette. Bon sang, mais qu'est-ce qu'elle insinue ?

Le sang me bat aux tempes.

Est-ce que je viens... de la *violer* ?

Est-ce qu'elle a fait tout ça par obligation, pour que je la relâche ?

— C'était pour ça ? dis-je d'une voix étranglée.

Je ne réalise même pas que je me dirige vers elle. Je n'ai pas conscience que ma main se colle à sa gorge et la fait reculer.

— C'est pour ça que... Est-ce que... *Putain !*

Dans un rugissement, je donne un coup de poing dans le mur à côté d'elle. Le plâtre cède, et ma main le traverse.

— Merde, dis-je en lâchant Hannah avant de me détourner.

Vient-elle de s'offrir à moi dans l'espoir que je la libère ? Je suis un monstre.

Je ne suis même pas capable de détecter si une fille me désire ou pas. Je suis tellement perdu, tellement plongé dans la violence et la survie, que je ne sais plus ce qui est réel.

Je pensais être capable de gérer la situation avec Hannah. J'avais une vague idée de la marche à suivre pour la protéger de moi et de l'organisation, mais au lieu de ça, j'ai fait quelque chose d'impardonnable.

Je ramasse mes vêtements sur le sol pour les enfiler, et ma poitrine se déchire lorsque Hannah ouvre la porte de la salle de bains pour me fuir.

Je la suis seulement parce que la vapeur me donne le tournis, et que j'ai vraiment besoin de réfléchir.

J'entends un sanglot étouffé, et une bombe explose dans mon torse, mes bras, mes entrailles. Hannah est face à sa commode, dos à moi, et tente de glisser un deuxième pied dans sa culotte, sans y parvenir. Je devrais lui laisser un peu d'intimité. Je ne devrais surtout pas aller la voir.

Mais je le fais quand même.

En un instant, mon bras est autour de sa taille pour la stabiliser, et je tiens l'élastique de sa culotte pour l'aider. Une fois sa jambe dans le trou, je la fais remonter le long de ses cuisses.

— Je suis désolé, murmuré-je dans ses cheveux.

Sa poitrine est agitée par un sanglot. Elle reste immobile un instant, comme si elle tendait l'oreille.

— Désolé de quoi ? demande-t-elle d'un ton calme.

Il s'agit d'une sorte de test, mais j'ignore ce qu'il signifie. Comme s'il y avait une réponse précise à donner pour tout arranger. Tout ce que je sais, c'est que le son de sa respiration saccadée me tue.

Comme toute trace de l'intelligence émotionnelle que j'ai un jour possédée m'a quitté, je bredouille :

— De t'avoir fait pleurer, quelle que soit la raison.

Mauvaise réponse. Je le sais dès que ces mots quittent ma bouche. Et je le comprends d'autant plus lorsqu'elle se dégage, se retourne et me gifle. C'est une claque un peu molle qui me rate presque. Hannah ne ressent visiblement aucune satisfaction, car elle plie les doigts et décide de m'asséner un coup de poing, cette fois.

Je l'esquive, lui saisis le poignet et la prends par la taille. Je glisse mon autre bas sous ses genoux et la porte comme un bébé.

Elle pousse une exclamation et se débat.

— Qu'est-ce que tu fais ?

Je n'en sais rien. J'ignore pourquoi je l'ai portée, et ce que je compte faire ensuite. Tout ce que je sais, c'est que je n'aime pas le chaos qui règne dans ma poitrine. Dans ma tête.

Je la porte jusqu'au lit et la pose dessus, tirant un coin de la couverture pour couvrir ses seins nus. Je m'assois à côté d'elle. J'ai envie de la prendre dans mes bras, mais de toute évidence, elle n'a pas envie que je la touche.

— J'ai juste...

Je tente d'analyser ce qui vient de se passer. Elle est plus en colère que jamais. Ce qui signifie sans doute que j'ai dit quelque chose... Je me repasse tous les événements en tête et... *ah*.

Je suis un imbécile. Je lui ai demandé si elle avait couché avec moi pour que je la libère.

Elle me fusille du regard, le menton tremblant, visiblement vexée.

— Attends, Hannah. Tirons ça au clair. Je ne te traitais pas de pute. Je ne voulais pas te manquer de respect. Pas du tout. J'étais...

Je prends une grande inspiration et tente de trouver les mots pour expliquer la colère que je porte en moi.

— J'étais furieux contre moi-même.

Ma rage s'envole. Comme s'il me suffisait d'en identifier la cause.

— Est-ce que tu as eu l'impression d'être... obligée ? Avec moi ? Je... je ne t'ai pas forcée, si ?

— Non, connard.

Elle me pousse. Je suis content de ce contact. Ça reste un lien entre nous. Une chose dont j'ai manqué pendant une éternité. Et puis elle n'a pas tenté de me donner un coup de poing, cette fois. Je lui prends la main et la maintiens en place.

— Parle-moi.

Je suis presque suppliant. Les mots sont rouillés dans ma bouche, mais je m'obstine à les faire sortir :

— J'ai perdu la main, Hannah.

Je vois une larme parcourir sa peau noire et lisse.

— J'essaye de te suivre dans ce délire et de ne pas paniquer, mais...

Elle s'interrompt et prend une inspiration tremblante, qu'elle relâche lentement.

— Tu ne peux pas me toucher quand tu es en colère comme ça.

Je suis envahi par un sentiment d'horreur. *Cristo*, lui ai-je fait du mal ? Je lui soulève le menton pour examiner son cou, mais je ne vois pas d'ecchymoses. Pas d'empreintes de doigts, pas de marques. Je pourrais jurer que je ne lui ai pas fait de mal. Jamais je ne ferais ça. Pas même en pleine crise de colère. Frapper une femme, ça ne me ressemble vraiment pas.

— Je ne t'ai pas fait de mal... si ?

Elle secoue la tête.

— Mais je t'ai fait peur, supposé-je.

Évidemment que je lui ai fait peur, bon sang. Je l'ai tenue par la gorge et j'ai fait un trou dans le mur à côté de sa tête.

Elle repousse ma main et détourne les yeux.

— Non. Ce n'est pas ça.

Sa voix est tendue. Frustrée.

Je suis complètement paumé.

— Je ne suis pas sûre de savoir l'expliquer. Ne recommence plus, c'est tout.

Mon cœur s'emballe, comme si mon corps savait que cette conversation pouvait avoir une grande importance, si seulement je savais de quoi nous parlions.

— Essaye, dis-je. Essaye de m'expliquer.

Elle tourne de nouveau ses yeux pailletés d'or vers moi d'un air songeur.

— Je suis l'une de ces personnes qui...

Ses paupières papillonnent et elle baisse les yeux, comme si elle était gênée.

— Je ne sais pas... C'est comme si je ressentais les émotions des autres. Dans ma chair.

Elle agite les mains de bas en haut au centre de son buste.

Je penche la tête sur le côté.

— Une empathe, dis-je.

Comme dans *Star Trek*. Ça existe vraiment ?

Apparemment.

La lueur d'espoir qui traverse son expression me dit que j'ai enfin dit quelque chose de bien.

— Oui, je crois. Si quelqu'un pleure dans la pièce, je pleure. Si quelqu'un est contrarié, je le suis aussi. Alors s'il te plaît... ne me touche pas quand tu es en colère. C'est trop pour moi.

Bon sang.

Je comprends mieux. Toute ma honte et ma colère lui ont été transmises. Ou en tout cas, c'est ce qu'elle a ressenti.

— Merde, dis-je.

Je lui tends les bras, et elle ne se dégage pas. Je la soulève et l'assois sur mes genoux, tout en la couvrant avec les draps.

— D'accord, Pâquerette. Je ne te toucherai plus quand je suis en colère. Je le jure devant Dieu.

Elle enfouit le visage dans mon cou. Au bout d'un moment, ses lèvres se mettent à bouger, à m'embrasser avec douceur.

Je ne saurais expliquer ce qui arrive à mon corps. J'ai l'impression que tous mes organes se soulèvent de quelques centimètres. Comme si j'avais passé du temps dans une cocotte-minute qui aurait tout écrasé. Et à présent, mes entrailles reprennent forme.

Je résiste à l'envie de la serrer contre moi. Mon envie de me lever et de me débarrasser de toutes ces nouvelles émotions inédites est trop intense.

— Mangeons, dis-je d'un ton bourru.

Je la remets debout et lui palpe les fesses.

Chapitre Quinze

Hannah

J'enfile un débardeur et un short de pyjama. Mince. Je *déteste* pleurer devant des gens. C'est tellement gênant. Moi et mes émotions surdéveloppées... C'est comme ça que j'ai fait fuir tous les mecs avec qui je suis sortie.

Armando ne semble pas s'en formaliser, cela dit, et je suis soulagée. Il déballe les calzones et les place dans des assiettes, avant de nous servir du vin dans mes verres à jus de fruits.

— Désolée, je n'ai pas de verres à vin.

Je m'installe sur la chaise en osier que j'ai trouvée au marché aux puces et que j'ai peinte en jaune.

Le regard d'Armando quitte mon visage pour se poser sur ma poitrine sans soutien-gorge. Il s'y attarde pendant qu'il s'assoit sur l'autre chaise, dont seule la couleur est assortie à la mienne.

Mes tétons se dressent sous son attention. Je dois

107

déborder d'hormones, parce qu'à chaque fois que nous couchons ensemble, mon désir est décuplé.

— Tu n'avais pas grand-chose chez toi, dit-il. Qu'est-ce que tu aurais mangé ce soir, si je n'étais pas là ? Il n'y a rien à manger dans le frigo.

Je hausse les épaules.

— J'aurais improvisé.

Armando se renfrogne.

— Tu devrais prendre mieux soin de toi.

Je lève les yeux au ciel. Son côté protecteur est adorable, mais je suis une adulte, et je n'aime pas beaucoup qu'on me fasse la leçon.

— Je prends soin de moi. Ce n'est pas parce que je ne possède pas de frigo dernier cri débordant de produits hors de prix que je me néglige.

Avec un sourire en coin, j'ajoute :

— Mais merci de te faire du souci, *papa*.

— C'est peut-être précisément ce qu'il te faut. Un papa qui prend soin de toi.

Il se penche vers moi, ses yeux noirs pleins de promesses.

Je retiens mon souffle. Je devrais l'envoyer paître, lui dire que je ne suis pas intéressée. Mais j'en suis incapable. J'ai envie de lui, même si je sais que c'est dangereux. Je prends une grande inspiration et tente de calmer mon cœur qui s'emballe. Je susurre :

— Peut-être bien.

Je bats des cils. J'essaye de jouer les séductrices, mais je crois que j'échoue aussi sur ce plan.

— Un papa pour te donner la fessée quand tu n'es pas sage.

Mes joues se mettent à brûler lorsque nos regards se croisent. J'ai envie de détourner les yeux, mais les siens me clouent sur place. Je suis figée, subjuguée.

— Je crois que ça te plairait, non ?

J'ouvre la bouche pour protester, mais je suis trop troublée pour répondre. Je me contente de hausser les épaules, car je ne fais pas confiance à ma voix. Je ne veux pas trahir l'excitation qu'il m'inspire... à nouveau.

J'ai chaud. Avec un petit sourire, Armando jette un regard à mes lèvres, avant de planter de nouveau ses yeux dans les miens. Son expression intense m'indique qu'il ne dit pas ça pour plaisanter. Il est sérieux.

— Tu veux un papa ? Tu veux qu'un homme te prenne par la main et te dise quoi faire ?

Sa voix est grave et rauque.

Je déglutis avec difficulté et secoue la tête.

— Tu parles, rétorqué-je. Comme si tu en étais capable.

Je suis certaine que ma résistance factice ne trompe personne, mais jamais je n'admettrai que sa question m'a donné des frissons.

Armando se rapproche et me caresse les cheveux. Sa main m'envoie une décharge électrique, et je ferme les paupières pour savourer cette sensation.

— Il faut peut-être que je te fasse changer d'avis.

— Bon courage.

Je me demande si ce que je ressens se lit sur mon front.

— En plus, ajouté-je, tu es juste un mec qui m'a à moitié kidnappée. D'ailleurs, c'est un enlèvement, ou un rencard ? Tu peux éclaircir tout ça ?

Il me jette l'un de ses regards insondables tout en prenant une énorme bouchée de calzone.

— Un enlèvement et plus si affinités ? suggère-t-il.

Je cache mon sourire en entamant ma calzone.

— Oh la vache. C'est trop bon.

Je tire sur un long filet de fromage pour le faire céder.

— Tu as vu ça ? Gio m'avait manqué.

Je le dévisage. Il est à la fois brusque et galant. C'est un dur, sans aucun doute, tout en muscles fermes et redoutables, mais dépourvu de tatouages. Ça me surprend.

— Tu vas passer la nuit ici ?

Il hoche la tête.

— Bien sûr.

— Qu'est-ce que qui passera demain ?

J'ai déjà mangé la moitié de ma calzone. Je n'avais pas réalisé à quel point j'avais faim. La barre de céréales que j'ai engloutie pour le déjeuner remonte à très loin.

Armando se jette lui aussi sur sa nourriture.

— Je continuerai de te surveiller, répond-il. Jusqu'à ce que je sois sûr.

— Et comment est-ce que tu seras sûr ? insisté-je.

Il secoue la tête.

— Arrête. S'il te plaît, arrête.

J'attends, certaine qu'il va ajouter quelque chose, mais il n'en fait rien. Il se contente de boire une gorgée de vin.

— J'en ai ras le bol, dis-je.

Je me lève et emballe le reste de ma calzone. Si je la finis, j'aurai mal au ventre.

— Tu as le beau rôle, reprends-je. C'est moi qui suis séquestrée. Je crois que tu me dois bien quelques explications.

Il ne bouge pas, mais son regard sur moi est intense.

— Toi aussi, tu en tires quelques avantages.

Il ne tourne pas sa phrase comme une question, mais je sens l'interrogation derrière. Il est prudent. Dans la salle de bains, il a cru que j'avais couché avec lui pour gagner ma liberté, et c'est ça qui l'a mis en colère.

Je respecte cette espèce de code d'honneur qu'il a. Il n'hésite pas à me kidnapper, mais il refuse de me faire du mal. Je le sais, car il a paniqué, lorsqu'il a cru qu'il était responsable de mes griffures de chat. Il est prêt à me dominer, mais il ne veut pas abuser de moi.

Soudain, je me sens lasse. J'ignore si c'est à cause du vin ou de cette journée stressante, mais j'ai envie de me rouler en boule. Ou de crier encore un peu.

Je me détourne et ravale mes larmes.

Et puis merde. Je vais me coucher. Je me rends dans la salle de bains pour me brosser les dents.

Je l'entends laver nos verres et les poser.

Je refais mon lit, qu'il a mis en pagaille lorsqu'il a tiré sur les draps pour me couvrir. Encore une preuve de sa galanterie.

Arrête de toujours voir le côté positif. Je suis un bel exemple de syndrome de Stockholm, là.

Je me mets au lit et tire la couverture jusqu'à ma taille.

— Je peux récupérer mon portable ? Si quelqu'un m'a appelée ou m'a envoyé un message, mon absence de réponse risque d'inquiéter.

Armando se passe une main sur le visage.

— Je vais vérifier.

Je suis déçue, pas parce que j'ai besoin de mon téléphone, mais parce que je n'ai pas réussi à gagner sa confiance. Je le regarde sortir mon sac à main d'un placard - il l'avait sans doute caché là - et prendre mon portable. Il consulte l'écran.

— Quel est ton mot de passe ?

Je tends la main, mais il ne bouge pas. Bon sang. Je ne gagnerai pas cette bataille. Je suis beaucoup trop conciliante, comme personne.

— Cinq-cinq-cinq-cinq.

— C'est ton chiffre porte-bonheur ?

Il tape le code et regarde l'écran.

— Pas de messages.

Son propre téléphone sonne. Il le sort de sa poche arrière et jette un coup d'œil au nom qui s'affiche.

— Allô.

Il écoute.

— Ce soir ? Merde.

Ses épaules s'affaissent, et il me regarde.

— J'essaye de faire profil bas.

Il écoute encore un moment.

— Ouais, je comprends. Non non, je vais m'en occuper. Je serai là. Dans une heure. OK.

Il raccroche et remet le téléphone dans sa poche, avant de me regarder longuement d'un air songeur.

Mes poils se dressent sur mes bras.

— Quoi ?

Il se dirige vers ma commode et se met à ouvrir les tiroirs.

— Qu'est-ce que tu fabriques ? Qu'est-ce qu'il te faut ? *Dis-moi* les choses, connard.

Il se tourne vers moi et secoue la tête.

— Arrête de m'insulter, Pâquerette.

Il ouvre mon tiroir à chaussettes et en sort un collant.

— Qu'est-ce que tu fais ?

Des alarmes résonnent dans ma tête, mais bête comme je suis, je continue de me comporter comme si ce type était mon rencard. Plus tard, je me demanderai pourquoi je n'ai pas résisté. Pourquoi je ne me suis pas enfuie.

Il rejoint mon chevet à grands pas et se met à m'attacher les poignets.

— Je dois sortir. Je ne peux pas t'emmener avec moi.

— Quoi ? Non !

Je ne lui oppose toujours pas vraiment de résistance. Je

me repose sur ma capacité à le faire changer d'avis. Cet homme a une conscience, ça, je le sais.

Il noue le collant autour de la tête de lit.

— Non ! Tu ne peux pas me laisser là comme ça. Et s'il y avait un incendie ? Je mourrai, parce que je ne pourrai pas sortir. Armando !

Sans me prêter attention, il retourne dans la cuisine pour fouiller dans les tiroirs. Quand il revient avec un rouleau de scotch, je perds mes moyens.

Je lui donne des coups de pieds et tire sur mes poignets pour me libérer.

— Non ! Tu ne me colleras pas ça sur la bouche !

Ombre, sensible à l'atmosphère, traverse la pièce comme une flèche et se cache sous le lit.

Armando déchire un morceau de scotch. Je détourne le visage.

— Arrête ! m'écrié-je. Je ne coucherai plus jamais avec toi. Je te le jure.

— Je comprends.

Il me colle le scotch sur la bouche. Je crie. J'ai du mal à respirer par le nez, car je suis en train de pleurer.

— Chut, dit-il en me caressant la tête.

Je me dégage.

Il s'accroupit à côté du lit, face à moi. Je respire trop vite, trop superficiellement.

— Calme-toi, Pâquerette. Je reviens le plus vite possible.

Je secoue la tête dans un geste frénétique.

— Je suis désolé. Les autres options seraient encore pires, je peux te l'assurer.

Les larmes roulent sur mes joues. Je suis tellement furieuse que j'ai envie de lui donner un coup de boule. Dommage qu'il soit hors de portée.

— Je vais prendre ton van pour aller plus vite. Dors. Je serai là à ton réveil.

Je pousse un hurlement étouffé par le scotch et je secoue la tête, mais il pose la main sur ma joue et embrasse ma bouche masquée avant de se relever.

Eh merde. J'ai perdu une occasion de lui donner un coup de tête !

Salaud.

Il disparaît. Et je suis attachée à mon propre lit avec un collant.

Chapitre Seize

Armando

D'après Marco, Don G se trouve à son club de strip-tease, le Lollipop, et je ferais mieux de me bouger le cul pour aller lui faire mon rapport.

Ce n'est pas au téléphone qu'on annonce qu'on vient de buter un mec, et le don ne voudrait pas non plus que je me pointe chez lui avec ce genre de nouvelles. Dans la Famille, on ne parle pas business quand les femmes sont présentes. Elles et les innocents sont laissés en dehors de ça. Ça fait partie du code.

Ça me rend malade qu'Hannah ait été mêlée à mes emmerdes, car la ternir risque d'être mon plus grand regret.

Et moi qui croyais ne plus avoir de conscience...

Je conduis le van jusqu'au Lollipop, mais je me gare quelques rues plus loin. Je ne veux pas que l'on fasse le lien entre ma petite fleuriste et moi. Quelqu'un veut toujours me tuer, et je refuse qu'elle se retrouve encore plus en danger.

115

Je pénètre dans le club d'un pas pressé. Toute la bande est là. C'est la vieille équipe : le cercle proche du boss, à l'exception d'Alex, son beau-fils. Avant, Alex était déjà comme un fils pour Don Pachino, et il a fini par épouser sa fille pendant que j'étais au trou, alors j'imagine qu'il est banni à vie du Lollipop par respect pour Jenna.

C'est marrant, mais là, je me dis qu'un tel bannissement ne me dérangerait pas. Les filles qui tournoient sur leurs barres ne me font aucun effet. Et la compagnie de ces hommes ne me manque pas.

Ce club est réputé en ville. Il a une ambiance old-school, avec ses néons sur les murs et ses meubles couverts de velours. Il y a deux plates-formes au fond de la salle, chacune avec sa propre barre, où deux danseuses peuvent se produire en même temps. Deux vastes bars occupent la plus grande partie du club, et quelques petites tables sont disposées un peu partout pour permettre des conversations plus tranquilles. Des haut-parleurs répartis aux quatre coins de la salle diffusent une musique aux basses sonores.

Sur les murs sont affichées des photos en noir et blanc d'anciennes danseuses et de clients célèbres. Le choix de boissons a beau être important, le club est spécialisé dans les bières, les vins et les whiskys, vu que ce sont les commandes les plus courantes ; il y a peu de cocktails sur la carte.

Les filles qui travaillent ici portent des costumes qui vont de l'ensemble de lingerie classique aux dessous affriolants. Certains laissent peu de place à l'imagination lorsqu'elles étalent leurs compétences sur les barres de pole dance. Elles tournoient gracieusement au rythme de la musique, alternant rapidement les pirouettes, les grands écarts et les mouvements de hanches tout en agitant leurs cheveux comme des rubans de soie, fascinant leur public et provoquant des encouragements bruyants.

De chaque côté des deux plates-formes se trouvent deux grands écrans LED qui passent des extraits de films - d'action, en général -, là pour distraire ceux qui ne seraient pas captivés par ce qui se passe sur scène. Il y a parfois des performances spéciales, lors desquelles les danseuses se servent d'accessoires et interagissent avec le public. La réaction est généralement très enthousiaste.

Dans l'ensemble, le Lollipop dégage un glamour à l'ancienne, avec une touche de péché et de débauche.

Mais moi, je n'ai aucune envie d'être ici. Surtout que je n'arrête pas de repenser au visage baigné de larmes d'Hannah et de l'imaginer piégée dans un immeuble en flammes. *Je mourrai, parce que je ne pourrai pas sortir.*

Je sais que le risque d'incendie est assez faible, mais bon sang, je n'arrive pas à me sortir cette éventualité de la tête, à présent.

J'aurais dû appeler quelqu'un pour la surveiller pendant que je m'occupais des affaires. Pour faire le guet devant sa porte. Qu'est-ce qui m'a pris de la laisser toute seule ? Ce n'est pas mon genre. Je protège ce qui m'appart...

— Ah, le voilà ! Mando, viens là.

Angel me fait signe d'approcher. Je jette un regard à Don G, qui mâchonne son cigare, mais son attention est accaparée par deux types assis de chaque côté de lui. Je vais devoir attendre mon tour.

— Ce soir, tout le monde paye une lap-dance à Mando, annonce Angel. Pour rattraper le temps perdu.

Le temps perdu.

Rien ne saurait mieux décrire mes années de prison. Pas comme il l'imagine, comme si j'avais perdu une partie de ma vie, ce qui serait vrai aussi. Mais j'ai également en partie perdu la notion du temps. Au trou, je me suis renfermé. Physiquement, j'étais encore en vie. Je dormais, je mangeais et je marchais. Je me battais pour survivre, au point de tuer un homme à mains nues. Mais je ne me souviens de rien. Correction : je ne *veux pas* me souvenir de quoi que ce soit. Alors oui, j'ai perdu du temps.

— Non merci. Je suis juste venu dire un mot au...

— Arrête tes conneries, m'interrompt Angel.

Il tire une chaise à côté de lui et agite déjà un billet de vingt dollars en direction de l'une des danseuses.

— Danse un peu pour mon pote, ma belle. Il vient de sortir de tôle.

Je ne veux pas de cette danse, mais je donne le change. Je m'avachis dans ma chaise, les bras tombants et les jambes écartées, faisant de mon corps un terrain de jeu pour cette fille qui étale son parfum fruité sur mes vêtements.

— Arrête de dire ça, ordonné-je à Angel.

Je sais que je me comporte comme un con. C'est super irrespectueux. Il fait partie de l'ancienne génération, et c'est un capo. Dans l'organisation, le respect aux aînés est primordial. Je sens qu'il se hérisse, alors j'ajoute :

— S'il te plaît.

— Ouais, OK. Je comprends.

Son ton est réticent, mais je sais qu'il laissera passer mon coup d'éclat, vu que je viens de sortir de prison. J'ai le droit à son indulgence pour cette fois.

Il ne s'excuse pas - et je ne m'attends pas à ce qu'il le fasse, bien sûr -, mais entre nous, tout va bien.

La danseuse fait son boulot, me met son décolleté sous le nez, me monte dessus à califourchon avant de se retourner et de frotter ses fesses à ma queue.

Elle porte un minuscule string rouge et des talons de douze dont elle se sert pour m'empêcher de bouger. Elle est cambrée, la tête renversée en arrière, et ses longs cheveux blonds lui cascadent dans le dos. Elle ondule sur moi comme une vague au ralenti, et entre ses mouvements désespérés et ma gêne, que je ne cherche pas à cacher, j'ai l'impression d'être coincé dans une espèce de boucle temporelle. Elle me jette un regard toutes les deux secondes comme pour implorer ma pitié, mais je parviens seulement à rester immobile, à attendre que ça passe.

Je dois prendre sur moi pour tenir jusqu'au bout. Je n'ai vraiment pas la patience pour ce genre de conneries, ce soir.

Et à mon avis, je ne l'aurai plus jamais. Ça me plaisait vraiment, les soirées au club du don ? À jouer les gros durs ? À faire semblant d'être à ma place, de connaître mon rôle ?

À présent, j'ai juste envie de tourner le dos à tout ça.

De m'en aller.

Mais ce n'est pas envisageable. On ne quitte pas la *Cosa Nostra*. Pas quand on a été initié dans l'organisation. J'appartiens à Don Pachino, désormais, jusqu'à la fin de mes jours.

Arturo fait signe à une autre fille en agitant un billet.

— À ton tour. C'est pour lui, indique-t-il en me montrant du doigt.

Nom de Dieu. Combien de temps ça va durer, ce supplice ?

Mais je sais que si je refuse, tout le monde prendra ça de travers, surtout le don. Il faut que je fasse preuve de gratitude et de souplesse. D'accord, j'ai fait de la tôle, mais c'est le jeu. Maintenant que je suis sorti, on m'offre des lap-dances et on m'aide à reprendre mes repères. Il faut que je leur prouve que j'en vaux la peine. Que je n'ai pas retourné ma veste et que je ne les ai pas reniés.

C'est toujours la grande crainte, quand quelqu'un sort de prison. Surtout quand la personne en question est libérée avec un an d'avance. Mais moi, je sais ce que je vaux. Jamais je ne trahirai. Et pas par peur. Je suis *sincèrement* toujours loyal. C'est toujours ma famille.

Mais là, je ne suis pas d'humeur.

Je ne suis d'humeur à pas grand-chose, alors ça ne me surprend pas.

Cet enfoiré d'Emilio m'envoie une autre fille, qui, au lieu d'attendre son tour, se joint à sa copine. J'ai une langue dans chaque oreille, et quatre mains parcourent mes vêtements.

J'ai une semi-érection, parce que bon. J'ai des seins sous le nez. Mais je suis plus répugné qu'excité.

Et pour être honnête, si j'étais venu ici hier, avant Hannah, je n'aurais peut-être pas bandé du tout. Elle a réveillé ma queue d'entre les morts.

Bon sang, elle est attachée et bâillonnée sur son propre lit. Voilà comment je la remercie.

Je ne coucherai plus jamais avec toi. Je te le jure.

C'est tout ce que je mérite. Mais je suis quand même assez salaud pour espérer qu'elle reviendra sur sa menace. Parce qu'en ce moment, c'est elle qui me maintient la tête hors de l'eau. La seule chose qui semble avoir un sens dans ma vie. Et vu à quel point nos interactions sont tordues depuis le début, ça en dit long.

— Je t'offre la prochaine, me lance Marco.

— Non, c'est moi, insiste Léo.

Je secoue la tête, et Marco sourit comme s'il n'y avait aucun problème.

— Ça marche. Une prochaine fois, alors.

La danse prend fin, et je me lève avant que quelqu'un d'autre fasse venir une fille. J'en ai ras le bol. Je sais que je suis impoli. Je devrais rester quelques heures, boire quelques verres. Prouver ma loyauté et retrouver ma place parmi les proches du don.

Mais j'en suis incapable. Je me dirige vers Don G et reste debout devant lui, fusillant Emilio du regard jusqu'à ce qu'il dise :

— Quoi ?

Bien sûr, ce type est trop con pour comprendre le message.

— Il faut que je parle au don.

— File-lui ta place, marmonne Don Pachino.

Alors seulement, Emilio se lève, en faisant exprès de me donner un coup d'épaule dans le torse en me passant devant.

Johnny, le type assis de l'autre côté du boss, se lève à son tour pour nous laisser un peu d'intimité.

— Quel est le problème ? me demande aussitôt Don Pachino.

Je m'enfonce dans mon siège, les yeux résolument fixés sur les filles qui dansent sur scène.

— Quelqu'un a essayé de me faire éliminer. Un tueur à gages s'est pointé devant chez Rocco, cette après-midi. Je lui ai réglé son compte. Mais je tenais à vous en informer.

— Qui l'a envoyé ? Un détenu ?

— Ouais. Sans doute. J'ai buté le membre d'un gang, à l'intérieur. C'est peut-être une vengeance. Je n'en sais rien. Je vais faire profil bas le temps d'en découvrir plus. Je ne laisserai pas cette histoire interférer avec mon travail ou les affaires de la famille. *Lo prometo.*

— Appelle ton boulot et fais-toi porter pâle. Tu seras payé quand même. Laisse les choses se tasser. Découvres-en plus.

Je hoche la tête et serre la main du don.

— D'accord. C'est ce que je vais faire. Merci, Don Pachino.

— Don G, corrige-t-il en me retournant sa poignée de main.

Il m'indique que je fais toujours partie du premier cercle. Seuls ses plus proches soldats lui donnent ce surnom, Don G, en référence à son prénom, Giovanni.

Je me lève et adresse un signe de tête au reste du groupe.

— Hé, Mando, tu veux une autre danse ? me lance Arturo.

— Pas ce soir. Mais merci à tous. C'était sympa.

Nom de Dieu. Mes politesses sonnent comme des mensonges.

Je ne peux plus jouer ce rôle.

Je me souviens que j'étais très doué pour ça, à l'époque. J'étais le meilleur, même. Désormais, j'ai l'impression de mener la vie d'un inconnu. Tout me semble étrange, mal.

Je traverse le club et regagne le van d'Hannah.

Merde… *Hannah*.

J'espère vraiment qu'elle s'est endormie.

Chapitre Dix-Sept

Hannah

Je me réveille en sursaut en entendant Armando revenir, et Ombre, qui était roulé en boule sur ma poitrine,
bondit hors du lit et s'étire. Je regarde le réveil numérique
sur ma table de chevet d'un air hébété. Ça fait deux heures
qu'il est parti. Je suis tombée dans un sommeil agité au bout
d'une heure, après avoir fait des exercices respiratoires pour
me calmer. À présent que l'adrénaline de cette journée
stressante me submerge à nouveau, je suis bien réveillée. Et
furieuse.

Armando se dirige droit vers moi et s'accroupit.

— Tu es réveillée, dit-il en ôtant le scotch de ma bouche.

— Tu es une ordure.

Il m'ignore et détache mes poignets de la tête de lit. Dès
que j'ai les mains libres, je le frappe au visage. Ses réflexes
sont bien meilleurs que les miens. Il saisit mes mains
toujours liées entre elles d'une poigne de fer.

— Hé, dit-il en me serrant un peu moins fort. Tu veux passer toute la nuit attachée ?

— Va te faire voir.

Il arrête de dénouer mon collant et hausse un sourcil sévère. C'est terriblement sexy, ce qui m'énerve de plus belle. Je ne devrais pas être sous le charme. Le fait qu'il couche avec moi et qu'il repousse mes limites m'empêche d'y voir clair. Bon, j'avoue que c'est moi qui ai fait le premier pas en l'embrassant, à la boutique. Mais je suis complètement paumée, désormais. J'ai l'impression d'avoir plongé tête la première dans une relation toxique où je me retrouve attachée par mon ravisseur, à désirer son affection et à ignorer le fait qu'il me retient prisonnière.

C'est bien pire que toutes les relations douteuses que j'ai connues jusqu'à présent. Pire que Jarod, qui m'a trompée trois fois avant que j'arrête de croire à ses excuses. Pire qu'Eric, avec lequel j'ai mis six mois à réaliser qu'il me voyait seulement comme un plan cul. Ce que je vis là, c'est la définition même d'une relation abusive. Ce n'est pas une relation, d'ailleurs. C'est un syndrome de Stockholm.

Des larmes de rages me montent de nouveau aux yeux, et je lutte encore un peu pour libérer mes mains liées.

Armando resserre sa prise, un genou posé sur le lit pour se pencher sur moi, collant mes mains à ma poitrine pour m'empêcher de bouger.

— Hannah.

— Tu empestes la fumée de cigare, lui lancé-je, comme si j'étais face à un compagnon rentré en retard d'une soirée avec ses potes.

Puis je repère une autre odeur entêtante, et mon estomac se serre.

— Je rêve ! Tu pues le parfum bas de gamme ! Espèce de salaud !

Je ne m'attendais pas à être envahie par un tel sentiment de trahison.

— Hé, hé, hé, hé.

Il s'assoit sur moi à califourchon. Sans que je sache comment, il parvint à dénouer les collants pendant que je me débats, et il me coince les poignets au-dessus de la tête. L'une de mes mains est toujours emmêlée dans le collant. Je continue de lutter. Ma douleur à l'idée d'avoir été assez bête pour coucher avec lui pulse entre nous.

— J'étais dans un *club de strip-tease*, dit-il comme si cela arrangeait tout.

Lorsque je pince les lèvres, horrifiée, il ajoute aussitôt :

— Pour une *réunion*.

Bien sûr. Apparemment, dans la mafia, c'est là que se tiennent les réunions. Finalement, je veux bien le croire sur ce point.

— Ils n'arrêtaient pas de me payer des lap-dances parce que je viens de sortir de prison. Mais je n'avais pas la tête à ça, Pâquerette.

— Oh, c'est évident.

Ma voix dégouline de douleur et de sarcasme.

Son visage est tordu par le dédain. D'ordinaire, il montre si peu ses émotions que je suis stupéfaite.

— Tu crois que j'avais besoin d'un truc pareil ? Après ce que tu m'as donné ?

Je me fige.

Après ce que tu m'as donné.

Armando ne se trouve qu'à quelques centimètres de moi, et ses yeux noisette lancent des éclairs. Il déborde de frustration. De passion. Je le sens à travers sa peau, mais cette fois, ça ne fait pas de mal à mon corps ; ça le nourrit.

— Si tu avais couché avec une autre femme ce soir, je t'aurais coupé la bite.

J'ai beau être sa prisonnière, je tiens à mettre les points sur les i. Je ne suis pas assez bête pour croire que nos ébats signifiaient quelque chose. Je n'ai pas vu ça comme une promesse ou une preuve d'engagement. C'est arrivé, c'est tout. Mais je serais terriblement vexée s'il allait voir ailleurs après ce que nous avons fait.

— Je n'ai couché avec personne d'autre, Hannah. Je n'avais même pas envie d'être au club. Je te le jure devant Dieu. Il semble soudain très las. Ses yeux son vieux.

— Et à cause de ce que tu m'as dit, j'ai passé mon temps à craindre un incendie.

Eh bien.

Voilà qui est satisfaisant.

Je suis toujours fâchée, mais je commence à me radoucir.

Il tire sur mon poignet toujours emberlificoté dans le collant et l'attache à la tête de lit.

La panique s'empare de nouveau de moi.

— Qu'est-ce que tu fais ?

— Je vais me débarrasser de cette odeur.

Il soulève mon autre poignet et l'attache également.

Pour moi, conclut une petite voix.

— Tu es une ordure.

Il a repris son air froid et indifférent, et son visage est un masque brutal.

— On me l'a déjà dit, rétorque-t-il.

Il se rend dans la salle de bains et laisse la porte ouverte tandis qu'il se déshabille.

Je le regarde faire. Il ne fait pas ça pour me plaire. Il a sans doute laissé la porte ouverte pour s'assurer que je ne me mette pas à hurler ou à tenter quelque chose, mais le spectacle vaut tout de même le coup d'œil. Je l'ai déjà vu nu tout à l'heure, mais j'étais tout près, et à moitié folle de désir.

À présent, je peux l'admirer plus sérieusement. Et je le trouve encore plus impressionnant. Il est tout en muscles. Des tablettes de chocolat qui pourraient servir de prises d'escalade. Il ne reluit pas. Il n'est pas bronzé et épilé. Il est poilu, brut et puissant. Il est naturel et viril.

Mon père est ouvrier, un homme gentil que j'aime et que je respecte. C'est un homme grand et fort capable de tout réparer de ses mains. Il travaille dans le bâtiment et est électricien.

Armando a beau être du genre à porter des costumes italiens très chics, quelque chose chez lui fait écho en moi. Une similarité entre mon père et lui qui me parle au niveau biologique. Mon cerveau est conditionné à voir mon père comme l'archétype de ce que doit être un homme. Et Armando correspond à la définition. Il est fort. Il sait ce qu'il veut. Il est efficace.

Il se glisse sous la douche. Il ne traîne pas, se savonnant partout et ressortant en moins de deux minutes.

Il enfile son boxer après s'être séché, et il revient à mon chevet. Sans dire un mot, il détache mon collant de la tête de lit. Il laisse mes poignets liés l'un à l'autre, cependant.

Peut-être qu'il s'attend à ce que je lui donne un autre coup de poing.

J'y songe encore.

Il grimpe à mes côtés. Je lui tourne le dos, les épaules courbées. Je suis toujours en colère.

Quand il colle son corps au mien et passe un bras autour de ma taille, je tente de lui donner un coup de coude malgré mes mains liées. Il est trop rapide. Il me saisit les bras et noue les bouts du collant à son propre poignet. Ah. Je comprends mieux, maintenant. Il n'essayait pas de me faire un câlin. Il voulait m'attacher à lui.

J'imagine qu'il estime que c'est plus gentil que de m'attacher à la tête de lit. Et c'est sans doute vrai. Cette position est plus agréable, en tout cas.

Et je savoure secrètement son bras autour de moi. Il est lourd. Rassurant. Réconfortant, même si c'est insensé. Ça fait très longtemps que je n'ai pas été étreinte par un homme, et j'avais oublié à quel point j'aime ça. L'odeur du savon et de sa peau propre pénètre mes narines.

Son sexe se contracte contre mes fesses.

— On ne couchera pas ensemble, déclaré-je d'un ton ferme.

C'est peut-être moi que j'essaye de convaincre.

— Compris, répond-il d'une voix rauque.

— Plus jamais, je veux dire.

— Chut, Pâquerette. Dors.

Il pose une grande main sur l'une des miennes, presque comme si nous nous tenions par la main.

Comme je déteste aimer ça à ce point, j'ajoute :

— Je trouve toujours que tu es une ordure.

Il ne dit rien, et je commence à me sentir coupable, comme si je devais veiller à ne pas le blesser.

Puis il prend la parole :

— Écoute, Hannah, je sais que tu es en colère. Mais crois-moi, t'attacher et te laisser là, c'était ma meilleure option.

Je tourne la tête dans sa direction et regarde le plafond d'un air furieux.

— C'est n'importe quoi.

— Tu aurais préféré que je t'attache dans le van et que je te laisse sur le parking du club de strip-tease ? Ou... Bon sang. Je ne veux même pas parler des autres possibilités.

Ses mots sont pleins de frustration.

Un frisson me parcourt l'échine, car à mon avis, l'autre

option était de se débarrasser de moi - la témoin de son crime - de façon permanente.

Et je me sens soudain aussi lasse qu'il en a l'air. Je suis peut-être affectée par ce qu'il dégage, mais je ressens un poids écrasant. Les larmes me montent aux yeux, et certaines se mettent à couler le long de l'arête de mon nez.

— Et l'option où tu me fais confiance, tout simplement ? Je t'ai dit que je ne parlerai pas. Quand est-ce que tu comptes me croire ?

Armando garde le silence derrière moi, mais son corps est raide, tendu. Son bras s'est resserré autour de moi, ainsi que sa main sur les miennes. Enfin, il pousse un soupir bruyant dans mes cheveux.

— Je te fais confiance, Hannah. C'est juste que l'enjeu est trop important pour me reposer uniquement là-dessus. La moindre erreur me coûtera la vie.

Bon, j'avoue que *ça*, c'est un enjeu important.

— Je suis désolé que tu te retrouves mêlée à ça. Sincèrement. Mais je n'avais pas prévu toutes ces emmerdes, et j'essaye juste de gérer les conséquences.

— Et je fais partie de ces conséquences.

— Tu es la seule conséquence agréable.

Je crois sentir ses lèvres effleurer ma nuque, et je dois contenir le frémissement de plaisir qui me traverse. Je tente de rester indifférente à ses mots, même si je le crois. Je sais qu'il dit la vérité.

— Ne me laisse plus jamais attachée comme ça, dis-je, la voix étranglée par les larmes.

Il me serre contre lui.

— Je suis désolé, Pâquerette.

J'aurais cru que dormir les poignets attachés me serait impossible, et pourtant, je me surprends à tomber dans un état de relaxation profonde. La chaleur et le poids d'Armando me font le même effet que ces couvertures lestées que l'on dit si apaisantes.

— Je ne veux pas te faire de mal, Hannah, dit-il dans l'obscurité de sa voix grave.

Il m'en a déjà fait. Mais je pense qu'il le sait.

Je suis une éponge émotionnelle, et cela me permet d'absorber ses sentiments.

Alors je le crois. J'ai de la compassion pour lui, vu la situation dans laquelle il se retrouve. Mais ça ne nous empêche pas d'aller droit dans le mur. Et au moment du choc frontal, ça ne m'empêchera pas de souffrir le martyre.

Chapitre Dix-Huit

Armando

Je me réveille en sursaut à plusieurs reprises pendant dans la nuit, le cœur battant, mon instinct de tueur aiguisé comme une lame, mais à chaque fois, je réalise que je suis blotti contre le corps doux et moelleux d'Hannah, et mon pouls ralentit. À chaque fois, j'enfouis le visage dans ses cheveux - son incroyable rideau de boucles serrées - et je hume son odeur, qui me donne l'impression d'être chez moi.

Être à ses côtés, c'est comme ouvrir une trappe et découvrir qu'un tout autre monde existe. Elle n'est pas sauvage, pas folle, mais elle se comporte d'une façon si éloignée de la norme, de tout ce que j'ai connu, qu'elle me réveille lentement de la stupeur dans laquelle j'étais plongé.

Tant d'émotions, de passion, de souplesse et de gentillesse. Une force tranquille. Chaque minute avec elle me transforme. Je reviens à la vie.

Sauf qu'il ne s'agit pas de mon ancienne vie. Pas d'une vie que j'ai déjà connue.

C'est quelque chose de si différent et de si étrange que je ne sais même pas sous quel angle l'aborder.

Je lui détache les poignets dans son sommeil et passe le doigt sur les fleurs tatouées sur son épaule et sur son bras. Bon sang, elle est tellement belle. Tellement différente des femmes avec qui je suis sorti jusque-là. Tout le contraire de Grace. Sa beauté est naturelle. Cette masse de cheveux indomptés qui lui tombent jusqu'aux fesses, sa petite silhouette pulpeuse, mais musclée. Sa peau lisse et noire. Elle est sans prétention et elle a les pieds sur terre.

Je glisse la main dans ses boucles, laissant leurs pointes dorées s'enrouler autour de mes doigts.

J'ai envie de lui faire confiance. Vraiment.

Mais je ne peux pas me montrer stupide et irréfléchi. Je ne peux pas penser avec ma bite.

Je ne l'ai pas très bien traitée du tout, cependant, et dans l'ensemble, elle a encaissé sans broncher. Il faut que je fasse quelque chose de gentil pour elle.

Je sors mon téléphone et fais un peu de shopping en ligne. C'est un cadeau débile. Elle n'en a certainement pas besoin, vu que son frigo est vide et que son van est en train de la lâcher. Mais bon, les meilleurs cadeaux ne sont-ils pas ce que l'on ne s'achèterait pas soi-même ? J'entre l'adresse du *Jardin d'Éden* pour la livraison, et je confirme la transaction.

La Belle au bois dormant ne s'est toujours pas réveillée.

La faim finit par me tirer du lit, mais quand je me lève pour me mettre en quête de nourriture, je ne trouve rien dans sa cuisine. J'aimerais sortir nous acheter quelque chose, mais je n'ai pas envie de l'attacher à nouveau. Et je ne veux pas non plus la réveiller.

Je trouve un café du quartier qui assure les livraisons, et

je nous commande un sandwich aux œufs et un café au lait chacun.

Puis je me mets à fouiller dans ses affaires.

J'ouvre ses tiroirs et regarde à l'intérieur. J'examine les cadres accrochés aux murs, qui renferment principalement des photos ou des peintures de fleurs.

J'ignore ce que je cherche. Des indices sur sa personnalité, j'imagine. Non, c'est un mensonge. Je cherche la trace d'un petit copain.

Je sais qu'elle n'en a pas, sinon elle n'aurait pas couché avec moi, mais je veux savoir si elle voit quelqu'un. Si elle a été en couple. Découvrir quel est son passé amoureux.

A-t-elle l'habitude de coucher avec d'autres mecs comme elle l'a fait avec moi ?

Ou est-ce un cas exceptionnel ?

Parce que pour moi, ce n'était clairement pas banal.

Bien sûr, avant ça, je n'avais jamais fait abstinence pendant cinq ans.

Mais notre lien est plus fort que ça. L'alchimie entre nous crève le plafond. Et la façon dont elle se donne à moi réveille mon côté dominateur, dont j'ignorais l'existence.

Enfin, j'ai toujours aimé diriger. Je suis un mâle alpha, et j'ai besoin de commander. Mais je me suis toujours montré respectueux. Je n'avais encore jamais penché de fille sur un comptoir avant de lui donner une fessée et de la baiser. Je n'avais encore jamais attaché l'une de mes conquêtes.

Bien sûr, ça, ce n'était pas pour m'amuser, c'était nécessaire.

La première fois.

Et la dernière.

Mais pas la fois entre les deux. La fois où on a tous les deux aimé ça.

Hannah fait ressortir le sauvage qui est en moi. C'est dingue, toutes les choses que j'ai envie de lui faire. Même maintenant, alors que je pense à ce que je veux lui offrir, j'ai envie d'abuser d'elle.

Pas pour de vrai. Pas contre son gré. Mais pour jouer. Comme à la boutique, quand elle était effrayée, mais excitée. Je voudrais qu'elle soit comme ça à chaque fois.

Tremblante. Nerveuse. Soumise.

Bien sûr, pour l'instant, il n'est pas question de remettre ça. Elle est fâchée contre moi, et je n'insisterai pas. Je lui dois le respect.

Hannah se réveille lorsque le livreur sonne. Je suis en train de fouiller dans son tiroir à sous-vêtements pour passer ses culottes en revue.

— Qu'est-ce que tu fous, Armando ? Tu baves sur mes petites culottes ?

Exactement, amore. Je laisse retomber la culotte en dentelle rose que j'avais à la main. Mon membre est pressé contre ma fermeture éclair de tant l'avoir imaginée dans ces dessous, que je lui ôterais avec les dents.

Je ne lui réponds pas et presse le bouton pour que le livreur puisse monter.

Hannah croise les bras sur sa poitrine comme si elle avait peur. Ou qu'elle se sentait vulnérable.

— Qui est là ?

— Juste un livreur, Pâquerette. Tu as faim ?

Elle se détend légèrement.

— Oui.

Elle ne quitte pas son lit, cependant, alors je me contente d'entrouvrir la porte pour récupérer ma commande, que j'apporte à Hannah. Elle me regarde d'un air soupçonneux pendant que je lui tends son café et que je pose le mien sur la table de chevet.

J'ai complètement perdu sa confiance, hier soir. Ça vaut sans doute mieux ainsi. Il est préférable qu'elle ait peur de moi.

Je me glisse sur le lit à côté d'elle, et m'adosse au mur tandis qu'elle prend une petite gorgée de café et gémit doucement.

— Il est bon ? demandé-je.

— Délicieux. Qu'est-ce que c'est ?

— Un simple café au lait, réponds-je en la regardant avec curiosité.

— Il est plus fort que ce que je bois d'habitude. Ou moins sucré. J'ai tendance à ajouter plein de sirops en tous genres dans ma tasse. Je ne savais pas que j'aimais le boire comme ça.

Elle me parle comme si tout allait bien. Cela apaise quelque peu le chaos qui règne dans ma poitrine depuis que je l'ai fait pleurer, hier soir.

J'ouvre le sachet de nourriture et lui tends son sandwich, avant de prendre le mien. Son chaton, Ombre, saute sur le lit et se dirige vers nous en ronronnant. Je mange mon sandwich en veillant à ne pas faire de miettes, et j'ignore la minuscule créature, mais il décide de se rouler en boule sur mes genoux, me pétrissant les cuisses avec ses petites pattes.

Je finis de manger et range l'emballage de mon sandwich dans le sac en papier. Le chaton se lève pour mener l'enquête, plongeant le museau dans le sac avant d'y glisser la patte pour jouer avec l'emballage bruyant.

Il ronronne toujours.

J'ouvre le haut du sac et le couche pour que le chaton puisse y entrer, ce qu'il fait, avant de tourner dans tous les sens.

Hannah émet un petit son amusé à côté de moi.

C'est adorable. Je *sais* que ça l'est, mais je ne le ressens pas vraiment. C'est comme si les zones de mon cerveau qui détectent toutes ces choses avaient été coupées. Hier soir, lorsque nous sommes arrivés chez elle, j'ai pris le chaton dans mes bras. Je l'ai regardé de près, conscient qu'il était censé être mignon, j'ai tenté de ressentir quelque chose, mais je n'y suis pas parvenu. Tout comme je n'ai rien ressenti lorsque j'ai étreint ma mère, à ma fête de bienvenue. Pourtant, les câlins d'une maman, c'est le genre de choses qui fait remonter un tas d'émotions, même s'il s'agit principalement de honte et de remords.

Mais les larmes d'Hannah m'ont affecté, hier. Avec elle, je ressens des choses.

C'est déjà ça.

Elle mange toujours, prélevant des bouchées délicates qu'elle mâche lentement. Je sors du lit et récupère mon café, que je porte jusque dans la salle de bains. Je cherche un rasoir et me rase le visage.

Quand je sors, Hannah est en train de s'habiller. Elle a enfilé une robe tee-shirt grise qui moule ses moindres courbes, avec un gilet court en dentelle blanche. Elle porte de grosses sandales originales, turquoise, marron et orange. Elles dévoilent ses orteils et ses ongles rose vif ornés de petites fleurs blanches. J'ai envie de les sucer.

Elle se tourne vers moi, le visage tendu. Elle est nerveuse.

Merde. Est-ce qu'elle a peur de moi, désormais ? Je devrais m'en réjouir, mais ça me fait l'effet d'un coup de poing dans le ventre.

— Il faut que j'aille à la boutique, déclare-t-elle d'un ton de défi, mais le frémissement de ses lèvres contredit son assurance. Je dois vendre des fleurs, sinon je ne pourrai pas payer mes factures.

Elle lève le menton, les narines légèrement dilatées tandis qu'elle me cloue sur place avec son regard autoritaire.

— À quelle heure ? demandé-je d'un ton léger.

Je me doutais bien qu'il fallait qu'elle travaille. J'ai vu les horaires sur sa vitrine.

Elle reste un moment hébétée, comme surprise que je ne refuse pas.

— J'ouvre à midi.

Je jette un coup d'œil à l'horloge. Il est déjà dix heures.

— Tu es prête ?

Tout son corps reprend vie, et elle fait aussitôt un pas en direction de la salle de bains, avant de s'interrompre.

— Euh… qu'est-ce qui va se passer, Armando ?

— Je resterai avec toi, Hannah. Jusqu'à ce que je sois sûr. Alors on ira à la boutique ensemble.

— C'est n'importe quoi, grommelle-t-elle.

Elle passe devant moi pour accéder à la salle de bains, mais ses tensions l'ont quittée. Comme auparavant, j'ai l'impression que ce qui l'inquiète, c'est sa boutique, pas moi. Et étonnamment, cela me met de meilleure humeur, moi aussi.

Je sors son sac à main du placard où je l'ai rangé et je ramasse le chargeur sur son bureau. Je glisse son téléphone dans ma poche arrière.

Elle sort de la salle de bains, maquillée et les cheveux enveloppés dans une pièce de tissu coloré qui empêche ses boucles de lui tomber dans les yeux. Elle porte du mascara, et sa bouche est irisée. J'ai envie de lui enlever son rouge à lèvres d'un baiser, mais je ne me risque pas à essayer.

— On y va, lance-t-elle d'un air provocateur.

Je lui tends son sac et je prends les clés.

— C'est trop bizarre, commente-t-elle lorsque je ferme la porte derrière nous. J'essaye de me faire à la situation, mais si j'y réfléchis de trop près, je crois que je péterai les plombs.

Nous descendons les escaliers, et je place une main sur son dos. Je ne devrais pas la toucher, pas après hier soir, mais son corps est irrésistible. J'ai constamment envie de le faire.

— Je suis surpris que tu n'aies pas encore perdu ton sang-froid, Pâquerette, dis-je en me frottant le front. Tu arrives tout en haut de ma liste.

Je m'interromps, parce que je ne sais même pas ce que je raconte. Je sais seulement que c'est la vérité. Elle est tout en haut de ma liste. Sur tous les plans.

— Quelle liste ?

Évidemment qu'elle s'interroge. C'était vachement bizarre, de dire ça.

Je secoue la tête.

— Rien. Laisse tomber.

Elle me coule un regard en coin, une curiosité bouillon-nante sous ses épais cils recourbés.

C'est alors que ça me frappe : je lui plais. C'est pour ça qu'elle m'a embrassé. Pour ça qu'elle n'a pas paniqué quand j'ai infiltré sa vie. Envahi son espace. Bon, je savais déjà que nous étions attirés l'un par l'autre. C'est électrique, entre nous. Mais à présent, je détecte autre chose. Ce bon vieux lien que je perçois entre nous. Un désir qui n'est pas uniquement sexuel.

Bon sang, ça me donne presque envie de rire.

Pas pour me moquer d'elle. Surtout pas. Non, je me sens soudain tellement léger que je pourrais m'envoler.

J'entremêle mes doigts aux siens. Elle a beau m'en vouloir, je lui plais quand même. Je regagnerai le droit de la toucher.

Elle ne me repousse pas, et je savoure cette petite

victoire. Je l'accompagne jusqu'au van et je lui ouvre la portière passager.

Le véhicule crachote, et il me faut quatre tentatives pour le faire démarrer. Merde. Il faut impérativement le réparer. Aujourd'hui.

Chapitre Dix-Neuf

Hannah

Je ne m'attendais vraiment pas à ce qu'Armando me laisse aller au boulot. Je pensais que nous aurions un autre débat, que je perdrais. Je ne m'attendais pas non plus à ce qu'il m'accompagne.

C'est étrange et tordu, mais cette idée m'enthousiasme presque. Comme si mon petit ami venait traîner avec moi sur mon lieu de travail.

Je n'arrête pas de me rappeler que je suis sa prisonnière, pas sa copine, mais quand il me prend par la main et m'ouvre la porte, tout mon corps est parcouru de frissons ravis.

Je n'ai pas bien fait attention à la route qu'il a prise, mais lorsqu'il se gare devant un garage auto, je me redresse dans mon siège.

— Qu'est-ce qu'on fait ?

— On achète un nouvel alternateur pour cette épave. Viens.

Je ramasse mon sac, ouvre ma portière et bondis hors du van. Je remarque qu'il ne m'ordonne plus de ne pas bouger. Sa confiance en moi grandit.

— Je n'ai pas les moyens, lui dis-je après avoir fait le tour du véhicule.

Il en a sans doute déjà conscience, mais je préfère mettre les choses au clair.

— C'est moi qui paye, répond-il.

— Je ne peux pas te laisser faire ça.

Son visage prend une expression autoritaire.

— Je ne te demande pas la permission. Je t'informe que ton van n'est ni sûr ni fiable. Alors je le répare. Ce n'est pas négociable.

Je ne devrais pas être sous le charme, mais quelque chose dans la façon dont il dit cela fait pointer mes tétons. J'entrevois l'ancien Armando : le mec élégant et beau parleur qui passait à la boutique du temps de Mary Alice avec des liasses de billets. C'est cette assurance et cette aisance teintées d'un peu d'arrogance qui me font de l'effet. Comme si pour lui, l'argent n'était pas un problème, et qu'il était ravi de m'aider. Carrément sexy.

Il parle à un mécanicien, l'informant de ce qui cloche avec mon van, puis nous entrons pour remplir des papiers. Armando donne mon nom, mais c'est son nom et son numéro de téléphone qui figurent en lieu et place de la personne à contacter. Il demande ensuite à ce que nous soyons déposés à la boutique.

Ce n'est pas si compliqué, mais depuis que j'ai des problèmes avec le van, je n'ai jamais osé le faire examiner. Principalement parce que je savais que je n'avais pas les moyens de payer les réparations. Mais aussi parce que je craignais qu'après un regard sur moi - une jeune femme noire qui n'y connaît rien en mécanique - le garagiste tente de m'arnaquer.

Personne n'essayerait d'arnaquer Armando. Ou en tout cas, personne de sain d'esprit.

Sur la route, il garde le silence, assis à côté de moi, mais à des années-lumière de là.

Je presse ma jambe contre la sienne.

— Merci.

Il tourne la tête et me regarde sans l'ombre d'un sourire, son visage un masque indéchiffrable et redoutable. Je ne pense pas qu'il m'ait entendue.

— Quoi ?

— J'ai dit merci.

Il me regarde encore un moment d'un air hébété, comme s'il lui fallait un moment pour revenir au présent et assimiler mes mots. Puis il détourne de nouveau la tête.

— Je t'en prie, Pâquerette.

J'envisage de glisser ma main dans la sienne, mais je résiste. Je n'ai aucune idée de ce qu'il traverse ; en danger de mort à peine sorti de prison. Il a tué quelqu'un et retient la seule témoin prisonnière. Le prendre par la main n'arrangera pas ses affaires.

J'ai la chance d'avoir des soucis réparables, qu'Armando est en plus prêt à régler en partie. S'il ne m'avait pas donné l'argent du loyer, hier, j'ignore ce que j'aurais fait. Et envoyer le van au garage me permettra de rendre mon entreprise plus lucrative. Je pourrai reprendre les livraisons.

La navette nous dépose à la boutique, et Armando déverrouille la porte avant de regarder à gauche et à droite dans la rue, comme un agent secret. Ses yeux se posent sur l'endroit où le corps était tombé.

— Ça va ? m'enquiers-je en lui touchant le coude.

Il sursaute et se retourne, sourcils haussés. Un soupir s'échappe de ses lèvres.

— C'est *toi* qui me demandes ça ?

Il place une main derrière ma tête et pose les lèvres sur ma tempe.

— Toi, ça va ? me demande-t-il d'une voix grave et douce.

Sa question a quelque chose d'intime, comme si nous partagions un grand secret. Je suppose que c'est bel et bien le cas. Il sent le propre, sa peau fraîchement rasée lisse contre la mienne.

Mon cœur s'emballe. Je réalise à quel point ses lèvres sont proches. À quel point son contact me réconforte.

— Oui, ça va. Je ne le connaissais pas, ce type, et j'ai trouvé la scène un peu... surréaliste. Comme si je regardais un film, tu vois ?

Armando hoche la tête. Son pouce me masse l'arrière du crâne.

— Ouais. Pareil pour moi. Mais j'ai tout le temps l'impression de regarder un film, en ce moment. Tout le temps, sauf...

Il s'interrompt. Je recule pour le dévisager.

— Sauf quoi ?

Ses doigts glissent dans mes cheveux et se referment dessus, capturant une grosse mèche. Il s'en sert pour me renverser la tête en arrière.

— Sauf avec toi. Toi, tu me parais bien réelle.

Je retiens mon souffle.

Dans un geste lent, comme pour me laisser le temps de protester, il penche la tête. Ses lèvres glissent sur les miennes. C'est un baiser élégant. Expérimenté. Pas un baiser passionné et effréné comme ceux que nous avons échangés hier.

Là, c'est différent. C'est de la séduction.

Et la séduction, ce n'est pas juste. Car Armando n'est pas un homme dont je peux tomber amoureuse. Ce n'est pas de l'amour. C'était peut-être un coup bas de ma part, quand je l'ai embrassé la première fois, mais là, c'est lui qui me fait un coup bas.

Je parviens à glisser les mains entre nous, et je repousse son torse pile quand il recule. Il me laisse faire et frotte ses lèvres l'une contre l'autre comme s'il savourait ma salive.

Je vacille en arrière, puis tourne les talons et me précipite dans l'arrière-salle, allumant les lumières et préparant l'ouverture de la boutique.

Mince. Il faut que je prenne mes distances avec ce mec. Parce qu'il a complètement infiltré mon monde, chacun de mes pores. Et cela ne m'aide vraiment pas à rester sur mes gardes.

Les mains tremblantes, je m'affaire, mon corps et mon esprit toujours troublés par son baiser. Je ne peux pas nier la chaleur qui persiste entre nous, et je sais qu'elle ne se dissipera pas de sitôt.

J'essaye de me concentrer sur mon travail, mais mes pensées retournent à Armando et à la sensation de ses lèvres sur les miennes. Je m'enflamme en me remémorant le courant électrique qu'il y avait entre nous.

Je marque une pause et lève les yeux. Il est debout sur le seuil et me reluque, les yeux brûlants. Je soutiens son regard, et durant un instant, personne ne fait un geste. Puis il s'approche et tend les bras vers moi, passe un doigt le long de ma joue. Son geste est doux, mais ferme et m'envoie une vague de plaisir dans tout le corps.

Ses yeux m'examinent de bas en haut, et ma peau chauffe sous son regard.

— Tu es sublime, me murmure-t-il à l'oreille.

Je frémis, le cœur battant, et je tente de retrouver ma voix.

— Tu cherches à me distraire, dis-je. À me faire négliger mon travail.

— Tu travailles, là ?

— J'ouvre bientôt, et je ne suis pas prête.

Seigneur, cet homme est redoutable. Le pouvoir qu'il exerce sur mon corps est indéniable.

Il fait un pas supplémentaire vers moi.

— Tu me sembles parfaitement prête.

— Armando...

Il m'interrompt en pressant ses lèvres contre les miennes. Ce baiser est différent du précédent, plus intense et passionné. Et je sens la tension entre nous s'envoler à chaque seconde qui passe.

Enfin, il recule et me contemple, les paupières lourdes.

— Je comprendrai, si ce n'est pas ce que tu veux, dit-il d'une voix grave et rauque. Mais je ne peux pas nier ce que je ressens en ce moment.

Je hoche la tête, dans tous mes états. Moi aussi, j'en ai envie. Mais j'ai peur. Peur de ce qui se passera, si je le laisse prendre ses aises.

— C'est... c'est ce que je veux, chuchoté-je, à peine audible.

Il me pousse vers une haute étagère sur laquelle j'entrepose mes rubans et autres objets décoratifs. Il me plaque contre elle, me piégeant entre son corps et la surface dure. Ses mains glissent sur mes flancs, et je ne peux pas m'empêcher de cambrer le dos pour me coller à lui. Il se penche en avant et pose ses lèvres sur les miennes, glisse la langue dans ma bouche, m'explore et me goûte.

Ma respiration devient superficielle, et je ne sens plus que son érection, pleine de promesses. Il parcourt mon dos et referme les mains sur mes fesses, me soulevant pour unir nos corps davantage. J'encercle sa taille de mes jambes, et il déchire ma culotte sans effort.

Armando s'agenouille face à moi et se met à embrasser l'intérieur de mes cuisses, remontant lentement jusqu'à trouver mon clitoris. Sa langue experte le caresse, et le plaisir envahit mon corps. Sa langue va et vient, et il me colle à lui pour l'enfoncer profondément en moi. Je gémis, tremblante. J'avance le bassin vers lui, l'encourageant à m'explorer encore plus.

Il répond à mon geste en glissant un doigt en moi, son pouce collé à mon anus. Ses mouvements deviennent plus empressés, et je sens que j'atteins le point de non-retour.

Mes soupirs sont de plus en plus bruyants, et tout mon corps frémit alors que je jouis. Ses mains glissent sur mes cuisses, et il se relève lentement pour me regarder dans les yeux.

— Prête pour la suite ?

J'acquiesce, le corps toujours tremblant après le plaisir qu'il vient de me prodiguer. Il m'embrasse langoureusement et me retourne, me plaquant de nouveau contre l'étagère. Je l'entends déchirer un emballage de préservatif. En tout cas, j'espère que c'est de ça qu'il s'agit, mais je suis trop excitée pour m'en soucier.

— Tu m'avais dit que tu ne coucherais plus jamais avec moi.

Ses mots rauques me caressent la peau et m'envoient un frisson dans la colonne vertébrale.

— J'ai changé d'avis, parviens-je à répondre.

Il fait glisser son gland le long de ma fente, puis me pénètre par-derrière, m'emplissant à chaque coup de reins. Je laisse échapper un gémissement bruyant.

Il bouge de plus en plus vite, et bientôt, je crie son nom, contente de ne pas encore avoir ouvert la boutique.

Ses va-et-vient violents s'intensifient, et je sens un nouvel orgasme monter en moi. Lorsque j'atteins un sommet de plaisir, je sens son corps se crisper, et il s'enfonce en moi dans un gémissement grave. Il me pénètre encore plus profondément qu'avant, et je sens son sperme chaud remplir le préservatif lorsqu'il me rejoint enfin dans l'extase.

Nous restons immobiles quelques instants, haletants, tentant de reprendre notre souffle. Il me redresse et m'enlace, la tête posée sur mon épaule.

La preuve de ma jouissance couvre l'intérieur de mes cuisses, et je jette un regard à ma culotte, jetée sur le sol.

Armando me fait pivoter et m'embrasse profondément, ses mains sur mon corps. Ses caresses sont électriques, et mon excitation grandit à nouveau. Sa bouche quitte mes lèvres pour se promener dans mon cou, couvrant ma peau de chair de poule.

Sa main glisse de plus en plus bas, et il enfonce deux doigts en moi, les faisant tourner d'un côté puis de l'autre jusqu'à ce que je frémisse de plaisir.

— J'aime sentir ton nectar. J'aime en avoir plein les doigts.

Pour toute réponse, je gémis, envahie par le désir. Il continue de me titiller, effleurant mon point sensible de son pouce et m'envoyant des vagues d'extase. Je me cambre pour me coller à sa main. J'en veux encore.

Il me maintient fermement les hanches en place alors qu'il me caresse de l'intérieur, mes parois toujours parcourues de contractions après la jouissance. Mes jambes flageolent, et je halète tandis qu'il ôte lentement sa main.

Il m'étreint à nouveau et me susurre à l'oreille :

— Je te dois une culotte neuve.

Chapitre Vingt

Armando

Je m'assois dans la partie atelier pour ne pas être dans les pattes d'Hannah. Le long d'un mur se trouve un établi surmonté d'étagères disposant de tout son matériel ; vases, paniers et mousse verte dans laquelle il est possible de planter des fleurs. C'est ici qu'elle met au point ses créations. Contre le demi-mur étroit se trouve son bureau, couvert de factures et de livres de comptes datant d'il y a trente ans. Les affaires de Mary Alice.

Hannah se déplace à toute vitesse, plaçant des fleurs dans la chambre froide, faisant du rangement. Puis elle retourne son écriteau sur *ouvert* et déverrouille la porte.

Je me mets à passer en revue les factures et autres documents, en additionnant les totaux dans ma tête. Elle a fait trois mariages en trois mois. Ces événements rapportent gros. Mais le reste est modeste : des bouquets et autres arrangements floraux. Apparemment, ça fait quatre mois qu'elle n'assure plus de livraisons. Sans doute le moment où le van a commencé à faire des siennes.

Pour le fun, j'ouvre le livre de comptes le plus récent. Pendant que j'étais en prison, j'ai obtenu un diplôme de commerce. Je crois que je voulais impressionner le don à ma sortie. Je ne lui en ai pas encore parlé.

Malgré mon manque d'enthousiasme général, ces derniers temps, je m'intéresse aux affaires. J'examine les recettes et les dépenses. Arturo m'obligeait à me servir d'un livre de comptes à l'ancienne pour rentrer les recettes de nos vols de voitures et de nos rackets, alors je sais comment ça marche. Je sors le livre de compte suivant, puis le suivant. Ce que je vois confirme les difficultés d'Hannah. Les bénéfices de Mary Alice ne progressaient plus depuis des années. Ils se maintenaient tout juste. Et ses profits n'ont jamais été énormes. La plus grosse partie des dépenses concerne les salaires et le loyer, suivie des fleurs et autres matières premières.

Hannah entre dans l'atelier et s'arrête net.

— Qu'est-ce que tu fais ?

Je ne réponds pas. Je demande plutôt :

— Tu as les mêmes frais que Mary Alice à l'époque ?

Elle s'approche avec raideur.

— Plus ou moins. Le loyer a augmenté de deux cents dollars quand j'ai repris l'entreprise, et je fais aussi un paiement mensuel à Mary Alice pour la boutique.

— Combien ?

— Mille cinq cents.

Je siffle.

— Quoi ? réplique-t-elle sur la défensive.

Je ne devrais pas insister, mais j'ai envie d'étudier ces chiffres de plus près. De découvrir ce qui est allé de travers.

— Tu as fait tes calculs avant de signer cet accord ?

Elle pâlit légèrement.

— Comment ça ?

Lorsqu'elle rejette ses cheveux par-dessus son épaule, je vois sa main trembler. Elle a beau être tout à fait capable de me gérer - moi, le tueur qui l'a enlevée -, quand il s'agit de faire tourner une entreprise, elle est dépassée par les événements, et elle le sait.

Je m'empare de ses doigts tremblants.

— Je veux juste dire que je comprends pourquoi tu galères. Il n'y a jamais eu beaucoup de marge de manœuvre.

Elle regarde nos mains jointes comme s'il s'agissait d'un objet inconnu. Bon sang, elle a l'air à deux doigts de s'évanouir. Elle se dégage pour se retenir au bord du bureau et bat rapidement des paupières.

— Hé, ne panique pas. C'est gérable. Mais tu ne peux pas continuer comme Mary Alice et espérer faire des bénéfices. Il faut que tu mettes des changements en place.

Elle s'appuie lourdement sur le bureau, comme si ses jambes ne la soutenaient plus. J'ai envie de l'asseoir sur mes genoux et de lui dire que tout ira bien, mais je ne suis pas son héros. Et je suis trop cynique pour croire que tout ira bien si elle ne change pas de stratégie.

— Quels changements ?

Je me lève et croise les bras.

— Je ne sais pas. Il faut que tu trouves d'autres clients. Que tu te fasses de nouveaux contacts. Que tu explores d'autres idées. Tu payes Mary Alice pour ce qu'elle t'a légué, mais je pense que c'est trop cher. Parce que son entreprise était de moins en moins profitable.

Les yeux d'Hannah s'embuent, mais elle ravale ses larmes. Quelqu'un entre, et elle se précipite dans la partie boutique, en me jetant un regard noir par-dessus son épaule.

Je ne la quitte pas des yeux. D'ici, je l'entends, alors je le saurai tout de suite, si elle demande de l'aide à un client ou si elle tente d'écrire un mot. Honnêtement, je ne m'attends pas à ce qu'elle tente quoi que ce soit, mais je serais idiot de lui témoigner une confiance aveugle. Ce n'est jamais une bonne idée, surtout avec une belle femme.

Hannah met au point un bouquet économique pour sa cliente, tout en me fusillant de nouveau du regard.

Je fais craquer ma nuque. Pourquoi est-ce que je me sens aussi salaud ?

J'ai été franc, c'est tout, et je tentais de l'aider.

Mais je n'aime pas la voir en colère. Comme hier soir, quand je l'ai laissée attachée, une sensation désagréable me serre l'estomac.

Des sentiments.

Merde.

Est-ce que j'ai *envie* de me remettre à éprouver des émotions ?

La vie est peut-être plus simple, quand on est engourdi et qu'on se fout de tout.

Je devrais rester pour tenir Hannah à l'œil, mais je suis impatient de résoudre mes problèmes et de mettre un terme à cette situation tordue avec elle, alors je sors mon téléphone et m'enfonce dans l'arrière-boutique pour appeler Luis, une connaissance. Il est prêteur sur gages et ne crache pas sur les transactions illégales. Il vend toutes sortes de choses, grandes ou petites. À Chicago, il a beaucoup de connaissances dans le Milieu, et dans les gangs.

Il décroche avec un « Salut ».

— Salut, c'est Armando, de la Famille Pachino. Ça fait un bail.

— Armando. T'es sorti ?

— Ouais, c'est tout récent.

— Qu'est-ce que t'as pour moi ?

— Rien. Je me tiens à carreau, mais je me demandais si tu pourrais m'aider à obtenir quelques infos.

Il marque une pause. Je sais que dans ce monde, rien n'est gratuit. Tout ce qu'il me dira aura un prix.

— Quelles infos ?

— Il y a un contrat sur ma tête. Je me demandais si tu en avais entendu parler ?

— Nan, j'étais pas au courant. Qui c'est, à ton avis ?

— Je pense que c'est les Hermanos. J'ai eu un accrochage avec un de leurs membres en tôle. Tu pourrais découvrir si j'ai vu juste ?

— Ouais, je vais me renseigner. C'est ton nouveau numéro ?

— Pour l'instant.

— Ça marche. Je te rappellerai.

Je raccroche et ouvre la porte qui donne sur la ruelle de derrière, agité. Ce matin, j'ai commencé à me demander s'il s'agissait bien des Hermanos. C'est plutôt le genre à tirer sur leur cible en passant à côté en voiture, avec toute une bande et des fusils automatiques. Un seul type qui tente de me buter dans un coin, ça pue le tueur à gages. Et pourquoi m'enverraient-ils un professionnel alors qu'ils sont parfaitement en mesure de m'éliminer eux-mêmes ?

Il y a deux raisons pour engager un tueur : quand on n'est pas un tueur soi-même, ou quand on veut que personne ne sache qu'on est derrière le meurtre. Et quand je dis que personne ne le sache, je ne parle pas seulement de preuves. Ou des flics. Je veux dire, personne, pas même dans la rue.

Imaginons que Don Pachino fasse assassiner quelqu'un. Il envoie un message. Il veut que dans le milieu, tout le monde sache qu'il est responsable. Et à mon avis, c'est pareil pour les Hermanos. Le message serait : *faut pas nous faire chier, en prison comme à l'extérieur.*

Alors je trouve ça bizarre, d'avoir été attaqué par un mercenaire.

Ça ne me plaît pas. Et je commence à me dire que je devrais peut-être me faire plus de souci que je le croyais.

Je deviens complètement parano.

Je me dis que je n'aurais pas dû commander à manger chez Gio, hier soir. On me connaît, là-bas. Le proprio connaît mon nom. Et j'ai payé par carte, une carte désormais associée à l'adresse d'Hannah. Si ça se trouve, j'ai foutu en l'air mon projet de me cacher chez elle.

C'est pour ça que j'ai conduit son van dans un garage inconnu, ce matin.

J'en connais un tas, des mécaniciens. Des types qui me feraient un super prix ou bosseraient même gratuitement. Mais je refuse de lier Hannah et son entreprise à mon nom. Elle est déjà assez dans la merde comme ça. S'il lui arrivait quelque chose à cause de moi, je ne me le pardonnerais pas.

Je la regarde travailler dans son atelier, mettre au point de nouveaux arrangements floraux. Elle a du talent. Mais elle est dépassée.

J'ai envie de l'aider.

C'est la première chose qui m'a semblé claire depuis ma sortie de prison, en plus du fait que je voulais coucher avec elle. La première chose qui m'a paru digne d'intérêt.

Malheureusement, me mêler de ses affaires est la pire idée qui soit. Si je voulais vraiment son succès, je garderais mes distances.

Chapitre Vingt et Un

Hannah

J'ai l'estomac noué. Ou alors, mon diaphragme est tendu. Parce que j'ai du mal à respirer. Mon stress est monté en flèche, lorsqu'Armando m'a posé des questions sur l'entreprise.

Les larmes me montent aux yeux pendant que je crée des bouquets dont je n'ai pas besoin. Travailler au contact des fleurs est la seule chose qui me rend heureuse ici, cependant. Enfin, ça me rend heureuse en général. C'est pour ça que j'ai abandonné mes études d'infirmière et l'avenir que ma mère souhaitait pour moi pour racheter la boutique. Les fleurs me rendent heureuse. J'aime leurs couleurs, leurs textures délicates, leurs odeurs. J'aime être au contact d'autant de beauté et mettre à profit mon instinct et ma créativité pour élaborer des bouquets.

La fac, ce n'était pas fait pour moi. J'avais beau avoir d'excellentes notes, je ne m'y plaisais pas. Alors quand

Mary Alice m'a proposé de reprendre son entreprise, je me suis mise à le désirer plus que tout au monde.

Mais à présent, j'ai l'impression d'avoir commis une énorme erreur.

Armando rentre par la porte de derrière, et je me renfrogne. J'ai un peu la haine contre lui, là.

Je sais que ce n'est pas sa faute, mais il m'a dit les choses que je tente de me cacher à moi-même depuis six mois. J'ai fait une grave erreur en rachetant *Le Jardin d'Éden.* J'ai renoncé à mes études et à une carrière assurée, et je suis sur le point de tout perdre.

— Salut, dit-il en m'observant, une hanche appuyée contre l'établi. Je ne voulais pas te mettre en colère.

— Je ne suis pas en colère, mens-je d'une voix tendue.

Ce que je veux vraiment dire, c'est que je n'ai pas envie d'être en colère, parce qu'il n'est pas responsable de ma faillite.

— Je ne critiquais pas ta décision de reprendre la boutique, Hannah.

C'est pourtant l'impression qu'il m'a donnée.

— Regarde-moi.

Je l'ignore.

— *Hannah.*

Il est très doué pour jouer les autoritaires. Je parie que quand il veut, il est capable de pousser des mecs à se pisser dessus.

Je me tourne vers lui, les lèvres pincées. La pression monte dans ma gorge, menaçant d'exploser.

— Tu n'es pas complètement foutue. Et tu n'as pas merdé non plus.

Je le regarde d'un air hébété. Curieux résumé. Bizarrement, ses mots s'installent en moi dans une sorte de pulsation réconfortante.

155

Il penche la tête sur le côté.

— Tu veux que ça marche, non ?

J'ouvre la bouche, déroutée par le tour qu'a pris ma colère. Elle est toujours bien présente dans ma poitrine, mais elle ne bouillonne plus. Elle ne rugit plus.

— *Oui*, réponds-je d'un ton sec, même s'il ne mérite pas ma mauvaise humeur.

— Hé.

Il pose une main sur ma taille. Cela fait un drôle d'effet à mes entrailles, surtout vu mon état de nerfs.

— Tu es inquiète. Je comprends. Mais des choix s'offrent à toi.

Je me surprends à me rapprocher de lui, comme si la force de son corps solide ou son attitude arrogante pouvaient m'être transmises.

— Quels choix ?

Il hausse les épaules.

— Tu peux continuer de te ronger les sangs sans rien changer.

Je fronce les sourcils, les poumons de nouveau sous tension.

— Ou tu peux instaurer des changements pour faire progresser ton entreprise. Parce que c'est ce que tu veux, non ? Qu'elle progresse ?

Je hoche la tête. Oui. C'est ce que j'imaginais quand je l'ai rachetée. Je n'avais pas l'intention de continuer comme Mary Alice le faisait depuis des années, et je ne m'attendais certainement pas à avoir encore moins de clients qu'elle.

— Je ne peux pas la faire progresser si je n'ai pas d'argent à investir. Je n'avais même pas les moyens de réparer le van pour continuer les livraisons. C'est pour ça que je parviens tout juste à garder la tête hors de l'eau depuis le rachat.

— Tu trouveras une solution.

Je le regarde, stupéfaite.

— Sérieux ? C'est ça, ton conseil ?

— Toutes les idées ne coûtent pas de l'argent. Et l'argent ne provient pas que d'une seule source.

Je secoue la tête. J'ignore pourquoi je m'attendais à ce qu'il ait des réponses magiques à m'apporter.

— Qu'est-ce que tu y connais, de toute façon ? grommelé-je en tournant les talons.

Il m'attrape par le bras et me tire vers lui.

— Soit tu abandonnes, soit tu te bats, Pâquerette. Mais ne retiens pas ton souffle en prétendant que tu n'es pas en train de couler.

Je ne suis pas du genre violente, mais je le repousse d'un geste brusque.

— Va te faire foutre, Armando.

Je sais, pas terrible, comme réplique, mais je...

Je perds le fil de mes pensées lorsqu'il capture mes poignets et me plaque contre le mur, son corps musclé collé au mien.

— Fais gaffe, Pâquerette.

Je ne comprends pas pourquoi je mouille à chaque fois qu'il me maintient. Ou qu'il me menace. On dirait que mon corps ne sait pas faire la différence entre la violence et les préliminaires. Non qu'Armando soit violent avec moi. D'ailleurs, ses actions ressemblent effectivement à des préliminaires. Mais ça ne me ressemble pas.

— Lâche-moi, chuchoté-je, sans le penser.

— Respire, Pâquerette.

Je tente de libérer mes poignets, mais sa poigne se resserre.

— Respire, ou je t'y obligerai.

— Ah bon ? Et comment ?

Je suis beaucoup plus excitée qu'apeurée. Je veux que toute son attention se tourne vers moi. Vers mon corps.

Peut-être même vers mon entreprise, bien qu'il m'ait énervée.

Vif comme l'éclair, il me couvre le nez et la bouche de sa main libre, m'empêchant d'inspirer.

La surprise et la peur m'envahissent, et je me débats. Mon instinct de survie a pris le relais.

Armando me lâche les poignets et glisse la main entre mes jambes, me saisissant fermement le pubis. Il me laisse prendre une rapide respiration, avant de m'étouffer à nouveau. Le choc, la terreur et le plaisir se mêlent en moi dans un torrent de sensations. Le sang afflue en direction de mon clitoris, et je ressens des fourmillements partout. Il me caresse pendant que j'angoisse à l'idée de ne pas pouvoir respirer.

Pile quand je commence à paniquer, il ôte sa main de ma bouche et la referme sur ma gorge. Je prends des goulées d'air. Ça ne fait que trente secondes, mais je suis déjà au bord de l'orgasme. Armando ne m'étrangle pas, il se contente de me maintenir contre le mur tandis que son doigt glisse entre mes jambes. Il ne me pénètre pas encore, mais je suis déjà prête à lâcher prise. Je couvre sa main de la mienne et la presse plus fermement contre mon clitoris, mon entrée, mon anus.

Avec un sourire, il hoche la tête, les yeux pétillants de plaisir tandis que mon souffle devient saccadé. Son autre main glisse le long de mon corps, caressant mon cou et m'envoyant un frisson de plaisir, avant de se poser sur ma joue. Il plonge ses yeux dans les miens, et je lis l'intensité dans son regard.

— Je pourrais te baiser tous les jours, du matin au soir, murmure-t-il.

Je sens son souffle me chatouiller la peau. Je hoche la tête, incapable de trouver mes mots.

Sa main se ferme de nouveau sur ma gorge et il se penche sur moi, pressant ses lèvres sur les miennes avec voracité. Sa langue explore ma bouche, goûtant et titillant, et mon excitation grandit.

Dans un grognement, il introduit deux doigts en moi. Je halète face à ce plaisir soudain, et commence à aller et venir, frottant son poignet contre mon clitoris. Il se met à aller plus vite, me stimulant d'une façon étonnamment proche d'un rapport classique, me satisfaisant pleinement.

On vient de coucher ensemble.

Comme avec lui, je suis insatiable, je me trémousse contre lui, impatiente d'en avoir plus. Il relève le défi, alternant entre les pénétrations brusques et les caresses pleines de douceur, me propulsant de plus en plus près de l'extase.

Il répond à mes gémissements en me pénétrant plus vite et plus fort. Je sens sa respiration devenir saccadée tandis que je soupire contre lui, le corps tremblant de plaisir. Son autre main glisse autour de ma taille pour m'étreindre, et sa langue retrouve le chemin de ma bouche, m'explorant tandis que ses doigts vont et viennent frénétiquement sur ma peau sensible.

Les sensations me submergent. Chacun de mes nerfs est en feu, et je suis au bord de l'orgasme, le bassin collé à sa main dans un effort désespéré pour atteindre la ligne d'arrivée... à nouveau. Il doit le percevoir, lui aussi, car sa langue bouge avec plus de passion contre la mienne, ses doigts vont de plus en plus vite jusqu'à ce que je n'en puisse plus. Je crie ma jouissance, le corps parcouru de spasmes et de frissons.

Pendant que je halète sous l'orgasme, Armando continue de me caresser entre les jambes. Des étoiles dansent sous mes yeux, et je ferme les paupières, transportée dans un autre univers.

Lorsque je reviens à la réalité, lorsque mon souffle s'apaise et que j'ouvre les yeux, je vois Armando, le front collé au mur à côté de ma tête, en train de me caresser la mâchoire avec son pouce. Ses doigts se trouvent toujours autour de mon cou, et son autre main continue de me caresser.

Un grand frisson secoue tout mon corps, un autre orgasme.

— Ne baisse pas les bras, Pâquerette. Arrête de retenir ton souffle. Tu peux tout arranger.

Je me laisse aller contre son corps.

— Comment ? demandé-je d'une voix chevrotante.

Je suis pathétique. Je devrais me mettre en colère, après ce qu'il vient de me faire. Même si ça m'a plu, c'était déplacé et effrayant. Je devrais le repousser et lui dire de ne plus jamais me toucher, surtout sur mon lieu de travail.

Au lieu de cela, je lui tombe dans les bras et le laisse me soutenir.

— Tente toutes les idées qui te passent par la tête jusqu'à ce que quelque chose fonctionne. Demande de l'aide. Ne lâche rien. Tu en es capable. Tu as du talent. Fais-toi confiance.

Pour un discours motivant, c'est un peu léger, mais je me sens étonnamment mieux. C'est sans doute mon orgasme qui parle.

Je me dégage doucement, même si je ne suis pas sûre que mes jambes me soutiennent.

— Tu restes quand même une ordure, marmonné-je.

— Sans aucun doute.

Je m'éloigne lentement, les jambes flageolantes, mais je *respire* beaucoup mieux qu'avant.

Je jette un regard par-dessus mon épaule et surprends ses yeux, suspendus à mes moindres mouvements. Il est en chasse, et je suis une proie facile.

Je pourrais m'enfuir. Je devrais m'enfuir. Mais vu la façon dont il me reluque, je me prendrais sans doute les pieds dans mon désir et je tomberais tête la première. Et connaissant Armando, il se contenterait de m'aider à me relever et me donnerait une fessée pour me punir d'avoir tenté de m'échapper, avant de me baiser à nouveau.

Chapitre Vingt-Deux

Armando

Hannah est toute tourneboulée. Je n'arrive pas à décider si elle est toujours fâchée contre moi ou si c'est l'orgasme qui l'a mise dans tous ses états. Elle se déplace frénétiquement dans la boutique, s'arrêtant parfois pour regarder ses articles, mais sans jamais rien accomplir. Finalement, c'est peut-être le travail qui lui fait cet effet-là.

La porte s'ouvre, et une femme de grande taille avec des boucles d'un blond lumineux et des taches de rousseur sur le nez entre d'un pas pressé.

— Désolée du retard.

Elle passe le comptoir et pénètre dans l'atelier, où je suis en train de me détendre, pour poser son sac à main sur le bureau voisin.

— Salut, me dit-elle.

Elle n'a pas l'influence apaisante d'Hannah. Je redeviens dur et glacial, dépourvu d'émotions, prêt à tout. Je ne réponds pas et me contente de hausser un sourcil.

Cela la rend nerveuse, et elle rejoint aussitôt Hannah.

— Qu'est-ce qu'il a, Guido ? l'entends-je chuchoter.

Hannah me jette un regard apeuré, et je me hérisse aussitôt, même si je ne saurais dire pourquoi. Je crois que je n'aime pas voir cette expression sur son visage, même quand j'en suis la cause.

— Euh, c'est Armando. Il va passer la journée ici.

— Pourquoi ?

J'ignore si cette femme est une employée, ou une amie d'Hannah. Les deux, peut-être.

— Armando, je te présente Josie, annonce Hannah d'une voix plus forte. Elle travaille ici.

Je jette un regard à l'horloge. La boutique ouvrait à midi. Il est deux heures moins le quart. À quelle heure était-elle censée arriver ?

— Oh la vache, tu n'as pas réussi à réunir la somme pour le loyer à temps, c'est ça ? murmure Josie.

Hannah jette un nouveau regard inquiet dans ma direction.

— Pas tout à fait, mais j'ai trouvé une solution pour ce mois-ci.

— Comment ça ?

Hannah se contente de secouer la tête.

— Tu peux t'occuper de la caisse ?

Josie lui jette un regard curieux, mais quand elle n'obtient pas de précision, elle répond :

— Bien sûr.

Hannah passe devant moi à toute vitesse et s'installe à son établi. Elle sort un vase et deux rouleaux de ruban. Elle parvient à se concentrer, à présent. Je réalise qu'elle attendait d'avoir quelqu'un au comptoir pour pouvoir se consacrer à ses arrangements floraux. J'aurais pu l'aider. Le fait qu'elle ne m'ait rien demandé en dit long. Je crois qu'elle feint d'être plus à l'aise en ma présence qu'elle ne l'est vraiment.

La culpabilité me transperce la poitrine. Je ressens la même honte qu'hier, quand j'ai cru qu'elle avait couché avec moi pour rester en vie.

Est-elle si bonne actrice ?

Non. Je ne pense pas. Ça lui plaît. Son corps ne peut pas mentir. Elle ne m'oppose aucune résistance. Mais bon... est-ce que je lui laisse vraiment le choix ?

Hannah semble calme et assurée, pendant qu'elle assemble des seaux de fleurs sorties de la chambre froide. Elle qui semble affolée face à ses livres de comptes, une fois à son établi, elle fait des merveilles. Ses mouvements sont rapides et assurés tandis qu'elle forme son bouquet coloré et noue un ruban rouge et blanc autour d'un vase. Je ne sais même pas de quelles fleurs il s'agit. Des orchidées, peut-être ? Quelque chose d'exotique et de surprenant. Ce bouquet n'a rien de banal.

Puis ça me frappe.

— Ce sont les couleurs d'une enseigne de barbier ?

Elle fait un pas en arrière pour examiner son œuvre d'un œil critique.

— Oui.

C'est du génie. Son talent est impressionnant.

— Rocco t'a commandé des fleurs ?

Ça m'étonne de lui.

— Non, mais il en recevra quand même. J'ai réfléchi à ta suggestion de créer de nouveaux contacts. Tu as raison. Je n'en ai pas beaucoup. Et les clients qui me viennent de Mary Alice arrivent tous de chez Rocco. Alors je me suis dit qu'il fallait que je cultive tout ça. Désormais, Rocco aura l'un de mes bouquets dans son salon, et à côté, une pile de mes cartes de visite.

— C'est malin.

J'ai envie d'y aller avec elle, de voir comment ça se passera. J'ignore si c'est pour la protéger des hommes qui pourraient se trouver chez le barbier ou pour marquer mon territoire, mais cela n'a pas d'importance, car je ne peux pas le faire.

Le meilleur moyen de protéger Hannah est de ne pas être associé à elle.

Je vais rester au fond de sa boutique comme une chiffe molle, à me cacher de Dieu sait qui.

C'est n'importe quoi.

— Tu ne m'avais pas dit qu'une employée devait venir, dis-je.

Je jette un regard à Josie, qui ne semble rien faire d'autre qu'inspecter ses ongles manucurés en bâillant.

— Son emploi du temps peut être assez... fluide, répond Hannah, toujours concentrée sur son bouquet.

Elle sort un autre vase et prépare un arrangement encore plus gros et plus impressionnant. Il fait une soixantaine de centimètres de haut et est sublime.

— C'est pour qui, ça ?

Elle se mordille la lèvre.

— Il y a un hôtel à deux rues d'ici, dit-elle en haussant les épaules. Je pourrais aller me présenter. Tu sais, au cas où ils auraient besoin de fleurs pour certains événements. Ou ils pourraient me recommander aux organisateurs des événements en question.

— C'est une bonne idée.

Elle parviendra peut-être réellement à arranger les choses.

— Je t'y conduirai quand on aura récupéré le van, comme ça tu n'auras pas besoin de commander un taxi.

Elle me jette un regard noir.

— Je n'avais pas l'intention de prendre un taxi. Je n'en prends jamais. Je comptais marcher.

Je jette un regard à ses sandales compensées.

— Non. Je t'y conduirai. Tu ne voudrais pas que les fleurs se fanent. Attends le van. Il sera prêt dans quelques heures.

Elle prend une inspiration et souffle lentement, comme si tout ceci la rendait nerveuse.

— Tu vas assurer. Ils t'adoreront.

— Tu en es sûr ?

— Certain.

Elle s'approche de moi, entre dans ma bulle. Je me retiens de la toucher jusqu'à ce que je réalise que c'est ce qu'elle veut. Je glisse un bras autour de sa taille et la serre contre moi.

Elle lève son joli visage.

— J'ai le trac.

— Pâquerette, une belle femme comme toi ? Talentueuse et arrangeante ? Personne en ville ne *refuserait* de collaborer avec toi. Je te le garantis. Il faudra juste voir avec qui ils travaillent actuellement et quels sont leurs besoins. Certains contacts mettent parfois du temps à germer, mais ça finira par arriver.

Ses cils recourbés battent dans ma direction.

— J'ai envie de te croire.

— Ne me crois pas, Pâquerette. Crois en *toi*. C'est la seule chose qui te permettra de réussir.

Elle se redresse, le dos bien droit.

— Et toi, en qui tu crois ?

Sa question est simple. Ou elle devrait l'être, mais j'ai l'impression d'avoir avalé du plomb.

— En personne, Pâquerette. Absolument personne.

Chapitre Vingt-Trois

Hannah

Josie n'arrête pas d'essayer de me prendre entre quatre yeux, mais Armando ne la laisse pas faire. Il fait mine d'être détendu, de se reposer à l'arrière, mais il a choisi une place qui lui permet de tout surveiller : la porte de devant et celle de derrière. L'atelier. La chambre froide. La kitchenette. La boutique n'est pas si grande que ça, mais où que j'aille, je sens le poids de son regard sur moi.

Et dès que Josie essaye de me suivre quelque part avec un million de questions dans les yeux, Armando se trouve soudain à côté de nous, à me mettre en garde sans dire un mot.

Là, par exemple, je suis dans la chambre froide, mais dès que Josie m'y rejoint, Armando ouvre la porte pour pouvoir écouter.

C'est flippant. Et ça ne devrait pas me faire mouiller. J'ignore pourquoi ses tentatives d'intimidation m'excitent à ce point. Je dois avoir un problème.

Mais l'inquiétude de Josie me donne la boule au ventre. J'aurais dû être perturbée par ma situation dès le départ, mais ce n'est que maintenant, en voyant les choses à travers les yeux de mon amie, que je réalise à quel point c'est tordu.

Et bien sûr, je ne peux rien lui confier. Même si Armando ne nous surveillait pas, je ne dirais rien.

Je ne sais pas, je dois être l'une de ces personnes qui emportent les secrets de leurs amis dans la tombe. Et j'imagine qu'Armando appartient à la catégorie des amis. C'était déjà le cas au moment de l'incident. Je voulais qu'il gagne.

Je croyais en lui. Même si lui ne croit pas encore en moi.

Je regrette que cela me vexe à ce point.

Mais je dois me montrer indulgente. Il souffre sans doute de stress post-traumatique, après la prison. Quelqu'un a tenté de le tuer, et il ne sait pas à qui faire confiance.

Pourquoi aurait-il foi en moi ? Il a raison de se méfier.

J'entends mon téléphone biper, le son d'un nouveau message. Cela arrive plusieurs fois.

Où est ce foutu portable ? Armando l'a caché quelque part. Il le garde tout le temps sur lui, même si je lui suis reconnaissante de l'avoir chargé.

Je jette un œil dans la boutique et vois Josie, derrière le comptoir, son téléphone à la main et la tête tournée par-dessus son épaule pour me regarder. Nous sommes amies depuis le collège, quand elle m'a défendue contre Erica Bane, l'une des élèves populaires, le troisième jour d'école. Elle me connaît par cœur. J'ai été bête de croire que je pouvais lui cacher quoi que ce soit.

Elle est en train de m'envoyer des messages. Et elle vient de réaliser que je n'étais pas en possession de mon téléphone.

Ça risque de poser un problème.

Je sors de la chambre froide en vitesse et prends des airs de patronne. Ce que je suis, d'ailleurs. Malheureusement, je n'en ai jamais l'impression.

— Tu as vu mon téléphone ? demandé-je d'une voix douce à Armando.

— Euh, ouais. Tu l'as laissé là.

Il me le tend avec un calme olympien. Je suis un peu perturbée par ses talents de comédien. Par sa facilité à mentir. Mais il fait partie du crime organisé, après tout. Et il a sans doute grandi dans ce milieu.

Je consulte mes messages, qui viennent tous de Josie. Elle me demande ce qui se passe, si je vais bien et si elle devrait aller chercher de l'aide.

Tout va bien, réponds-je. *J'ai couché avec lui, et il passe un peu de temps avec moi. Il m'a aidée à payer le loyer.*

Je fais exprès de laisser Armando lire par-dessus mon épaule avant d'envoyer le message.

Tout ce que j'ai écrit est vrai. À part peut-être le *tout va bien*.

Je n'ai pas encore pardonné à Armando de m'avoir attachée, hier soir. Ma colère persiste, mais sinon... je vais réellement bien. Armando me rend nerveuse, mais il s'agit en grande partie d'excitation parce qu'il est là. Parce qu'il me surveille. Parce que j'ignore ce qu'il va faire ensuite.

M'attends-je à ce qu'il jette mon corps dans le lac Michigan quand tout sera terminé ? Non. Je ne peux pas imaginer une chose pareille.

J'ai beau être nulle en affaires, j'ai de l'empathie. Je ne peux pas m'empêcher de comprendre les gens, car je ressens leurs émotions comme si c'étaient les miennes. Du moins, c'est l'impression que j'ai. Josie me prend pour une folle dès que je dis ça, mais je jure que c'est la vérité.

Je ne perçois pas Armando comme une menace envers

moi. Il dégage très peu d'émotions, sauf si je compte le désir. Mais il n'est pas diabolique. Il n'est pas en train de planifier mon meurtre.

Josie : *Tu as couché avec lui ? C'est qui ? Un parfait inconnu !!! Je ne l'avais encore jamais vu à la boutique.*

Moi : *C'est le mec dont je te parlais hier, celui qui venait quand je travaillais encore pour Mary Alice. Il est passé à la boutique hier, juste avant la fermeture.*

Josie : *Pour acheter des fleurs à sa fiancée ? Pitié, dis-moi que tu ne te tapes pas un mec en couple. Hannah !!*

Moi : *Il n'est plus avec elle. Ils ont rompu il y a des années.*

J'ajoute presque qu'il sort de prison, mais ça ne la regarde pas. En plus, je pense qu'elle le jugerait, et qu'elle me jugerait de coucher avec un criminel. Je ne suis pas d'humeur à me justifier.

Josie : *Et alors... c'était chaud au lit ? Il était à la hauteur de tes fantasmes ?*

Je me sens rougir, et je jette un coup d'œil à Armando, qui me surveille, mais n'essaye plus de lire mes messages. J'ai apparemment gagné une once de sa confiance.

Je m'évertue à essayer de lui prouver que je suis fiable pour qu'il me libère, mais pour être honnête, je dois avouer que je ne suis pas encore prête pour que ça se termine. J'aime le frisson d'excitation que je ressens lorsqu'il m'épie. Lorsqu'il admire mon corps. Je crois que je suis déjà accro à ses caresses.

Moi : *Torride.*

Josie : *Mais qu'est-ce qu'il fait là ?*

Moi : *Il est protecteur, j'imagine.*

Josie : *Ça, c'est super sexy. Protecteur, possessif... oui !*

Moi : *Tu n'imagines même pas à quel point.*

Chapitre Vingt-Quatre

Armando

Une fois qu'Hannah a apporté ses fleurs à l'hôtel et laissé sa carte, je me gare devant un supermarché. J'ai besoin d'un rasoir, d'une brosse à dents et d'autres bricoles. En plus, elle n'a rien à manger chez elle.

— Qu'est-ce qu'on fait ? s'enquiert Hannah.

— Les courses.

Je coupe le moteur et descends du van, avant de regarder alentour pour vérifier que personne ne nous surveille. Je n'ai rien vu de suspect aujourd'hui, mais il serait stupide de ma part de laisser retomber ma vigilance.

— Allons-y.

Elle bondit hors du véhicule et me rejoint.

— Ne t'éloigne pas. Obéis. Prouve-moi que je peux te faire confiance.

Elle pousse un petit soupir indigné. Si elle voulait tenter quelque chose, elle l'aurait déjà fait depuis longtemps. Je le sais bien. Mais je n'ai plus confiance en rien, désormais.

— Va chercher un chariot.

Elle me fusille du regard.

— Tu comptes m'y attacher, là aussi ?

Mon membre se contracte à cette idée.

— Ne me tente pas, Bouclettes.

— Oh, c'est Bouclettes, maintenant ? Je croyais que c'était Pâquerette.

Je l'ignore, principalement parce que j'ai largement dépassé mon quota de mots quotidiens. J'ai la gorge en feu, tellement j'ai parlé aujourd'hui.

Je glisse les doigts à l'avant du chariot et nous guide jusqu'au rayon hygiène. Je trouve une brosse à dents, du dentifrice et un sachet de rasoirs. Lorsque je jette une boîte de préservatifs dans le chariot, Hannah s'en rend compte.

— Tu pars du principe qu'on va de nouveau coucher ensemble ? Et si je décide à nouveau de ne plus coucher avec toi ?

— D'accord.

— Pourquoi tu dis *d'accord* comme si tu ne me croyais pas ?

J'arrête le chariot et me tourne vers elle. Elle est tellement belle, même quand elle est de mauvaise humeur.

— Du calme, Pâquerette. Je respecterai ta décision à ce sujet, quelle qu'elle soit.

Cela ne suffit pas à l'amadouer. D'ailleurs, elle pousse le chariot, m'obligeant à m'écarter pour ne pas être percuté. Je marche à côté du chariot pendant qu'elle remonte l'allée.

— Alors à quoi vont te servir ces préservatifs ? Tu comptes retourner à ton strip-club ? Hein ? Tu vas aller te chercher une meuf là-bas ?

Bon sang. Je sais que mon masque se fendille, car je sens un sourire arriver. Elle est jalouse ? C'est adorable.

Je ravale mon amusement et prends un air insondable.

— Non. Je n'irai pas au club de strip-tease, Pâquerette. J'ai pris ces préservatifs au cas où tu déciderais que tu veux continuer de coucher avec moi.

Elle arrête le chariot et me regarde d'un air songeur. Ses lèvres sont boudeuses, mais sa posture est plus détendue.

— Je vais y réfléchir, dit-elle.

Je hausse les épaules.

— D'accord.

Elle se met à rougir, et recommence à pousser le chariot d'un pas déterminé.

— Qu'est-ce que tu veux prendre d'autre ?

— De la nourriture.

— J'ai besoin de litière, marmonne-t-elle.

— Allons en chercher.

Nous nous rendons au rayon animalerie. Elle prend sa litière. J'ajoute de la pâtée pour chatons et des friandises à l'herbe aux chats avec une ficelle pour qu'Ombre joue avec.

— Je ne pensais pas que tu aimais les chats, commente Hannah en me regardant sous une masse de boucles.

Ça me blesse qu'elle l'ait remarqué. Je n'ai pas réussi à dissimuler mon manque d'humanité.

— Je n'aime pas ça, réponds-je d'un ton bourru.

C'est faux. Je n'ai rien contre les chats. Je m'en fous complètement, c'est tout. Mais je sais que c'est tordu, de pouvoir regarder un chaton en face sans rien ressentir. Quelque chose cloche chez moi, c'est sûr. Tous les mammifères sont programmés pour trouver les bébés animaux mignons. J'ai appris ça au collège, en cours de sciences.

Je traverse le magasin d'un pas raide. J'ai fait quelques achats avant d'emménager dans l'appartement que m'a loué Marco, mais j'étais en plein choc culturel, à ce moment-là. Le simple fait d'entrer dans le supermarché me donnait l'impression de sortir de mon corps – un peu comme tout le reste, cette semaine. À présent, je suis déterminé à trouver quelque chose que j'aime ou que je veux. Je traîne Hannah dans tous les rayons et remplis le chariot de toutes sortes d'ingrédients. Steaks. Glaces. Chips. Fruits et légumes frais. Biscuits Oréo.

— J'espère que c'est toi qui payes, parce que je ne le ferai pas, grommelle Hannah une fois le chariot plein.

— Oui, c'est moi qui m'en charge.

Après quelques instants, elle dit :

— Je suis désolée. C'était méchant.

Franchement. Cette fille. Qui fait ça ? Qui s'excuse après une simple raillerie ?

— Non, tu as bien mérité de me faire des remarques.

— Eh bien, ça me laisse un mauvais goût dans la bouche.

Ça lui laisse un mauvais goût dans la bouche. Hannah Munn est si pure que j'en ai le tournis. Elle n'est ni innocente ni naïve. Ce n'est pas une petite souris. Elle est juste... gentille. Bienveillante. Honnête.

Et elle se sent mal, car faire des remarques désagréables, ce n'est pas dans sa nature. Grace me faisait parfois la gueule toute la journée et ne s'en excusait jamais. Hannah ne m'a même pas vexé, et elle s'en veut.

— C'était injuste. Tu m'as aidée financièrement à la banque et avec le van.

Sa voix se brise légèrement.

Oh, merde. Est-elle en train de craquer ? Pour ça ?

— Viens là, Pâquerette.

Je la serre contre mon torse et l'enlace.

— Ce n'est que de l'argent. Il faut que tu arrêtes d'en avoir peur.

— Je n'ai pas peur de l'argent, dit-elle, encore plus contrariée.

Elle me repousse, et je la lâche.

— Tu n'en as peut-être pas peur, mais c'est clairement un sujet sensible pour toi. Tu te mets dans tous tes états pour l'argent, plus que pour quoi que ce soit d'autre. Plus que pour ce qui s'est passé hier.

— C'est important.

— Non. C'est toi qui en fais toute une montagne. Ce n'est que du fric.

— Ça t'est déjà arrivé d'en manquer ?

Je me remémore mon adolescence. Mon premier job pour Don G. J'assurais la sécurité au Lollipop alors que j'avais seize ans. Je jouais des mécaniques et je me prenais pour le héros de ces filles dévêtues. J'avais pris goût à l'argent. Je voyais les autres types en faire étalage, et je rentrais chez moi avec une liasse de billets dans ma poche. Je faisais les courses pour ma mère et lui payais son plein d'essence. Je lui avais dit de quitter son deuxième boulot.

— J'ai toujours voulu en avoir plus, admets-je. C'est comme ça que je suis entré dans l'Organisation.

Elle écarquille les yeux et garde le silence, songeuse.

— Ça t'arrive de le regretter ? demande-t-elle enfin.

Je lâche un grognement amusé. Le regretté-je ? Je n'ai même pas le droit de me poser cette question. Je ne peux pas me le permettre, car sinon, je n'aurai plus de raison de vivre.

Quand on entre dans la mafia, on n'en sort jamais, sauf les deux pieds devant.

— Officiellement, non.

— Et officieusement ? demande-t-elle à voix basse.

— J'ai quelques regrets. Mais il n'y a pas de ticket de sortie. J'y suis à vie, maintenant.

Je hausse les épaules.

— Alors autant en tirer parti.

Ses cils recourbés battent dans ma direction. Elle voit beaucoup plus que ce que je veux laisser paraître.

Je change de sujet.

— Viens, Pâquerette. C'est moi qui paye les courses, alors finis de remplir ce chariot. Je ne sais pas ce que tu aimes.

— Va pour le homard et le caviar, alors.

Elle rejette ses cheveux par-dessus son épaule et fait onduler ses hanches tout en poussant le chariot.

Un frémissement s'empare à nouveau de mes lèvres.

Un sourire. Hannah me donne envie de sourire.

— Si ma princesse veut du homard, elle l'obtiendra.

Elle s'arrête, se mordille la lèvre inférieure, puis choisit une boîte de désodorisants à brancher sur une prise.

— Je préfère ça, dit-elle. Ça aide avec les odeurs de chat. Ça coûte une fortune, pour une capsule d'huile. Mais...

Je lui prends la boîte des mains sans même regarder le prix.

— Tu ne reviens pas très cher, comme fille.

Elle sourit à nouveau, un sourire que je pourrais contempler chaque jour que Dieu fait, et elle se dirige vers les caisses.

Nous sortons du magasin, et le bourdonnement des basses nous assaille, venu d'une Chevrolet Impala tunée. Je me tourne aussitôt vers Hannah et saisis le chariot pour l'arrêter.

— Quoi ?

Elle ouvre de grands yeux. Elle est assez maligne pour voir que je suis sur mes gardes, et elle examine la rue, suivant le véhicule du regard.

— Tu les connais ? demande-t-elle.

Je ne me retourne pas, même si j'en meurs d'envie. Je déteste tourner le dos au danger.

— Je ne sais pas, marmonné-je. Les basses s'éloignent.

— La voiture est partie, m'informe-t-elle.

Je me tourne en direction du van et pousse le chariot comme si de rien n'était.

Putain.

Ça aurait pu être les Hermanos. Ils auraient pu être armés de fusils. Ils auraient pu tirer. Hannah aurait été tuée.

Je suis toujours glacé et dépourvu d'émotions lorsque je m'imagine tomber sous les balles, mais l'idée qu'Hannah meure à cause de moi me donne la nausée.

Je ne devrais pas me cacher chez elle. Mieux vaut m'exposer au danger plutôt que de l'utiliser comme un bouclier.

Je dois quitter sa vie.

Et vite.

Je la guide jusqu'au siège passager du van, lui ouvre la portière et l'aide à monter, avec l'impression que l'on m'épie. Que mes moindres gestes sont sous surveillances. Je remarque qu'Hannah me dévisage, manifestement consciente de mon malaise. Sans lui donner la moindre explication, je ferme la portière et fais le tour du van, furieux d'avoir baissé ma garde. Je jette des regards dans tous les sens pour passer le parking au peigne fin, agissant enfin comme l'homme que j'ai été entraîné à être.

J'arrête de jouer au petit couple. Nos vies en dépendent.

Chapitre Vingt-Cinq

Hannah

Ombre se précipite pour nous accueillir à notre retour. Il escalade la jambe de pantalon d'Armando.

— Qu'est-ce qu'il fout ? s'exclame ce dernier en reculant, les yeux braqués sur la petite créature aux griffes acérées.

— Pardon. Il est redoutable.

Je me dépêche de décrocher le chaton de sa cuisse.

— Laisse-moi le voir, dit Armando en tendant la main.

J'hésite un instant avant de lui donner le chaton. Je ne sais pas comment il traite les animaux, même s'il vient d'acheter des friandises à Ombre.

Il me le prend des mains et le tient face à son visage.

— Écoute-moi bien, petit. Ma jambe, c'est pas ton griffoir. Compris ?

Je glousse et récupère le chaton.

— Donne-lui l'une des friandises, suggère Armando.

Mon cœur se serre étrangement. Comme si nous étions

parents d'un petit animal ensemble, ou une bêtise de ce genre. C'est absurde, bizarre et *Seigneur...* cette situation m'épuise.

Je vais chercher les friandises et en donne une à Ombre pendant qu'Armando range les courses et met la table.

Je suis fâchée contre lui, rappelé-je à mes ovaires, qui semblent s'activer toutes les trente secondes. *Très fâchée.* Il m'a attachée à mon propre lit, hier soir. Il m'a confisqué mon téléphone, alors que j'en ai *besoin.* Il continue de monter la garde comme si j'étais sa prisonnière.

Et techniquement, c'est ce que je suis. Non ? Difficile d'avoir cette impression, vu que je n'arrête pas de coucher avec mon geôlier. Même là, j'ai du mal à ne pas le toucher.

Nous nous asseyons et mangeons un poulet déjà rôti et une salade César préparée par Armando. Il mange vite, tête baissée, sans dire un mot. Je l'imagine manger ainsi en prison, et ma poitrine se serre. J'ai envie de l'interroger à ce sujet, mais il est tellement fermé que je n'ose pas.

Il finit par lever les yeux, en pleine bouchée, et il avale bruyamment. Comme s'il venait de réaliser que nous étions assis sans rien dire pendant qu'il engloutissait sa nourriture comme si un garde allait enlever son plateau.

— Raconte-moi quelque chose à ton sujet, dit-il.

— Euh... comme quoi ?

Il marque une pause et jette des regards aux quatre coins de la pièce avant de poser les yeux sur moi.

— C'est quoi, ta fleur préférée ? Je sais que tu en es entourée toute la journée et que tu connais les goûts de tes clients. Mais quelle est la tienne ?

— Il faut que j'en aie une ?

— Oui. Tout le monde a une fleur préférée.

— Je dirais... les roses. Les roses rouges.

Je ne suis pas sûre que j'aurais donné cette réponse, si je n'avais pas été prise au dépourvu.

— Ça ne m'étonne pas. Tu as la personnalité d'une rose.

J'ai le souffle coupé.

— Pourquoi ça ? demandé-je.

— Elles sont belles, fortes et demandent de l'attention.

— Je ne demande pas d'attention, répliqué-je, surprise.

— Tu devrais.

Il plante son regard dans le mien et me donne des papillons dans le ventre.

— Ne te contente jamais de moins que ça.

— Et toi ? Tu as une fleur préférée ?

— Celle qui te rend heureuse. Ce serait ça, mon choix.

Il ne sourit pas. Il ne dit pas ça dans le but de me charmer ou de me séduire. Sa réponse est simple, directe et catégorique. Je ne sais pas comment réagir.

Alors je me contente de continuer à manger, et il m'imite. Nous échangeons peu, mais je suis réconfortée par sa présence et par le bruit de ses couverts sur son assiette. Je ne devrais pas interpréter ses mots et ses gestes, mais je ne peux pas m'en empêcher.

Une fois notre repas terminé, il m'aide à débarrasser, avec la même efficacité dont il fait preuve dans les autres domaines. J'ai l'impression que nous formons un petit couple, debout l'un près de l'autre à faire la vaisselle et à ranger. Le seul bruit dans la pièce est celui de l'eau et des miaulements d'Ombre, qui réclame les restes de poulet.

Je suis surprise de voir Armando s'agenouiller pour lui en donner un petit morceau.

— C'est tout pour l'instant. C'est trop gras, dit-il au chaton qui lèche les dernières gouttes de sauce sur ses doigts épais.

Il ramasse sa brosse à dents et les autres articles de

toilette sur le plan de travail et se rend dans la salle de bains. Je me sens... bizarre. Je ne sais pas comment assimiler tout ce qui m'arrive et le flot d'émotions bonnes comme mauvaises qui me traversent. Mais il faut que je trouve mon portable. J'ai peut-être des messages en attente d'une réponse. Ça m'insupporte, qu'il refuse de me le rendre.

Je fouille dans les placards du haut, car c'est là qu'il a rangé mon sac à main hier soir. Sans succès.

Puis je le vois. Il est au sommet du frigo, caché derrière les paniers fleuris que j'accumule à cet endroit. Ça m'amuse qu'il l'ait mis tout en haut. Comme si j'étais une petite fille incapable de l'atteindre.

Bon, j'avoue que je suis trop petite pour le récupérer, mais je pose un genou sur le plan de travail et je tends le bras. Je parviens à l'attraper, et je consulte mes messages.

J'en ai reçu deux. Un de ma mère, qui me demande si je viens dîner demain, et un de Josie, qui m'annonce qu'elle sera en retard lundi.

Elle ne demande pas. Elle *annonce*.

Je soupire. Encore un problème que je fais semblant de ne pas voir.

Je commence à répondre, quand j'entends Armando pousser un juron.

Il se rue vers moi, mais je ne me laisse pas intimider. Oui, il est capable de me faire du mal. Il est violent. Dangereux. Mais je sais que son côté brusque est réfléchi, mesuré. Et je suis persuadée qu'il a un code, quand il s'agit de faire du mal aux femmes. Autrement dit, il ne les frappe pas. Et franchement, s'il avait voulu s'en prendre à moi, il l'aurait déjà fait.

— Qu'est-ce que tu fous, Hannah ?

Il m'arrache le téléphone des mains et balaye mon écran, les sourcils froncés.

— À qui tu as écrit ?

— À personne, réponds-je sans cacher mon hésitation tout en montrant le portable d'un signe du menton. Tu n'as qu'à vérifier toi-même.

Son pouce vole sur l'écran alors qu'il vérifie mon journal d'appels.

— Tu aurais pu envoyer un message et l'effacer.

— J'ai besoin de ce putain de téléphone, Armando.

Je m'autorise à laisser transparaître ma mauvaise humeur, car je refuse de le laisser me tyranniser ou me faire peur.

Il secoue la tête et fourre le téléphone dans sa poche arrière.

— Ce n'est pas comme ça que ça marche, Pâquerette, dit-il en me prenant les poignets et en me clouant sur place de son regard sombre. Je te fais confiance et je tourne le dos une minute... Tu vas avoir de gros ennuis.

De gros ennuis.

Pourquoi cela me provoque-t-il un frisson d'excitation ?

Parce que je sais déjà que j'aime ses punitions. Il me retourne et me plaque les mains contre le réfrigérateur, avant de tirer mes hanches en arrière pour que je me penche en avant. Mes poignets sont menottés sous l'une de ses larges paumes.

Quand la tape arrive, je suis prête, mais elle est plus forte que je m'y attendais, et je pousse une exclamation. Il frappe mon autre fesse tout aussi fort, puis soulève ma mini-robe jusque sous mes aisselles. Il continue de me fesser par-dessus ma culotte.

— Aïe, OK, dis-je d'un ton sec, car c'est réellement douloureux.

Il colle sa bouche à mon oreille, assez près pour que son souffle chaud me chatouille la mâchoire.

— Garde les mains collées à ce frigo, Hannah. Si tu bouges, je te le ferai regretter.

Il n'attend pas mon accord pour me lâcher les poignets et baisser ma culotte sur mes cuisses.

Oh, mon Dieu.

C'est super excitant, mais presque humiliant. Surtout à cause de ma culotte coincée autour de mes jambes. Je me tortille pour la faire tomber.

— C'est bien, dit Armando.

Et tout change.

J'avais peut-être un peu peur, jusqu'ici. Il était un peu plus brutal que d'habitude. Sa fessée était plus forte. Mais ça y est, j'ai repris confiance en lui.

— Je ne coucherai pas avec toi, dis-je, tentant de maintenir le peu de contrôle qu'il m'a donné.

Le sexe est ma seule monnaie d'échange. Bien sûr, il pourrait me forcer. Mais je sais qu'il ne ferait jamais ça.

— Compris, mais ça ne m'empêche pas de te punir, répond-il d'une voix grave et rauque.

Eh bien tant mieux. Je n'ai pas particulièrement envie qu'il arrête. Sauf quand il se met à me fesser plus vite, et toujours trop fort.

— Aïe !

Je sursaute et grimace alors qu'il m'assène quatre coups supplémentaires.

— Je peux te faire tellement de choses qui n'impliquent pas de te baiser.

Il continue à frapper. Ma peau brûle de plus en plus à chaque contact de sa paume. Ce qui me fait mal me procure également un bien fou.

— Tu seras bien sage et tu suivras mes règles ? Ou je dois continuer à te donner la fessée ?

Il parle d'une grosse voix autoritaire, et mon sexe pulse à chaque syllabe de sa question.

— Je serai sage.

J'ai beau prononcer ces mots, ils semblent disparaître, noyés dans mes halètements et mes gémissements.

— Tu veux que Papa te punisse comme la vilaine fille que tu es ?

Oh. La. Vache. Cette simple question m'envoie un courant électrique. C'est tellement puissant.

— Oui, *Papa*, dis-je avant d'inhaler profondément. C'est ce que je veux.

Il se laisse tomber à genoux derrière moi et me pince les fesses. Il les écarte et me donne un coup de langue.

Je laisse échapper un gémissement chevrotant. Oh, oui. Je ne sais pas où il a appris à baiser, mais il a été à bonne école.

Il fait le tour de mon anus avec sa langue, puis m'écarte les cuisses pour m'ouvrir à lui. Le visage enfoui entre mes fesses, il lèche mon clitoris avant de remonter. La douleur de sa fessée se transforme en une chaleur fourmillante, incendiant davantage cette région, comme si mon centre n'était pas déjà en feu.

Il alterne entre des tapes sur mon derrière et des coups de langue dans mes replis, tout en me pénétrant d'un doigt. Son pouce caresse mon anus.

— Heureusement qu'on ne couche pas ensemble, Pâquerette. Sinon je te pencherais en avant, je te sodomiserais et je te baiserais comme un fou.

Nom. De. Dieu.

Armando enfonce son pouce dans mon vagin avant de retourner à mon anus, désormais lubrifié. Il appuie. Il enfonce trois - peut-être même quatre - doigts devant en même temps.

Je pousse un cri, un grand « oh, mon Dieu ! » et je perds l'équilibre. Mes genoux ont cédé. Armando soulève mon bassin et ôte ses doigts.

— Non, gémis-je.

Merde. Mon orgasme était tout proche.

Il me prend par la taille et me tire en arrière. Je pousse un cri en tombant sur ses genoux, mais il ne perd pas une minute. Il glisse une main derrière ma jambe gauche et la soulève, m'écartant en grand. De sa paume droite, il se met à *frapper* mon sexe.

Ses claques sont fermes et rapides. Il frappe tout : mon clitoris, mon entrée, mes lèvres. Je me trémousse sur ses genoux, tentant de le repousser tout en me collant à lui. C'est d'une intensité folle. Un mélange de bon et de mauvais qui me ferait presque perdre la tête. Ça fait mal, et en même temps, c'est super satisfaisant.

Dans un cri aigu, j'attrape la main qui me frappe et la colle à mon pubis pour pouvoir jouir. Il plie les doigts et en enfonce un ou eux en moi. J'atteins l'orgasme, parcourue d'une vague de plaisir.

— Oh, putain, haleté-je. Oh, mon Dieu.

Mon orgasme continue.

Armando fait onduler sa main pour que sa paume stimule mon clitoris. Je jouis à nouveau.

— Seigneur.

Je me laisse tomber en arrière dans ses bras, la tête renversée sur son épaule. Il ôte ses doigts et je pousse une plainte, mais il assène trois tapes supplémentaires à mon sexe, et j'ai un nouvel orgasme.

— Nom de Dieu, dis-je d'une voix essoufflée. Putain, mais qu'est-ce que tu viens de me faire ?

Tout mon corps fourmille, mes fesses me brûlent, mon

sexe est à vif après ses tapes, mon anus pulse toujours après son incursion.

Je me retourne et enfouis le visage dans son cou, car mes yeux se mettent soudain à me brûler. Je sais que si je n'en fais pas tout un plat, l'émotion me traversera sans s'attarder, et je ne veux pas qu'il me voie. C'est bizarre, cette facilité que j'ai à pleurer.

Il change de position pour mieux me maintenir, et je sens son érection dure comme du bois contre mes fesses. Je ne me sens pas coupable. Pas vraiment.

Mais à dire vrai, je suis toujours excitée. Je ne sais pas, mon corps n'est peut-être pas satisfait tant que je ne vais pas jusqu'au bout. Tant que je ne chevauche pas son membre.

— La seule condition pour que je couche à nouveau avec toi, c'est si je peux t'attacher, cette fois, lui dis-je.

— Hors de question, répond-il sans hésitation.

Mais je sens son membre se contracter derrière moi. Il colle les doigts à mon clitoris et trace de lents cercles.

Bon sang !

Ses caresses sont ma kryptonite. Je crois qu'il pourrait me faire faire n'importe quoi, s'il me faisait jouir comme ça tous les jours.

Je me blottis dans son cou et pousse une plainte. Je viens de jouir, mais mon désir est comme neuf. Et il amplifie mon excitation à chaque passage sur mon clitoris.

— Je te laisserais me chevaucher sans les mains, propose-t-il.

Je le mords dans le cou de frustration.

— C'est à dire ?

— Tu sais. Comme dans les clubs de strip-tease. Tu peux me grimper dessus, mais je n'ai pas le droit de te toucher.

Il avait besoin de me reparler de strip-club et de me rappeler la soirée de la veille ?

— Non, je ne sais pas, dis-je d'un ton acerbe. Je n'y suis jamais allée.

— Tu veux me chevaucher ? demande-t-il en me palpant les fesses.

Malheureusement, il semblerait que mon corps n'attende que ça. Il n'est pas rancunier, lui.

Lorsque j'hésite, Armando me soulève et me pose sur mes pieds pendant qu'il se met debout. Puis il me porte comme un bébé. Je pousse un cri, craignant d'être trop lourde, mais cela ne semble pas lui demander trop d'efforts.

Et être portée est une sensation délicieuse. Une sensation sur laquelle je ne souhaite pas m'attarder, car j'aime déjà beaucoup trop la façon dont Armando me touche. Je ne veux pas m'y habituer, car nous ne sortons pas ensemble. C'est éphémère. C'est cette expérience tordue et angoissante qui a fait naître notre intimité. Comme les gens qui font équipe pendant une apocalypse zombie et qui sont obligés de forger des liens qui n'auraient jamais existé dans d'autres circonstances.

Et oui, ça en dit long, que je compare notre situation à celle des personnages de *The Walking Dead*.

Il me pose au pied du lit et m'enlève ma robe, qui était toujours coincée sous mes aisselles.

Je repousse doucement son torse, ce qui évidemment ne le fait pas bouger d'un pouce.

— Tu n'as pas le droit de me toucher, lui rappelé-je.

Chapitre Vingt-Six

Armando

Marie pleine de grâce. Je suis dur comme du bois pour Hannah. Comment fait donc cette créature magique pour transformer tous nos conflits en parties de jambes en l'air explosives ? Elle se donne pleinement à moi. Même quand elle cherche à garder ses distances, son corps fond sous mes caresses et toutes les choses cochonnes que je lui fais. Je ne les fais pas de façon préméditée, elle me les soutire. Elle me les inspire. Son corps reçoit, et le mien veut donner. Il m'est impossible de ne pas lui offrir chaque caresse, chaque fessée, chaque orgasme qu'elle semble désirer.

Et là, ce qu'elle désire, c'est faire semblant de tenir les rênes, alors je les lui remets. Je me déshabille et sors un préservatif de mon portefeuille. Je me laisse tomber sur le lit, sur le dos, et enfile le préservatif.

Hannah est complètement nue. Elle est renversante. Toute en courbes légères, avec sa peau noire et ses superbes boucles qui lui tombent sur les épaules et dans le dos. Elle grimpe sur le lit.

Je coince une main sous ma tête, mais je maintiens mon érection de l'autre jusqu'à ce qu'elle prenne le relais. Un frisson de plaisir me traverse dès qu'elle resserre le poing dessus.

— Je parie que tu veux que je te suce, dit-elle, les pupilles dilatées.

Mon érection devient encore plus forte.

— Putain ! m'exclamé-je.

— Je ne suis pas sûre que tu le mérites.

Elle joue les allumeuses, mais je m'en fous, car elle me monte dessus et colle son sexe à mon gland. Elle l'enduit de ses fluides, avant de s'enfoncer dessus.

Je pousse un grognement et dois prendre sur moi pour ne pas la prendre par les hanches afin de l'aider. C'est vachement dur de ne pas me servir de mes mains. Parce que ce n'est pas une strip-teaseuse, pas une inconnue. C'est Hannah, et je suis impatient de la voir jouir sur ma queue.

Elle se met à onduler lentement, les seins en avant. C'est une vraie déesse. J'ai envie de caresser sa poitrine généreuse. Son clitoris. J'ai envie de la faire aller et venir sur moi tellement fort qu'elle en aura le tournis. Mais c'est elle qui commande, maintenant. Et je suis très reconnaissant d'être en elle.

Je bouge le bassin au rythme du sien, le soulève pour aller à sa rencontre quand elle redescend. Bien vite, elle n'en peut plus. Elle pose les mains sur mes épaules et se met à me chevaucher plus vite. Ses seins se balancent, ses cheveux forment un rideau autour de ma tête.

Je serre les poings sur l'oreiller en dessous de ma tête - je le déchire, même - pour m'empêcher de rompre ma promesse en la touchant. Quand elle réalise mon dilemme, elle me maintient les poignets sur le lit comme si j'étais son prisonnier et fait glisser sa chatte magique de plus en plus vite le long de mon membre. Elle se donne à fond, comme une pile électrique, jusqu'à ce qu'à bout de souffle, elle s'interrompe.

Je soulève le bassin pour aller à sa rencontre. C'est incroyable. Elle est trempée et serrée. Et quand je lève les yeux, je vois ses seins qui rebondissent, ses tétons qui durcissent. Je suis incapable de garder mes mains pour moi encore longtemps. Je meurs d'envie de la toucher. De pétrir ses seins pulpeux. De pincer ses tétons dressés entre le pouce et l'index. De caresser son clitoris et de la faire jouir.

Je suis à bout. Enfoncé jusqu'à la garde dans son fourreau mouillé, je bouge les hanches pour la prendre encore plus profondément. Mes doigts tremblent.

Elle se cambre et se contracte avec force sur mon érection. Sentir ses muscles se refermer autour de moi suffit à me faire perdre pied. Elle halète, à présent, et ses seins s'agitent tandis qu'elle va et vient.

Je lève les bras et mes mains se referment sur sa poitrine, que je palpe et pétris. Elle écarquille les yeux et déglutit. Je laisse retomber une main pour m'occuper de son clitoris. Je ne peux pas m'en empêcher. Il est juste là. Hannah continue de me chevaucher. Je trace un huit autour de son clitoris jusqu'à ce qu'elle gémisse, impatiente de jouir.

Je lui lâche les seins et m'empare de ses fesses pour m'enfoncer le plus profondément possible en elle. Je la regarde se cambrer pour aller à ma rencontre en poussant un gémissement rauque.

Bon sang.

— Laisse-moi te toucher, la supplié-je. Laisse-moi diriger, ma belle. Tu vas aimer ça, je te le promets.

Son regard est flou, ses joues rosies. Elle bat des paupières avec ses cils recourbés tout en réfléchissant. Je lève le bassin, et elle lâche un soupir de plaisir.

Dès qu'elle m'adresse un minuscule hochement de tête, je la saisis par les hanches et me mets à contrôler ses mouvements. Je la soulève et la fais descendre sur moi en rythme. C'est le paradis, mais j'ai moi aussi hâte de finir. Elle m'a fait bander toute la journée, et je viens de la voir jouir sur le sol de la cuisine.

Elle gémit comme si son orgasme approchait, en poussant de petits cris aigus qui retentissent comme une mélodie dans la pièce.

Nous approchons tous les deux du but, mais sans y parvenir, et je pense qu'un changement de position nous aiderait.

— Laisse-moi te coucher sur le dos.

Je ne suis pas du genre à demander la permission pour tout, d'habitude, mais c'est elle qui a le pouvoir, là, et je compte la laisser décider. C'est ma pénitence. Elle est plus agréable que celles du Père Fantoni.

— D'accord, souffle-t-elle.

Je la retourne en un instant, nos bassins collés l'un à l'autre. Dès que je suis dessus, je commence à enchaîner les coups de reins. Les yeux d'Hannah roulent dans leurs orbites, et ses lèvres s'entrouvrent de plaisir. Elle se caresse les seins. Je la maintiens en place entre l'épaule et le cou pour empêcher sa tête de cogner contre le mur, et je la baise sauvagement.

Quand je décide que j'ai besoin de la prendre encore plus profondément, je soulève l'une de ses cuisses et la pilonne dans cette position.

Je l'embrasse avec force à nouveau. Cette fois, ma langue insiste et domine. Je suce la sienne, l'obligeant à se soumettre. Elle est à moi. Elle va s'en souvenir. J'ai envie de la marquer. Je veux qu'elle me sente sur elle, qu'elle me sente en elle. Je veux qu'elle pense à moi dès qu'elle se touchera ou qu'elle se remémorera cette soirée.

— Putain, tu as tellement bon goût, Hannah. Je vais te faire jouir super fort. Je vais te faire crier.

Je la regarde perdre pied, ses jambes tremblantes et son dos cambré, tout son corps supportant le poids d'un orgasme trop intense. Elle respire profondément, avec le ventre, dans un rythme saccadé, et se tortille contre moi, ses mains agrippées à mes avant-bras. Dès qu'elle se contracte autour de moi, je sens mon propre orgasme se profiler.

— Je vais jouir, bébé, grogné-je. Je vais te remplir...

Elle se met à crier, emplissant la pièce d'exclamations extatiques. Mes bourses se contractent, mes cuisses tremblent.

— Bon sang, Hannah, je vais jouir, répété-je alors que des étoiles se mettent à exploser derrière mes yeux.

— Oui ! Moi aussi !

Son orgasme est tellement puissant qu'elle tremble pendant que le mien déchire mon corps, s'empare de moi et secoue tout mon être. Je n'ai pas envie d'arrêter. Je veux rester en elle pour toujours, sentir son corps m'aspirer davantage, me garder en lui, tous deux liés.

Je continue d'éjaculer, sans interrompre mes coups de reins, et Hannah se mord la lèvre, se cambre et crie encore. Son sexe se contracte sur le mien, pulsant au rythme de sa jouissance.

Seigneur, elle est tout.

Vraiment tout.

Je ralentis et vais et viens en douceur un moment, une simple caresse, puis je m'arrête enfin. Je sens mon membre pulser et se contracter en elle à cause des ondes de choc.

— *Bella.*

Elle fronce les sourcils et lève la tête de l'oreiller.

— Quoi ?

— Tu es tellement belle.

— Je rêve, ou tu viens de m'appeler par le prénom d'une autre femme ?

Son ton est sec, blessé.

Je me surprends à éclater de rire. Bon Dieu. Quand ai-je ri pour la dernière fois ?

— Non, j'ai dit *bella*. Ça veut dire belle en italien.

Je me retire et enlève le préservatif, que je jette dans la corbeille près du lit.

— Oh, dit-elle.

Elle devient de nouveau toute douce et attentive. Putain, j'adore sa réceptivité. Et j'adore sa jalousie.

— Tu parles italien ? me demande-t-elle.

Je me colle à elle et lui caresse la hanche.

— Un peu. Je le comprends mieux que je ne le parle. Je suis un Américain de deuxième génération, alors mes grands-parents le parlent couramment.

— Ouah, dit-elle en se blottissant contre moi, une paume posée sur mon torse. Tu es toujours... comme ça ?

Je repousse une mèche bouclée sur son épaule pour admirer l'une de ses seins magnifiques.

— Comme quoi ?

Elle se mordille la lèvre.

— Comme ça au lit.

Je ne parviens à cacher ma surprise que partiellement. J'ai appris il y a bien longtemps que quand une femme se confie, question sexe, on ne fait rien qui risque d'interrompre la discussion. Si Hannah veut en parler, je suis partant. Même si je suis tellement coupé de mes émotions que je suis presque un robot.

Je réfléchis.

— Non. Je ne crois pas. J'étais plus doué avant. Ma technique était plus... au point. Plus sophistiquée, même. Mais avec toi...

Je ferme les paupières et laisse le plaisir de ce que nous venons de faire m'envahir.

— Avec toi, c'est plus cru. Avide. Presque désespéré.

Elle me regarde d'un air hébété. Une lueur de vulnérabilité brille dans ses yeux sulfureux, mais je ne sais pas très bien ce qu'elle voudrait que j'ajoute. J'ai peut-être déjà merdé.

— Chaque fois qu'on le fait, quelque chose se dégèle en moi, admets-je.

Encore de la vulnérabilité sur son visage. Sa respiration devient plus rapide. Sa lèvre est-elle en train de trembler ?

Je décide de me montrer pleinement honnête :

— Tu me soignes.

Ses yeux s'emplissent de larmes, et elle laisse échapper un petit soupir. Je prends son visage dans mes mains et tente de ne pas réagir à ses larmes. Deux d'entre elles roulent sur sa joue, et je les essuie avec mon pouce.

— Tu me *détruis*, dit-elle d'une voix étranglée.

Je me fige. Retiens mon souffle.

Qu'est-elle en train de dire ? Où veut-elle en venir ? Merde.

Ma poitrine se serre.

— Comment ça ?

Tout mon corps se tend alors que j'attends sa réponse.

Elle s'assoit, et je l'imite.

— Armando, qu'est-ce qui se passe entre nous ? Je ne sais même pas ce qu'on est en train de faire, mais je sais que c'est une mauvaise idée.

Oh non. Mon cœur s'arrête. Mon buste se raidit.

— Je n'ai pas les réponses que tu cherches, admets-je.

— Tout se passe tellement vite. Comme une violente tempête.

— C'est vrai.

— Alors qu'est-ce que c'est ? Juste du sexe... plein de sexe ?

Je secoue la tête.

— Non, Pâquerette. Ce n'est pas que du sexe. Je peux au moins te dire ça.

Même si je ne peux pas m'empêcher de la toucher dès que possible.

— Mais c'est dangereux, insiste-t-elle.

Un poing se ferme sur mes entrailles.

— Je n'enferme pas mes émotions dans une boîte, ajoute-t-elle. Mes émotions prennent de la place, et elles s'insinuent partout. Je ne veux pas me jeter tête la première dans les profondeurs si je sais que personne ne sera là pour m'en tirer.

Je digère sa métaphore. Est-ce que *les profondeurs*, ça veut dire l'amour ?

Bon sang.

J'ai envie de lui dire que je ne lui ferai pas de mal. Mais elle a raison. Quelqu'un veut ma mort. J'ignore si je survivrai à cette semaine. Et même si j'y parviens, Hannah et moi ne vivons pas dans le même monde. Le sien est plein de couleurs, de lumière et de fleurs délicates.

Le mien est obscur.

Mortel.

Destructeur.

Je vis dans un nid de péché.

Je n'ai rien à lui offrir.

D'ailleurs, plus je passe de temps avec elle, plus je la mets en danger.

Dès que j'aurai fini de prétendre que c'est elle qui représente une menace pour moi, je devrai prendre mes distances.

M'en aller sans un regard en arrière.

Si j'étais quelqu'un de bien, je le ferais immédiatement.

Mais je ne suis pas quelqu'un de bien. Je prends son visage dans mes mains et me jette sur sa bouche comme si elle venait de me faire une déclaration d'amour. Et quelque part, c'est le cas.

— On est tous les deux dans les profondeurs, Pâquerette, lui dis-je lorsque nous nous séparons.

Je n'ai jamais connu plus profond que ça.

Quand elle saigne... je saigne.

Chapitre Vingt-Sept

Hannah

Le téléphone d'Armando se met à sonner au beau milieu de la nuit. À la façon dont il bondit hors du lit avec une exclamation, je comprends qu'il a l'habitude de se battre dès le réveil. Il respire profondément par le nez, et l'écran de son portable s'allume. Son expression est dure. Digne d'un guerrier.

— Allô ?

J'entends un homme parler d'une voix tendue à l'autre bout du fil. Je détecte les mots *tirs* et *flics*.

Armando pousse un juron et se met à enfiler ses vêtements comme s'il se préparait pour une bataille.

— Ça marche. J'arrive... Non, je prendrai un Uber... Ouais.

J'allume la lampe de chevet et sors du lit à mon tour. Mon cœur bat à tout rompre, même si j'ignore ce qui se passe.

Armando raccroche et boutonne son pantalon, avant de glisser son téléphone dans sa poche.

— Qu'est-ce qui ne va pas ? Qui c'était ? m'enquiers-je.

Je suis peut-être trop directe, mais il est *chez moi* et vient de quitter *mon lit*. J'estime avoir gagné ce droit.

Il se tourne vers moi pour me regarder. Son visage est dur. Redoutable. Létal.

— Il faut que j'y aille, dit-il en regardant aux quatre coins de la pièce. Tu vas devoir rester...

— Ne songe même pas à m'attacher.

Je suis fière de ma voix basse et menaçante, pas hysté-rique comme la dernière fois.

Mais il y songe, justement. Ça se voit, car il ne bouge pas. Il reste planté là, à me regarder.

— Ne fais pas ça, Armando. Quand est-ce que tu vas me faire confiance ? Je ne bougerai pas d'ici. Je retournerai me coucher, c'est tout.

Il ouvre mon tiroir d'un geste brusque et sort l'un de mes collants.

— Je ne te fais pas confiance, d'accord ? *Je ne fais pas confiance.* Crois-moi quand je te dis que t'attacher est plus clément que les menaces que je devrais proférer pour te laisser libre ici. Si je faisais ça, il n'y aurait plus de retour en arrière possible.

Ses mots me font mal. Il est capable de me *baiser*, mais pas de me faire *confiance*.

— Si tu m'attaches, il n'y aura pas de retour en arrière possible non plus, l'avertis-je.

Je parcours la pièce du regard à la recherche d'une arme. Comme je n'en trouve aucune, je ramasse la lampe de chevet.

— Je suis prête à me battre.

Je brandis la lampe comme si je comptais l'abattre sur sa

tête. Je n'oserais sans doute pas aller aussi loin, surtout qu'après le combat auquel j'ai assisté à la boutique, je sais que mes chances de victoire contre lui sont ridiculement faibles. Et je serais sans doute blessée. *Ah.*

Je me souviens de son point faible.

— Tu serais obligé de me faire mal.

Ça, ça le dérangera. Ça va à l'encontre de son code d'honneur.

Il ne laisse rien paraître, mais je sais que j'ai gagné, car il laisse retomber le collant dans le tiroir et cherche ses clés.

— Repose cette lampe. Mets-toi au lit, ordonne-t-il d'un ton sec.

Je ne bouge pas.

Son téléphone sonne à nouveau. Il consulte l'écran d'un air sombre.

— Armando à l'appareil... Oui, Monsieur. Oui, je suis au courant... Non, je ne suis pas dans le coin, mais je peux arriver dans vingt minutes... D'accord, je pars tout de suite.

Après avoir raccroché, il pointe son index sur moi.

— Au lit, avant que je change d'avis. Je confisque ton portable et ton iPad. Si tu ouvres la porte d'entrée, je le saurai, et tu le payeras à mon retour. Si je dis ça, c'est pour ta sécurité. *Capisce* ?

Mon cœur bat la chamade, mais mon corps, ce traître, est excité par son ton autoritaire. Je me mets au lit, contente d'avoir su négocier ma liberté. Enfin, la liberté de mes poignets, du moins.

— Que s'est-il passé ? demandé-je, bien que je sache qu'il ne me dira rien.

— Rendors-toi, Pâquerette.

— Tu peux prendre le van, proposé-je. Ou je peux te conduire.

— Pas la peine, répond-il d'une voix ferme et implacable. Tu ne peux pas être impliquée dans ce qui se passe dans ma *vie*. Point.

Je lève les yeux au ciel et patiente, assise sur le lit. Je le regarde partir. Il quitte l'appartement en vitesse avant de revenir et de me regarder longuement.

— Bon, écoute...

J'attends.

— Si ce matin, je ne suis pas revenu, tu peux partir. Ne dis rien à personne et fais ta vie comme si tu ne m'avais jamais connu. D'accord ?

Je le dévisage, les veines glacées.

Comme je ne réponds pas, il ajoute :

— Je suis sérieux, Hannah. Tu ne m'as jamais connu. Jamais vu. Jamais. Compris ?

Il croit qu'il risque de ne pas revenir. Qu'est-ce que ça signifie ? Qu'il sera mort ? Ou en prison ?

Qu'est-il en train de se passer, bon sang ?

Soudain, je suis terrifiée pour lui, mais il n'y a rien à dire ou à faire, car il est déjà parti.

Je reste assise dans la lueur de la lampe un long moment, angoissée pour lui.

Armando. Merde !

Pourquoi ai-je moi aussi l'impression de risquer la mort ? Je ne veux pas tenir à lui à ce point. Ce n'est pas mon petit ami. Ce n'est même pas mon ami tout court. Il n'est rien pour moi. Pourtant, je me sens pleinement concernée. Comme d'habitude, je m'investis trop vite. Trop fort. Trop intensément.

Mais en avoir conscience ne m'empêche pas d'avoir l'impression que tout s'écroule autour de moi. Armando est mêlé à quelque chose de grave. Et je n'ai vraiment pas envie qu'il meure.

Mais si je veux partager quelque chose avec cet homme,

ce sera ma réalité. Il fait partie de la mafia. Je le sais. Je ne peux pas l'ignorer. Il est comme il est, et moi, je suis juste une fille qui tient une boutique de fleurs.

Le mur entre nous est fait des briques de traditions, de règles édictées par des gens plus puissants que lui. Il vit dans un nid de péché, et j'ai beau adorer jouer au petit couple avec lui, il faut que je me souvienne de ma réalité.

Et s'il ne revient pas ?

Et s'il *revient* ?

Chapitre Vingt-Huit

Armando

Bordel de merde.

Tout mon corps est glacé lorsque je sors de mon Uber devant mon immeuble. Quatre voitures de police et une ambulance bloquent la rue, tous gyrophares dehors. Il y a des flics partout. J'approche, les mains en l'air.

— Je suis Armando Rossi. C'est sur mon appartement qu'on a tiré, dis-je au premier policier qui me repère.

— D'accord.

Il parle dans son talkie-walkie :

— J'ai la victime.

Il écoute la réponse.

— Ouais, je l'amène.

Il me jette un regard soupçonneux.

— Vous êtes armé ?

Je garde les mains en l'air.

— Non, Monsieur.

Il me fouille pour s'en assurer.

— Suivez-moi.

À mon étage, je vois Marco avec un autre flic. Son appartement se trouve deux étages plus haut, à côté de celui de Léo. J'espère vraiment qu'ils n'ont pas été visés, eux aussi.

Il me fait un signe du menton. Je passe devant le concierge, qui me montre du doigt et grogne :

— Je veux que vous dégagiez d'ici demain. Je n'aurais jamais dû laisser un repris de justice louer un appartement ici.

— Il restera, dit Marco.

Sa voix ferme et sonore fait taire les conversations chuchotées, et tout le monde le regarde.

J'ignore le concierge et mon cousin. Je suis de nouveau amorphe. Ma bouche a un goût de cendres. Mes mouvements sont mécaniques. Tout est gris. Mes murs semblent se refermer sur moi comme les barreaux de ma cellule à Joliet. En cet instant, je pourrais facilement tuer ou être tué sans éprouver la moindre émotion.

Un policier me rejoint devant ma porte.

— C'est vous, Armando Rossi ?

— Oui, Monsieur.

Il jette un regard à son collègue.

— Il a été fouillé ?

— Oui, il n'a rien.

— Je peux voir votre pièce d'identité ?

Je sors mon portefeuille et lui montre la carte d'identité que j'ai obtenue la semaine dernière, vu que mon permis a été annulé. Le flic sort un calepin et un stylo et prend des notes.

— Vous pouvez me dire ce qui s'est passé ici ?

Je secoue la tête.

— Non, Monsieur. J'étais absent.

— Que s'est-il passé, à votre avis ? demande-t-il d'un ton cassant, visiblement agacé.

Il m'a déjà jugé, et je suis sûr que le verdict n'est pas clément.

— Je pense...

Je regarde dans mon appartement. Tous les murs sont criblés de balles. Le tableau que Marco avait suspendu au mur est brisé, et le sol est couvert d'éclats de verre. L'écran plat est en morceaux. La baie vitrée est fendillée, mais elle tient bon.

Pour l'instant.

Le rembourrage du canapé est exposé. Marco m'a dit ce qu'il a vu et entendu, alors je n'ai aucun mal à me faire une idée des événements. Des types se sont introduits chez moi et ont tiré des centaines de balles dans l'appartement avec des fusils semi-automatiques.

— Je pense que quelqu'un veut ma mort.

— Qui ça ?

Je secoue aussitôt la tête.

— Aucune idée.

Il plisse les yeux.

— Vous n'avez pas une hypothèse ?

Je hausse les épaules.

— Non.

— Le proprio dit que vous sortiez tout juste de prison.

Je devrais répondre *oui, Monsieur*, mais soudain, j'en ai ras le bol de cette conversation. Je veux que tout le monde dégage. Il faut que je parle à Marco et Léo. Alors je jette un regard noir à ce connard de flic. Il ne m'a pas posé de question, techniquement, alors je ne daignerai pas lui répondre.

Je m'éclaircis la gorge.

— Je peux jeter un œil dans l'appartement ?

Le flic plisse de nouveau les yeux.

— Vous avez des choses dignes d'être volées, ici ?

— Non.

Fini les *Monsieur*. Comme je l'ai dit, j'en ai marre.

Il range son carnet et son stylo dans sa poche.

— D'accord. Jetez un œil, et dites-moi s'il manque quelque chose.

Je me rends dans la chambre. Elle est aussi amochée que le salon. Il y a des impacts de balle dans la porte, dans la tête de lit. Les plumes de l'oreiller sont éparpillées dans la pièce. Les types ont sans doute commencé par cette pièce. Quand ils ont réalisé que je n'étais pas là, ils ont tiré partout quand même.

C'est un message. Ils me traqueront.

Ça, ça ressemble plus aux Hermanos que l'attaque de vendredi.

J'avais caché l'argent que m'avait donné le don dans l'appartement, mais je ne veux pas vérifier en présence des flics. Je ne veux pas qu'ils me demandent d'où viennent ces sept mille dollars. C'est l'argent qu'il me reste après avoir donné un coup de main à ma mère et à Hannah. Marco a refusé que je lui rembourse la caution, le loyer et les meubles de l'appartement.

Nous restons nous tourner les pouces encore quarante minutes avant que les types en bleu décident de s'en aller. Le propriétaire est toujours sur le palier, à attendre pour me parler. Marco se place à mes côtés.

— Écoutez, dit-il le proprio en levant les mains dans un geste de conciliation. Je ne peux pas avoir des gens comme vous ici. Mes résidents ont besoin de se sentir en sécurité, et ce qui s'est passé ce soir risque de faire fuir tout le monde.

À une époque, je lui serais rentré dedans. Je suis un mâle alpha, et je ne me laisse pas marcher sur les pieds. Mais là, je me fous royalement de savoir si je peux rester dans l'immeuble ou non. Après tout, je n'y ai pas passé beaucoup de temps, depuis que j'ai revu Hannah.

Je ne suis même pas en colère après les tirs. Je n'ai pas envie de me venger.

Je suis de nouveau sans émotion.

Et c'est la seule chose qui me perturbe.

Mais quelle importance, après tout ? Je n'habite même plus mon corps.

C'est Marco qui s'offusque à ma place. Il envahit l'espace personnel du proprio, sans le toucher, mais nez à nez avec lui.

— Non, ce qui risque de les faire fuir, mon pote, c'est si tu te mets la famille Pachino à dos. Mon cousin reste là. Moi aussi. Mon frère aussi. Et si tu reviens nous faire chier, je ruinerai ton business, ainsi que ta vie et celle de tes proches. Tu peux me croire, mon vieux.

Le propriétaire le croit. Il le croit tellement fort qu'il pâlit et qu'il se met à claquer des dents. Et Léo, avec un timing parfait, choisit ce moment pour nous rejoindre, sa carrure amplifiant la menace de son frère.

— Maintenant, dégagez.

Le proprio prend ses jambes à son cou.

Mes cousins attendent qu'il soit parti avant de pénétrer dans mon appartement. Marco porte un pantalon et un marcel blanc, comme s'il avait enfilé le premier truc qui lui passait sous la main. Léo, lui, a pris le temps de s'habiller.

— Ça, c'est clairement un coup des Hermanos, dit Marco. Je les ai vus se précipiter dans une bagnole dans la rue. Ils portaient des cagoules et ils avaient des semi-automatiques. J'ai entendu un flic dire qu'ils avaient tiré sur les caméras de sécurité devant l'immeuble et sur la porte vitrée. Ensuite, ils ont tranquillement pris l'ascenseur pour cribler ton appartement de balles. Tu as prévenu Don G ?

— Pas encore.

Je jette un regard en coin à Léo, parce qu'il a beau être comme un frère pour moi, moins de personnes connaissent mes histoires, mieux c'est.

Il sort un pistolet de sa ceinture et des munitions de sa poche.

— Je sais que tu n'as pas le droit de porter une arme, mais à mon avis, tu serais plus en sécurité si tu portais ça en permanence, maintenant.

Mon âme ne s'est peut-être pas complètement ratatinée, car je ressens une lueur de gratitude. Ma famille prend soin de moi. Quoi qu'il arrive.

Je prends le pistolet et le coince à la ceinture de mon pantalon.

— Ouais, merci.

— Je m'inquiète pour ta mère, dit Marco. Vu qu'ils ne t'ont pas trouvé ici, ils ne risquent pas d'aller te chercher chez elle ?

Je me frotte le visage.

— J'ai pensé à la même chose. Je vais voir si je peux l'envoyer en vacances.

Je me rends dans ma salle de bains à grands pas et cherche mon argent dans le placard sous le lavabo. Il est toujours là. Mais je ne suis pas surpris. Il ne s'agissait pas d'un cambriolage.

Ces types étaient là pour m'abattre, c'est certain. Et après tout le bruit qu'ils ont fait, ils ont dû filer sans traîner. Honnêtement, je suis étonné qu'ils aient pris un tel risque dans un immeuble comme celui-ci.

Je sors un sac de sport du placard et me mets à jeter des vêtements, des chaussures et des produits de toilette dedans. L'appartement d'Hannah reste l'endroit le plus sûr pour moi. J'ai bien fait d'y rester. Mais Marco a raison, ma mère est peut-être en danger. Et cette idée me fait ressentir des émotions, pour une fois. Je suis prêt à tout pour ma mère. Quand j'étais petit, nous n'étions que tous les deux, et je suis prêt à tuer ou à mourir pour elle.

— Je ferai venir mes soldats demain pour qu'ils fassent le ménage, dit Marco.

— Merci.

— Qu'est-ce que je peux faire d'autre ?

— Rien. Tu en as déjà trop fait. Ça ne me plaît pas de t'être redevable à ce point-là, mec.

Je lui serre la main et l'étreins en lui donnant une tape dans le dos.

Il recule et me regarde dans les yeux. Les siens sont vert clair, la couleur du dollar. Un vrai piège à filles.

— Tu ferais la même chose pour moi, dit-il.

Son expression est très sérieuse, comme s'il prêtait serment.

Je réalise alors qu'il ne prend pas uniquement soin de moi parce que je fais partie de la famille. Il ne le fait pas simplement par pitié. Il se sent coupable que je me sois fait choper. Que j'aie trinqué pour lui. Pour Léo. Pour les autres mecs de notre réseau de vol de voitures. J'ai joué de malchance, et je me suis fait pincer. Et il va sans dire que j'ai tenu ma langue.

J'ai envie de lui dire quelque chose pour le rassurer. Parce que l'inverse est vrai : il aurait fait la même chose, s'il avait été à ma place. Ce qui le ronge, c'est peut-être le fait que j'aie pris aussi cher. Tout me réussissait, à l'époque. Je croyais être amoureux. J'étais fiancé à une femme superbe. Je me faisais des tas de pognon. J'étais reconnu et respecté au sein de l'organisation. J'avais ma propre équipe : Marco et Léo bossaient sous mes ordres. J'étais destiné à devenir un

leader et à grimper les échelons lorsque l'ancienne génération prendrait sa retraite.

Puis mes activités ont attiré l'attention des flics, et je me
suis pointé au garage au volant d'une Mercedes Benz toute
neuve au mauvais moment. Je me suis enfui, mais j'étais
cerné. Je pouvais seulement encaisser. Purger ma peine et
recommencer à zéro.

Comme les mots ne sont plus mon point fort, je ravale
mes émotions et me contente de faire un check à mes cousins.

— Tu as toujours la clé de chez moi, non ? demandé-je à
Marco.

— Ouais, t'inquiète. Tu veux passer la nuit chez moi ?

— Nan, j'ai un endroit où dormir.

Je ramasse mon sac de sport et me dirige vers la porte.
Marco me jette un regard curieux, mais il ne me demande
pas où je vais. Dans notre métier, moins on en sait, mieux
on se porte. Je sais que mes cousins ne me dénonceraient
jamais, mais je ne veux pas leur faire porter mes secrets. Ils
en font déjà assez pour moi.

— Fais-toi discret, en tout cas.

— Ouais, ça marche. Merci encore.

Je touche le pistolet à ma ceinture et adresse un signe de
tête à Léo.

— Attends, il est hors de question que je te laisse passer
cette porte sans te donner des gardes, dit Léo. Surtout s'il y
a une meuf dans l'histoire, maintenant.

— Je gère.

— Mon frère a raison, intervient Marco. Au moins un
garde. Au cas où.

J'ouvre la bouche pour protester, puis je pense à
Hannah. J'ai beau être prudent, il est possible que la
personne qui veut ma mort soit au courant de son existence.

Je ne m'en fais pas pour moi, mais je devrais m'assurer qu'elle soit protégée en permanence. Je hoche la tête.

— Ouais, c'est pas une mauvaise idée. Je veux qu'Hannah soit en sécurité.

— Alors elle a un nom, s'exclame Léo avec un sourire en coin.

Je me rends dans la cuisine en ruines et trouve un calepin et un stylo dans un tiroir. Je note l'adresse de l'appartement d'Hannah et celle du *Jardin d'Éden*, et je tends le papier à Léo.

Il l'examine.

— C'est la fleuriste à côté du salon de Rocco ?

J'acquiesce à nouveau.

— Je t'enverrai aussi l'adresse de son employée. Je veux m'assurer qu'elle soit protégée aussi. Il ne faudrait pas qu'elle soit prise pour cible par erreur.

Marco se penche sur l'épaule de son frère pour lire mes notes, et il dit :

— C'est comme si c'était fait.

— On va découvrir qui est responsable de tout ça, et on y mettra un terme. Je te le garantis, assure Léo.

Mon plus jeune cousin est devenu un homme en mon absence. Je ne lui connaissais pas cette maturité.

Un million de petites choses ont changé, pendant que j'étais en prison. Ce sont des changements subtils, mais suffisants pour me donner l'impression d'évoluer dans un tout autre monde.

Ou alors c'est moi qui ai changé du tout au tout.

Et si je veux survivre à la semaine, j'ai plutôt intérêt à me reprendre, et vite.

Je dois découvrir ce qui se passe. Ce que je peux faire.

Qui est digne de confiance.

Qui je dois tuer afin de ne plus être pris pour cible.

Pourtant, j'ai toujours du mal à m'intéresser à mes problèmes.

La seule chose qui m'intéresse un minimum, à présent, c'est Hannah. Je voudrais être endormi dans son lit, là.

Je suis vorace.

Je sais que je devrais la laisser tranquille. Je devrais lui foutre la paix, surtout vu le danger que je représente pour mon entourage.

Mais j'en suis incapable.

Elle est tout ce qui me retient à la vie.

Le seul chemin qui m'apparaît, c'est celui qui mène à elle.

C'est mon seul moyen de me retrouver.

Chapitre Vingt-Neuf

Hannah

Je pose les yeux sur la silhouette endormie d'Armando. Il est rentré peu avant l'aube et n'a pas ouvert l'œil depuis. Il est étendu sur le dos, les draps emmêlés à sa taille. Ses muscles fins et sculptés lui donnent un air dangereux, même dans son sommeil. Ombre est blotti contre lui et ronronne contre son ventre, un drôle de compagnon de lit.

Je ne vois pas de sang, de plaies ou de bleus sur lui, et je réalise que cela pourrait devenir mon quotidien. Passer son corps en revue à la recherche de blessures. Si Armando et moi continuons sur cette voie, quelle qu'elle soit, ma vie consistera à m'inquiéter pour lui quand il s'éclipsera au beau milieu de la nuit.

Saurai-je gérer ça ?

Saurai-je gérer *Armando* ?

Quand il est rentré et qu'il s'est glissé derrière moi, j'ai fait semblant de dormir. Je ne savais pas quoi dire ou faire. Je ne pouvais pas vraiment lui demander comment s'était passée sa journée de travail. Ni lui confier que j'avais passé la nuit à lutter contre les larmes et la nausée. J'étais terrifiée à l'idée de ce qui pouvait lui arriver, de ce que je ferais s'il ne revenait jamais. Mais collée à son corps chaud, l'un de ses bras pesant autour de ma taille, je me sentais en sécurité. Plus en sécurité que jamais, en fait. Cette sensation m'a donné l'impression que tout le reste valait le coup. Qu'il valait le coup.

J'hésite à le réveiller ou à le laisser dormir. Il faut que je me rende à la boutique. J'ignore pourquoi je me sens obligée de lui demander la permission pour partir. Ce n'est pas parce qu'il me voit comme une prisonnière que j'en suis une.

Sauf que ce rôle me plaît. C'est la vérité, aussi absurde soit-elle. Je n'ai pas vraiment envie qu'il me libère et qu'il s'en aille. Car je suis déjà accro à lui. Comme toujours, après avoir couché avec un mec.

Je ne sais pas contenir mes émotions. Comment les maîtriser. Je ressens les choses en grand, et c'est toujours un désastre. Ça fait toujours fuir les hommes.

C'est peut-être pour ça que j'aime l'idée d'être prisonnière. Armando ne s'enfuira pas. C'est lui qui m'impose sa présence, pas l'inverse. Je ne peux pas tout faire foirer, parce qu'il n'y a pas de relation entre nous. Je n'ai pas choisi cette situation. Je ne peux rien refuser, à part de coucher avec lui. Et je ne suis vraiment pas douée pour ça.

Pourquoi refuserais-je, après tout ? C'est le gros point positif de cette situation. Même s'il n'y a pas que le sexe qui me plaît. J'adore vivre ces péripéties. La menace du danger compensée par une certaine confiance en lui. Et j'aime ses petites attentions, comme quand il fait mes courses ou descend la poubelle. Quand il débarrasse la table. Ma vie semble plus simple quand il veille sur moi. Quand il participe. J'ai tellement l'habitude de me faire du souci pour les autres que ça fait du bien que quelqu'un s'occupe de moi, pour une fois.

Je touche son biceps ferme.

— Armando ?

Il prend une grande inspiration et s'assoit aussitôt, un pistolet à la main... braqué sur moi.

Je pousse un cri de surprise et me fige. Je ne sais même pas d'où il sort cette arme. Je dois me repasser la scène pour conclure qu'il l'a tirée de sous son oreiller.

Mon oreiller. Où je ne cachais certainement pas de pistolet.

Il me regarde d'un air hébété et baisse son arme. Il ne dit pas un mot.

— Nom de Dieu, Armando.

Je pousse un soupir tremblant. Comme il ne parle toujours pas, j'ajoute :

— Écoute, il faut que j'aille à la boutique. Tu peux rester là pour dor...

Mais il est déjà debout, obligeant Ombre à sauter par terre et à creuser son petit dos.

— Tu n'es pas obligé de venir. Je pense t'avoir prouvé que je ne parlerai pas, non ? Alors donne-moi mon téléphone, et je file. Tu peux rester si tu veux.

Sans me prêter attention, Armando sort un tee-shirt d'un sac de sport caché sous mon lit.

OK. Apparemment, il emménage ici.

Ça ne devrait pas me réjouir, mais c'est un peu le cas.

Il s'habille en quelques secondes, fixant le pistolet à sa jambe avant d'enfiler son pantalon. Il va chercher mon sac à main, mon téléphone et les clés du van, dans le four, cette fois. Lorsque nous quittons mon appartement, il n'a toujours pas décroché un mot.

Une fois sur le trottoir, il me montre le Starbucks du coin d'un signe du menton.

— T'as mangé ?

Sa voix est grave et rocailleuse à cause du sommeil. Grognon, même.

— Non, réponds-je.

Je ne suis pas une mangeuse très assidue. Le soir, j'ai tendance à grignoter à cause du stress, mais je suis trop surmenée pour prendre des repas réguliers. Malheureusement, sauter des repas ne m'a pas valu une silhouette hollywoodienne. Mais au diable Hollywood. J'ai des courbes pile là où il faut. Et Armando semble s'en délecter.

Il se dirige droit vers le Starbucks et sort son portefeuille. Ses yeux sont morts, ce matin. Je les ai déjà vus comme ça, mais là, ils manquent particulièrement de luminosité. À moins que l'empathe en moi détecte son absence d'émotions.

Je ne peux pas m'ôter de la tête le pistolet qu'il a braqué sur moi tout à l'heure. Son visage menaçant avant qu'il comprenne que c'était moi. Son regard était redoutable. Comme celui d'un animal sur le point de tuer pour se libérer. Quel genre de vie a-t-il pu vivre, pour sauter sur son arme dès le réveil ? Que lui est-il arrivé hier soir ? J'ai envie de l'interroger, mais je sais qu'il ne me répondra pas.

Armando commande un sandwich aux œufs et un double expresso avant de se tourner vers moi. Je commande du porridge et un café au lait. C'est encore lui qui paye.

C'est bête, car il ne s'agit pas d'une grosse somme d'argent, mais j'aime sortir en ville avec Armando. Le voir payer pour mes repas et mes courses. Ça me plaît, cette façon qu'il a de prendre les choses en main. La façon dont il a fait réparer le van sans même me consulter.

Ça agacerait certaines femmes, mais moi, je trouve ça séduisant.

Il a un côté père de famille sexy, et même si ça n'a jamais été mon délire, je crois que ça commence à me plaire.

Nous prenons notre commande à emporter, et c'est de nouveau Armando qui prend le volant. Ça aussi, ça me plaît. Je me fiche qu'il s'agisse de mon van ; je déteste conduire en ville. J'aime bien que quelqu'un d'autre prenne les rênes. Je peux manger mon porridge et siroter mon café au lait tout en regardant par la fenêtre sans me faire le moindre souci - temporairement, du moins.

Il est toujours complètement renfermé sur lui-même, et je n'essaye pas d'engager la conversation. Je connais plein de gens qui n'aiment pas parler le matin, même quand ils ont bien dormi et qu'ils n'ont pas eu à gérer une crise toute la nuit. Je vais attendre qu'il se radoucisse.

Une fois arrivés, nous entrons dans la boutique par la porte de derrière. Armando parcourt les lieux d'un pas raide et ouvre les stores de la vitrine. Puis il retourne mon écriteau avec les horaires d'ouverture.

— Tu te fous de ma gueule, Hannah ? gronde-t-il.

Je me fige. La menace est de retour. Je la sens même à l'autre bout de la pièce, et cela me fait peur.

— Quoi ?

Il me montre l'écriteau.

— Tu n'es pas censée ouvrir le dimanche. À quoi tu joues ?

Il se tourne sur le côté et jette des regards dehors.

Nom de Dieu. Il croit que je l'ai piégé, ou quoi ? Que les flics vont débarquer pour l'arrêter ? Ou alors les gens qui veulent le tuer ?

Chapitre Trente

Hannah

Je le rejoins, en partie pour conquérir ma peur viscérale face à lui quand il est de cette humeur, en partie parce que je suis furieuse qu'il se méfie de moi. Et fâchée qu'il m'ait effrayée.

— Au cas où tu ne l'aurais pas remarqué, Armando, je n'arrive pas à payer mon loyer. Il faut que j'ouvre le plus possible, et ça inclut les dimanches. Je bosse tous les jours. À chaque heure. C'est la seule solution, si je veux survivre.

Il me regarde d'un air étonné, et son expression dure se radoucit en partie.

J'affronte son regard.

— Ne me crie plus jamais dessus comme ça. Tu es terri-fiant, quand tu te mets en colère.

Je m'attends à ce qu'il soit désolé. Je veux qu'il m'ap-pelle « ma chérie », qu'il me caresse les cheveux, qu'il me serre dans ses bras et qu'il me promette de ne plus jamais me faire peur, mais au lieu de cela, il se renfrogne.

— Ouais, t'as bien raison d'avoir peur de moi, Pâquerette.

La blessure de ses mots est profonde dans ma poitrine. Je lève le menton.

— Ah bon ? Alors dis-le. Dis ces choses dont on ne se remettra pas. Profère tes menaces et finissons-en. Tu pourras t'en aller, comme ça. Ça nous facilitera la tâche à tous les deux.

Il reste planté là une minute, et le doute danse sur ses traits. Je jurerais que la pièce tourne autour de nous, comme dans les films. Puis sa main jaillit et s'empare de ma tête. Ses lèvres s'écrasent sur les miennes. C'est un baiser passionné et juteux, car je lui rends la pareille.

C'est ce qu'on sait faire de mieux. Notre relation est une mascarade, nous ne savons pas communiquer, mais cette danse-là, nous la maîtrisons. J'imagine que c'est pour ça qu'il m'a embrassée. Tout comme je l'ai embrassé la première fois, quand il se demandait quoi faire de moi.

Ça.

Voilà ce qu'on fait.

Il interrompt notre baiser, mais il ne me lâche pas la tête.

— C'est ce que tu veux, Hannah ? Tu veux que je parte ?

Il exsude la tristesse. Avec une pointe de désespoir. Il soutient mon regard comme si ma réponse avait le pouvoir de maintenir la lune en orbite.

— Non, admets-je.

C'est la dernière chose que je veux.

Il colle de nouveau ma bouche à la sienne et me dévore d'un baiser brûlant. Je l'embrasse en retour, ouvrant et refermant les lèvres sur les siennes.

— Je suis désolé, dit-il d'une voix éraillée quand nous

nous séparons. Quelqu'un a criblé mon appartement de balles, cette nuit, et ça m'a rendu complètement parano. Je n'aurais pas dû crier. Surtout pas sur toi.

J'écarquille les yeux, même si je me doutais qu'il lui était arrivé quelque chose dans le genre.

Il lâche ma tête pour me caresser la joue et passer le pouce sur ma lèvre inférieure.

— Je ne veux surtout pas que tu aies peur, ajoute-t-il. Je veux t'embrasser comme si c'était la fin du monde. Te baiser comme si nos vies en dépendaient.

Une vague de chaleur me submerge.

— Si je ne perds pas complètement la raison, là, c'est seulement grâce à toi. C'est toi qui me permets de ne pas devenir fou, Hannah. Toi.

J'adore entendre sa voix rauque prononcer mon nom. C'est moi qui l'embrasse, cette fois, ma poitrine pressée contre ses muscles solides.

— Comme si nos vies en dépendaient, hein ? murmuré-je lorsque j'émerge pour reprendre mon souffle.

Il me plaque à la vitrine et baisse de nouveau les stores. Ses mains sont partout, caressant mes flancs, palpant mes fesses. Je lève une jambe que j'enroule autour de sa taille, et quand il me soulève, je l'enserre avec mes deux cuisses. Je sens la bosse de son érection entre mes jambes.

Ses lèvres dansent sur ma clavicule, puis s'interrompent tandis qu'il cherche mon oreille avec ses dents, me mordillant plus fort qu'à l'accoutumée. Je le sens jusque dans mon centre. Sa voix est grave et rauque, et ses mots envoient une vibration sensuelle dans mon oreille.

— Putain, tu es trop belle. J'adore t'embrasser. Et te baiser. J'ai envie de te pencher ici-même, tout de suite. J'ai envie de te prendre contre cette vitrine jusqu'à ce que tu cries.

Je suis trop essoufflée pour répondre. Je ne sais même pas quoi dire.

— Fais-le, j'ai envie de toi.

Ses mains quittent mes fesses pour mes hanches, puis mon ventre, ses doigts enfoncés dans ma chair.

— Je veux te regarder jouir de derrière. Je veux regarder ta chatte prendre ma queue. Je veux te baiser pendant des heures.

— Moi aussi, c'est ce que je veux, lui dis-je, ma gorge sèche et serrée.

J'en ai envie, mais je ne veux pas que ça se termine. Je veux rester ici. Rester dans ce moment pour toujours.

Il m'embrasse à nouveau, sans aucune douceur, cette fois, mais avec impatience. Il me retourne et me porte jusqu'à mon bureau. Mes fesses touchent sa surface, et je reviens à la réalité.

La réalité.

Nous sommes à la boutique. Mon entreprise. La réalité.

— Attends, haleté-je. On ne peut pas continuer comme ça.

C'est trop. Armando est trop. Je ressens trop de choses.

Il se raidit. Recule. L'absence de ses mains me fait l'effet d'un seau d'eau froide.

— Ouais, dit-il.

Je regrette déjà de l'avoir réfréné. Je lui tends les bras.

— Attends.

Il reprend sa place entre mes jambes et caresse ma cuisse nue. Ses doigts glissent sous ma robe courte. Nos fronts se touchent.

— Parle-moi, Hannah.

Lui parler. C'est le moment où je me montre telle que je suis et où il prend ses jambes à son cou. Mais ça vaut peut-être mieux comme ça. C'est ce qu'il me faut.

— Je...

Je prends une grande inspiration pour me donner du courage.

— Le sexe sans sentiments, ce n'est pas pour moi. Je ressens trop de choses, tu vois ? Et je m'attache trop vite...

Le pire truc que l'on puisse dire à un mec.

Mais c'est la vérité.

— Tu trouves que c'est du sexe sans sentiments ? demande-t-il d'une voix un peu éraillée.

— Non, admets-je.

Il prend une grosse mèche de mes cheveux et l'enroule autour de son poing, regardant mes boucles blondes se mêler aux brunes.

— Pour moi, ce n'est pas du sexe sans sentiments, dit-il. Ça a quelque chose de désespéré, de vivifiant. Comme la première gorgée de lait d'un bébé affamé.

Oh, Seigneur. Mon cœur fait un salto arrière. J'adore savoir que je lui procure quelque chose qu'il ne peut pas trouver ailleurs. Que je le transforme, même. Cela donne de l'importance à notre danse. À mon identité et au sens de ma vie. Je lève la tête vers lui pour l'embrasser, mais il recule d'un centimètre et me fait mariner.

— Mais si tu as besoin de prendre tes distances, je le respecterai. Je ne force pas les femmes.

Trop craquant.

— Mais souviens-toi... soufflé-je en battant des cils. J'aime qu'on me force.

Sa respiration coupée veut tout dire.

Tout comme la façon dont il me capture le poignet et me retourne pour me pencher sur le bureau. Il me coince le bras dans le dos et me donne une claque sur les fesses.

— Je m'en souviens, dit-il de sa voix rocailleuse.

Il s'empare lentement de mon autre poignet et le coince

également dans mon dos. Mon visage est pressé contre la surface lisse du bureau, dont l'odeur d'encre et de papier se mêle au parfum masculin d'Armando. Il soulève le bas de ma robe pour dévoiler mes fesses. Puis il descend ma culotte, juste assez pour pouvoir me caresser.

— Tu as encore mal après la dernière fessée que je t'ai donnée ?

Mon sexe se contracte à ce souvenir. À moins qu'il se contracte sous son geste. Je secoue la tête.

— Tu as encaissé ta punition comme une fille bien sage, hein ?

Oh, mon Dieu.

C'est torride.

Il frappe le bas d'une fesse, et la vibration se propage jusque dans mon centre.

— Ouais, continue de me défier, Pâquerette, parce que je ne me lasserai jamais de faire rougir ton cul.

Je me trémousse pour le tenter, et il me donne un autre coup. Il me caresse pour chasser la brûlure.

— Tu es la femme la plus sexy que j'aie jamais connue. Et de loin.

Il frappe à nouveau.

Je ferme les paupières, savourant la sensation et ses mots. Il n'est pas très bavard, d'habitude, alors ses compliments sont comme un onguent sur mes nerfs à vif.

— Et ça me plaît que tu sois émotive, poursuit-il en frappant un peu plus fort. Que tu t'attaches vite. Parce que les rares fois où je ressens quelque chose, c'est quand je suis avec toi.

Un nouveau coup.

Les larmes me brûlent les yeux. Pour une fois, on dirait que le mec dont je tombe amoureuse est sur la même longueur d'onde que moi. C'est un vrai miracle.

— Oh, putain, gronde-t-il, sa bouche dans mon cou. Tu aimes ça quand Papa te punit ?

Il frappe de nouveau mes fesses, et je gémis en me collant à sa paume. Il me soulève légèrement, et le tissu rêche de son pantalon gratte ma peau surchauffée et impatiente. Je frémis et me cambre pour aller à sa rencontre.

— O... oui. J'aime ça. J'aime ça... *Papa*.

Ce mot roule sur ma langue comme s'il y avait parfaitement sa place.

— Qu'est-ce que tu veux, Pâquerette ? gronde-t-il en m'embrassant dans le cou. Dis-moi ce que tu veux.

— Je veux que tu me baises, susurré-je, haletante. Je veux que tu me baises comme ça, mon cul en l'air et ta queue en moi.

Sa main caresse mon clitoris, et je gémis, mon cerveau embrumé par un plaisir plus intense que tout ce que j'ai ressenti jusqu'ici.

Il introduit un doigt en moi. Je suis tellement mouillée qu'il s'y glisse sans problème, et mes genoux cèdent presque. Il ajoute un deuxième doigt et se met à aller et venir tandis que le bout de son pouce stimule mon clitoris.

Je colle mon visage au bureau, et mes cris de désir résonnent dans la pièce. Le bois est froid contre ma joue et je sens les lèvres d'Armando sur mon dos. Il murmure des paroles cochonnes qui me montent droit à la tête.

— Je vais te baiser dans cette position, bébé. Ma queue va te faire jouir plus fort que jamais. Mais d'abord, je veux que tu fasses quelque chose pour moi.

Il ôte ses doigts, et je pousse une plainte.

Il tire sur la chaise de bureau qui se trouve derrière lui et s'assoit dessus avant de libérer son érection. Je me tourne vers lui et me laisse tomber à genoux. Son regard devient intense. Torturé, même. Je lui dois bien une pipe après tout le plaisir qu'il m'a prodigué. C'est toujours lui qui dirige, et je suis... Eh bien, j'étais sa prisonnière. Un rôle que j'adore, apparemment.

Mais je veux qu'il m'ordonne de le sucer. Je veux qu'il guide ma tête en me maintenant par les cheveux, qu'il contrôle le moindre de mes mouvements. Je veux le sucer parce qu'il l'aura exigé.

Comme s'il lisait dans mes pensées, il dit :

— Pose ces lèvres sur ma queue.

Je saisis la base de son membre et fais glisser ma langue autour de son gland. Son érection se contracte, soudain plus épaisse et plus longue dans ma main.

— Oh, bon sang, bredouille-t-il, les narines dilatées, le souffle court.

Son poing se referme dans mes cheveux et me tire la tête en arrière pour que je le regarde dans les yeux. Une vague de chaleur envahit mon entrejambe. Je suis excitée par le pouvoir que j'exerce sur lui et celui qu'il exerce sur moi. J'ai hâte de lui donner du plaisir.

Tout en soutenant son regard, je serre lentement les lèvres sur son gland et descends plus bas.

Son gémissement exprime presque de la douleur.

— Bon sang, Hannah.

Ses doigts s'emmêlent dans mes cheveux et son poing se referme.

— Tu...

Sa voix s'étrangle alors qu'il me pousse en avant pour que je le prenne à nouveau dans ma bouche.

Il s'agit d'une nouvelle démonstration de domination sexuelle. Si l'on m'avait demandé si j'aimais ça, avant, j'aurais répondu « jamais de la vie », mais désormais, ça me plaît. J'ai beau être un peu vexée de son manque de gratitude, de la façon dont il se sert de ma bouche comme d'un trou, je suis trempée, mes tétons dressés fourmillent, et je caresse son frein avec ma langue dans un geste enthousiaste.

— C'est bien Hannah. Putain, c'est trop bon. Tu es une gentille fille.

Ce n'est pas la première fois qu'il me félicite d'être une *gentille fille*. Ça aussi, ça devrait m'offenser, mais ça m'excite. Son poing est de plus en plus serré sur mes cheveux, et il va et vient plus vite dans ma bouche. Je le suce avec entrain tout en pompant avec ma main, faisant de mon mieux pour lui faire du bien.

Son bassin ondule, et son sexe cogne contre ma langue. Je serre les lèvres sur son érection et le prends profondément en bouche, les joues creusées, et il s'enfonce jusqu'aux bourses. Sa respiration devient plus rapide, et je sens ses biceps se crisper. Je sais qu'il approche du but. Je veux le faire jouir.

Je veux sentir son sel sur ma langue.

Son membre se contracte. Il gémit et s'enfonce davantage. Je l'avale avec appétit.

Je fais tourner ma main autour de sa base et caresse son frein avec ma langue. Son poing se referme dans mes cheveux, et je le caresse comme il aime.

Il est toujours tellement dur qu'il m'est presque impossible de le prendre en entier, et ma mâchoire est douloureuse.

Je l'engloutis ; je le suce le plus vite possible. Je lutte contre les haut-le-cœur réflexes, les yeux embués alors que son membre atteint une taille impressionnante. Il va bientôt jouir, et quand il le fera, je veux qu'il soit dans ma bouche. Je veux le goûter. Je veux sentir son sperme sur ma langue. Je veux l'avaler.

Je passe la langue de bas en haut le long de son érection, et il se crispe.

— Oh, s'exclame-t-il. Putain.

Il me force à reculer et me regarde, les yeux brillants.

— J'aurais voulu continuer éternellement, mais je n'aurais pas tenu, dit-il.

Il fourre la main dans sa poche et en sort un préservatif.

— Viens, Pâquerette. Fais un tour sur mes genoux.

Sa voix est grave et sexy. Il est doué pour parler crûment.

Je me débarrasse de ma culotte, toujours coincée autour de mes cuisses, et je m'installe sur lui à califourchon pendant qu'il déroule la capote.

— Oh, Seigneur, dit-il en frissonnant lorsque je me laisse glisser sur son érection. Hannah. Tu es une vraie déesse. La déesse des fleurs. Il y en a une ?

Je ne l'ai jamais entendu enchaîner autant de mots sans que ce soit nécessaire. Quelque chose lui a délié la langue, et j'adore ça. Il me saisit par les fesses et maîtrise mes mouvements, bien que je sois au-dessus. Je le prends profondément lorsqu'il soulève le bassin tout en m'abattant sur lui.

Il pétrit ma chair.

— Bon sang, j'adore ton cul, Hannah. Il m'excite à mort.

Il commence à avoir le souffle court. J'adore le voir perdre les pédales.

— Une vraie déesse des fleurs. Ou une nymphe des bois. Tu es comme cette fée sur ton épaule... mais en beaucoup mieux. Tu es *charnelle*.

Ses doigts s'enfoncent dans ma chair. Je suis à quelques secondes de l'orgasme.

Et lui aussi, à en juger par l'intensité de ses coups de reins, ses dents serrées et son regard sauvage. Il me fait rebondir sur ses genoux, mes jambes de chaque côté de son bassin, mes cheveux retombant sur le côté droit de mon visage.

Il me contemple, les yeux mi-clos.

— Tu es belle, tellement belle. Tu vas bientôt jouir ?

— Oui ! m'exclamé-je. Je suis prête !

Je suis même plus que prête, car dès qu'il caresse mon clitoris, je lâche prise et mes muscles se contractent sur son membre.

— Oh, *putain*, rugit-il.

Il oublie mon clitoris et me saisit les hanches pour me faire aller et venir sur son sexe.

Il jouit, nous soulevant tous les deux dans un coup de reins si profond qu'il quitte sa chaise. Il pose le bord de mes fesses sur le bureau et me pilonne tout en éjaculant.

Je tombe en appui sur les coudes, le souffle court, et je regarde l'homme qui avait un visage de marbre ce matin perdre toute retenue.

De la meilleure façon qui soit.

— *Cristo*, bredouille-t-il.

Il rouvre les yeux et me dévisage. Il glisse un bras derrière mon dos pour me serrer contre son torse.

— Ça va ?

— Oui, réponds-je.

Je mordille sa poitrine et me contracte sur son membre. Je lâche un petit rire. Puis je me mets soudain à pleurer.

Ce ne sont pas des larmes de tristesse, simplement le contrecoup de l'orgasme. Mais je déteste quand ça m'arrive.

Les bras d'Armando m'étreignent avec plus de force. Je m'attends à ce qu'il panique, à ce qu'il craigne de m'avoir fait mal, ou quelque chose dans le genre. Ou pire, qu'il prenne ses distances à cause de mon émotivité. Ça a tendance à faire fuir les mecs.

Mais il ne dit pas un mot. Il ne me demande pas ce qui

ne va pas. Il se contente de me serrer contre son torse dur comme du bois et de me laisser pleurer dans sa chemise.

Quand mes larmes se tarissent enfin, il recule et m'essuie les joues.

— Bon sang, j'adore tes larmes.

— Quoi ?

Il secoue la tête.

— Argh, c'est bizarre, dit comme ça. Ce n'est pas ce que je voulais dire.

J'attends, mais il ne s'explique pas. Il prend déjà ses distances, comme cela arrive toujours. Mais ses mots... ça, c'était différent de ce qui se passe avec les autres hommes.

Je le prends par la main.

— Alors reformule. Qu'est-ce que tu voulais dire ?

Sa paume calleuse se pose sur ma joue.

— Tu vas bien, hein ? Ça, c'était juste... toi ? Ou j'ai encore merdé ?

Son *encore* me serre l'estomac. Mais il me fait plaisir. Car cela signifie qu'il a peur de tout gâcher avec moi.

Je secoue la tête.

— Ouais, c'est juste moi qui en fais... trop. Comme d'habitude.

Je dis ces mots d'un ton de défaite, pas à cause de sa réaction, mais à cause de toute une vie passée à ressentir les émotions trop intensément.

Il baisse la tête pour croiser mon regard.

— Non. Tu n'en fais pas trop. J'adore ça. Tu es un peu... comme une créature mythique sauvage...

Il s'interrompt et lève les yeux comme pour chercher ses mots.

— Je ne dirai pas *comme une licorne*, parce que ça fait bête. Mais quelque chose dans le genre.

Mon cœur déborde de ma poitrine. De nouvelles larmes roulent sur mes joues. Armando les essuie avec ses pouces.

— Je ne sais pas, Pâquerette. Tu es pleinement ouverte. Tu absorbes tout. Tu me *reçois*. Et je trouve ça magnifique. Et si je suis censé dire que je le regrette, je le ferai. Mais ce serait un mensonge, parce que j'adore te voir craquer et dévoiler ton essence avant de te reprendre et de recommencer à zéro.

Je plonge le regard dans les yeux noisette d'Armando et savoure ses compliments. Je me développe. Je deviens de plus en plus moi-même. Celle que je suis vraiment. La personne que je suis avec Armando, c'est ça, la vraie moi. Plus qu'avec personne d'autre. Plus que quand je suis seule, même. Il glorifie des parts de moi que je n'aimais pas.

Et savoir qu'il me trouve exceptionnelle, ça me transforme. Ça me rend plus forte. Plus entière.

Il jette un regard autour de la boutique avec un sourire en coin.

— Je ne sais pas ce qu'il a, ce *Jardin d'Éden*. Il me donne envie de pécher. Encore et encore.

Il m'embrasse.

— Et encore.

Chapitre Trente et Un

Armando

Alors que je redescends sur Terre après mon euphorie post-orgasmique, je décide que le moment est venu de parler de quelque chose qui me pèse depuis mon réveil ce matin.

Je colle mon front à celui d'Hannah.

— Est-ce que je suis mauvais pour toi ? Est-ce que tu veux que je m'en aille ? Sois honnête.

Elle fait rouler sa tête de gauche à droite contre la mienne.

— Non, murmure-t-elle. Je n'ai jamais voulu que tu partes. C'est ce qui me faisait peur. Ce que je tentais d'éviter. Mais ce moment est arrivé.

— Ce moment est arrivé, répété-je.

Je la comprends, sur le plan logique, mais je ne sais pas du tout ce qu'elle ressent. Je me sens vide, alors que ses émotions débordent. C'est peut-être pour ça qu'on est si compatibles. Pourquoi ça marche entre nous.

Hannah est impossible à comprendre, parce qu'elle est diamétralement différente de moi et des gens que je connais. C'est pour ça qu'elle me paraît mythique. Sa capacité à accepter les choses est monumentale.

Je caresse ses boucles folles, avant de les ébouriffer à nouveau. Elles sont faites pour que je ferme le poing dessus.

— Alors je suis pardonné ? Je suis désolé de m'être comporté comme un con.

Elle lâche une bouffée d'air qui ressemble à un rire.

— Oui, tout va bien.

Je me retire et jette le préservatif dans la corbeille près du bureau.

— Qu'est-ce que je peux faire pour t'aider, par ici ?

Je range mon membre et ferme ma braguette. Je ramasse la culotte d'Hannah et m'accroupis pour la passer autour de ses chevilles.

— Euh...

Elle ne semble pas oser demander.

— Oui ? Quoi ? Tout ce que tu voudras, Pâquerette.

— Tu veux bien m'aider à nettoyer la chambre froide ? C'est ce que je fais le dimanche avant l'ouverture, en général.

— Je m'en occupe. Toi, consacre-toi à une autre tâche.

Son visage s'illumine de surprise mêlée de culpabilité. Elle bondit du bureau et remonte sa culotte.

— C'est vrai ? Ce n'est pas une corvée agréable, même si tu auras moins de mal que moi, fort comme tu es.

Je plisse le front en me demandant ce qui peut bien requérir autant de force.

— Tu seras obligé de soulever les gros pots de fleurs pour passer la serpillière en dessous. Moi, je m'asperge tellement que je finis trempée. En hiver, j'enlève mon pantalon avant d'entrer pour qu'il ne soit pas mouillé.

Cette idée me donne une semi-érection.

— Je prends note. Je passerai à la boutique un dimanche d'hiver.

Son sourire est une récompense agréable. Je veux bien nettoyer des piles de crottes de chien, si ça me vaut un sourire comme ça.

Je sais déjà où se trouvent ses produits d'entretien, vu que j'ai dû javelliser ses sols. Je les sors et me rends dans la chambre froide. J'entrepose les pots de fleurs dans le couloir pendant que je passe le balai et la serpillière.

Je m'active depuis déjà un bon moment lorsque je réalise quelque chose : je suis éveillé. Vivant. Ce vide mortel qui s'est si profondément ancré en moi cette nuit s'est dissipé. D'ailleurs, tout mon corps est en ébullition. Je détecte quelque chose que je n'ai pas ressenti depuis des années.

Une lueur de bonheur.

Je suis sorti de prison il y a une semaine et il y a un gang à mes trousses, mais je bouillonne de satisfaction.

Hannah me rend heureux. C'est la seule explication possible. J'aime passer du temps avec elle. Tout a plus de sens, quand elle est là. Et bien sûr, au lit, c'est le pied.

Je l'entends crier dans la kitchenette, et ma joie se transforme en fureur.

Personne n'emmerde ma copine.

Mon pistolet à la main, j'accours, prêt à buter son agresseur. Prêt à donner ma vie pour sauver la sienne.

Je me rue dans la pièce et m'arrête net, pointant mon arme à droite et à gauche.

Euh...

Il n'y a personne avec elle. Elle est figée au milieu de la minuscule salle de pause, ses yeux écarquillés et pleins de terreur.

À cause de moi. Du pistolet.

Je le baisse aussitôt.

— Tu as crié.

Elle laisse échapper un rire tremblant et me montre un coin de la pièce.

— Il y a une souris.

— Une souris.

Je pousse mon cœur à se calmer. Je tente de desserrer les doigts sur mon arme. Je la pointe sur le côté et penche la tête.

— Tu veux que je l'abatte ? demandé-je d'un ton faussement sérieux.

Elle me sourit et s'approche de moi jusqu'à ce que ses seins moelleux se pressent contre mes côtes.

— Une blague, dit-elle. Je crois que c'est la première fois que j'en entends une sortir de ta bouche.

Vraiment ?

Eh ben.

Je reviens réellement à la vie, alors.

— Tu faisais vraiment peur quand tu as débarqué dans la pièce, roucoule-t-elle, comme si ça l'avait excitée.

Je range le pistolet à ma ceinture et je glisse un bras autour d'Hannah.

— Je me demandais...

— Quoi ?

— Ce qui t'a poussée à m'embrasser, la première fois. Les gros durs te plaisent ?

— C'est toi qui me plais, admet-elle en glissant les mains sur mes pectoraux. Depuis toujours.

— Ah bon ?

Ça me surprend. Je me souvenais d'elle, mais elle était jeune, à l'époque. Intouchable. En plus, j'étais fiancé. Je la trouvais mignonne, mais je n'y faisais pas plus attention que

ça. À présent, je suis ahuri d'avoir pu passer à côté. J'aimerais pouvoir remonter le temps et revivre toutes mes visites à
la boutique en me concentrant sur elle.

— Et oui, j'aime bien ton côté dangereux. C'est super
excitant.

Je lui caresse la joue.

— Tu n'es pas banale, Pâquerette.

Elle recule.

— Bon, tu peux jouer les mecs dangereux avec mes
souris ?

Je ris.

— Ouais, si tu veux. Tu as des pièges ?

— Euh, oui. J'en ai acheté quelques-uns, mais je n'ai pas
osé les poser, parce que je ne me voyais pas nettoyer les
cadavres. C'est aussi pour ça que je n'ai pas mis de mort aux
rats.

Mes lèvres frémissent. Nom de Dieu. Un vrai sourire.
Je ne savais pas que ma bouche savait toujours comment
faire.

— Tu préférais encore coexister avec les souris.

Elle hoche la tête.

— Exactement.

— Je vais m'occuper de ça pour toi, ma belle. Je suis
l'homme de la situation. Elles ne t'embêteront plus jamais.

Tandis que je retourne nettoyer la chambre froide, je
remarque autre chose : une légèreté m'envahit soudain.

Comme si j'avais une raison de vivre.

J'oserais même dire que je commence à me sentir
normal à nouveau. Si c'est possible.

— Hé, Pâquerette !

Je sens qu'il est temps d'affronter quelque chose que
j'évite depuis ma sortie de prison. Je pensais que je mettrais
un long moment avant d'être de nouveau d'humeur, mais je

me sens tellement bien, d'un coup, que je me dis que c'est le bon moment.

Hannah ouvre la porte de la chambre froide et s'adosse au mur.

— Tu m'as sonnée ?

Son sourire lui mange le visage. Je pourrais l'admirer toute la journée.

— On est dimanche, dis-je.

Elle hoche la tête.

— Oui, je crois qu'on l'a déjà confirmé.

— Prends ta journée.

— Je ne peux pas. Je t'ai dit...

Je fouille dans mon portefeuille et en sors un billet de cent dollars, que je place dans sa main.

— Vois ça comme un congé payé et viens à l'église avec moi.

Je dois expier mes péchés. Pour me purifier et devenir digne de ce trésor de femme. Je ne sais pas si ça marche vraiment, ces trucs-là, mais ma mère y croit. Elle allume un cierge pour moi dès qu'elle va à la messe, deux fois par semaine.

Même si ça ne fonctionne pas, c'est déjà un pas dans la bonne direction. Pour Hannah.

Elle écarquille les yeux.

— À l'église ?

— On est dimanche. C'est le jour de l'église.

— Maintenant ?

Je hoche la tête.

— La messe est déjà finie, mais ce sera toujours ouvert.

Elle regarde sa tenue.

— Il faut que je rentre me changer.

Je la prends par la main et l'éloigne de la chambre froide.

— Tu peux me croire, après les secrets et les confessions qui ont été révélés dans cette église, personne ne te jugera pour ta tenue.

Je lui embrasse le front et ajoute :

— En plus, tu es sublime.

— Je ne te prenais pas pour quelqu'un de religieux.

— Je l'étais. Ça remonte à très loin. Mais il est temps que j'y retourne. En plus, j'ai promis au Père Fantoni que je viendrais, et je n'ai pas encore tenu parole. J'ai beau être un pécheur, quand je dis quelque chose, je le fais.

Elle me sourit avec douceur.

— D'accord, je vais juste vérifier que la porte d'entrée est bien verrouillée.

Elle se précipite dans la boutique et se fige en poussant une exclamation. Je pose aussitôt la main sur mon arme, avant de réaliser qu'il s'agit sans doute simplement d'une autre souris.

— Armando, chuchote-t-elle d'une voix apeurée.

Je sors mon pistolet et je cours la rejoindre.

Elle me montre l'interstice entre les stores et la vitrine.

— Il y a un homme dehors.

Je désenclenche la sécurité de mon arme, prêt à défendre la femme que...

Je reconnais *Marco*.

Soupirant après avoir retenu mon souffle, je rengaine mon pistolet, ouvre la porte et donne un coup de poing joueur dans le bras de mon cousin.

— J'ai failli te tirer dessus, mec.

— Léo et moi, on t'a dit qu'on posterait quelqu'un.

Il examine Hannah de la tête aux pieds, et je lis son approbation dans le sourire charmeur qu'il lui adresse.

— Pourquoi toi, et pas l'un de tes gars ?

Il hausse les épaules.

— On est dimanche. La plupart d'entre eux sont en famille, aujourd'hui. Je n'avais rien de mieux à faire. En plus, on n'est jamais mieux servi que par soi-même.

À côté de moi, Hannah s'éclaircit la gorge, me rappelant les bonnes manières.

— Marco, je te présente Hannah. Hannah, voici mon cousin Marco.

Elle lui tend la main, et de sa voix la plus adorable, lui dit :

— Ravie de te rencontrer officiellement. Je te reconnais, car tu as déjà été client de la boutique.

— C'est toi la patronne désormais, c'est ça ?

— Oui.

— On s'en allait, justement, interviens-je. À Saint Andrew. Tu veux venir ?

Marco éclate de rire.

— Si je mets un pied dans cette église, la colère de Dieu s'abattra sur moi. Ça fait tellement longtemps que je ne me suis pas confessé que je ne saurais pas par où commencer.

— Parfait, dis-je. La colère de Dieu pourra s'abattre sur nous deux, comme ça.

Marco jette un regard à Hannah, puis à moi.

— L'église, hein ?

— On est dimanche, réponds-je.

Marco sourit.

— Ouais, je sais quel jour on est. Mais Hannah, je te préviens. Ne reste pas juste à côté de nous. Si on prend feu en entrant, ça ne sera pas beau à voir.

Chapitre Trente-Deux

Hannah

— Les filles bien sages ont le droit de manger une glace après l'église, dit Armando en me guidant le long de la rue, ma main dans la sienne.

Nous venons de dire au revoir à Marco. Armando a pratiquement dû le menacer pour qu'il nous laisse quelques heures. Armando lui a assuré que nous allions droit chez moi, alors je ne comprends pas pourquoi nous ne rentrons pas.

— Quand j'étais petit, ma mère m'offrait toujours une glace pour me féliciter d'avoir été sage à la messe.

Il me regarde et m'adresse un clin d'œil.

— Et toi, tu as été sage.

Tout mon corps s'enflamme, dans tous ses états. Nous marchons main dans la main comme un couple, le soleil brille et nous allons manger une glace. On dirait un vrai rendez-vous. Nous passons un dimanche tranquille tous les deux. Tout paraît si normal.

Le glacier se trouve seulement à une rue de là, et dès que je l'aperçois, je tombe sous le charme de la petite boutique. Elle est peinte en rose pastel et en blanc, avec une grande pancarte en forme de glace au-dessus de l'entrée. À l'intérieur, l'air est frais et sucré, et j'entends une clochette tinter lorsque nous poussons la porte.

L'endroit est pittoresque et a un charme vieillot, et l'arôme des cônes fraîchement confectionnés nous frappe dès que nous entrons. Il y a beaucoup de clients, mais nous parvenons à trouver une table libre dans un coin. Des notes de guitare flottent dans l'air, et je remarque qu'un jeune homme est assis avec son instrument de l'autre côté de la boutique.

— C'est quoi, ton parfum préféré ? demande-t-il.

— Je prendrai la même chose que toi.

Question glaces, il n'y a pas de mauvais parfum.

Armando va passer commande, me laissant profiter de la musique. Pendant qu'il fait la queue, il se retourne et me fait un signe de la main, un grand sourire aux lèvres. Mon cœur papillonne alors que je réponds à son geste, une sensation de chaleur dans la poitrine. Quand il revient à notre table, il a deux cônes dans la main.

— Deux boules. L'une est au chocolat caramélisé, l'autre à la pâte à cookies.

Je vois la fierté sur son visage à l'idée d'avoir choisi les deux meilleures saveurs qui soient.

— Parfait, dis-je.

Assis là, nous dégustons nos glaces en écoutant la musique. Un moment simple. Décontracté.

— T'as grandi à Chicago ? me demande Armando en m'observant par-dessus son cône.

— Ouaip. Et j'y suis née.

— Tes parents y vivent toujours ?

Je hoche la tête.

— Oui. Ma mère est infirmière, et mon père travaille dans le bâtiment.

C'est dingue, d'avoir ce genre de conversation avec lui. Entre Armando et moi, rien ne s'est passé normalement, jusqu'à présent. Mais désormais, j'ai l'impression que nous sommes seuls au monde et que rien d'autre ne compte.

— Et toi ?

Il hoche la tête.

— Moi aussi, je suis né ici. Ma mère m'a élevé toute seule, mais on est Italiens, alors j'ai une grande famille. Une vingtaine de cousins et cousines. Je suis surtout proche de Marco et Léo. Je les vois plutôt comme des frères. On était de vrais diables, tous les trois.

Son regard habituellement vide devient chaleureux. Le voir s'illuminer me donne l'impression d'être plus vivante. Il se confie. Il s'ouvre à moi, alors que je commençais à croire qu'il en était incapable.

— Merci pour cette sortie, dis-je une fois nos glaces terminées. Ça fait très longtemps que je n'ai pas eu un véritable jour de congé. Même quand j'essayais de faire une coupure, mon cerveau continuait de s'inquiéter. Alors pour moi, c'est une occasion rare.

— On va remédier à ça.

— *On* ?

Il a un sourire en coin.

— Tu ne peux plus te débarrasser de moi, Pâquerette.

Il prend un air plus sérieux, et ses yeux s'assombrissent.

— Tu travailles trop dur. Tes jolies épaules portent beaucoup trop de choses. Il est temps qu'on te vienne en aide.

J'ai toujours été une femme indépendante. Je tiens à

m'en sortir toute seule, mais bon sang, ça fait du bien d'avoir un homme assis en face de moi... prêt à me protéger et à veiller à mon bien-être.

Je m'essuie la bouche avec une serviette en papier.

— Merci, dis-je encore.

Je ne veux pas que ce moment prenne fin.

— Mais de rien, répond-il en me reprenant par la main. Il faudrait qu'on fasse ça plus souvent.

Je hoche la tête alors qu'un sourire étire mes lèvres.

— Avec plaisir.

Alors que nous quittons la boutique, je réalise que je n'ai pas connu un tel bonheur depuis longtemps. J'ignore ce que l'avenir nous réserve, mais je sais que je veux qu'Armando soit à mes côtés. Je veux le tenir par la main et marcher au soleil tous les jours. Je veux l'écouter parler et découvrir ce qui le fait rire, tout en acceptant les zones d'ombres qui hantent ses yeux.

Je veux savourer d'autres glaces avec lui et explorer d'autres petites boutiques charmantes, mais je veux également être là pour lui lorsque les cicatrices de son passé remonteront à la surface et que ses démons referont leur apparition. Je veux tomber amoureuse de lui, et je veux qu'il tombe amoureux de moi.

Nous flânons dans la rue, profitant de la brise chaude et de notre compagnie mutuelle. Nous n'avons pas de destination en tête, mais cela n'a pas d'importance. Être ensemble nous suffit.

Soudain, il s'arrête devant une petite boutique. Elle regorge de vêtements et d'accessoires vintages. Il se tourne vers moi, les yeux brillants d'enthousiasme.

— Entrons ! suggère-t-il.

Je le suis à l'intérieur, avec l'impression d'être une petite fille dans un magasin de bonbons. La boutique est encore plus adorable que le glacier. Ses murs sont couverts de papier peint aux couleurs vives, et les vêtements sont différents de tous ceux que je vois d'habitude. Ils sont anciens, et pourtant très tendance.

Armando se met à sélectionner des pièces pour que je les essaye, et je ne peux pas m'empêcher de rire. Il a un sens de la mode impressionnant, et tout ce qu'il choisit m'irait à merveille. Tandis que nous passons les rayons en revue, je sens que nous partageons une proximité que je n'ai jamais connue avec personne d'autre. Comme si nous étions dans notre bulle, et que rien ne pouvait nous en sortir.

Après avoir fait quelques essayages sous ses encouragements, je choisis une robe à fleurs. Il me l'offre sans hésitation, affirmant que je suis trop belle dedans. J'ai remarqué qu'il aimait prendre soin de moi, et qu'il fallait que je le laisse faire. Que je résiste à l'envie de refuser son argent et de faire des histoires pour le moindre centime.

Lorsque nous quittons le magasin, il me dit :

— J'imagine qu'on ferait mieux de rentrer. Si Marco ou l'un de ses hommes arrive pour monter la garde avant qu'on y soit, mon cousin va me tuer.

— Et ce serait bien dommage, réponds-je en riant.

— Tu n'as jamais vu Marco en colère, dit-il avec l'ombre d'un sourire.

Le bonheur lui va bien. Il est canon, là.

Je me penche en avant, tellement proche de lui que je sens son souffle chaud au parfum de glace.

— Embrasse-moi, dis-je. Embrasse-moi comme un homme embrasse sa petite amie.

Il me regarde avec un mélange de surprise et d'hésitation, comme s'il tentait de lire dans mes pensées. Je sens mon cœur s'emballer, et je sais que je repousse ses limites. J'ai parlé de *petite amie*. Mais je m'en fiche. J'ai envie qu'il m'embrasse, qu'il me revendique, qu'il me fasse oublier tout le reste.

Il se penche lentement, ses lèvres à seulement quelques centimètres des miennes. Ses mains glissent autour de ma taille pour me serrer contre lui. Je ferme les paupières et prends une grande inspiration pour essayer de calmer mon cœur affolé. Puis, enfin, ses lèvres rencontrent les miennes dans un baiser tendre et presque hésitant.

Au début, Armando est doux et délicat, comme s'il craignait de me faire du mal. Mais lorsque je réponds avec enthousiasme, il devient plus passionné, et sa langue titille mes lèvres. Je gémis tout bas, les mains sur ses épaules pour l'encourager. Il me plaque au mur de la boutique, son corps ferme contre le mien, et je ressens une vague de désir inédite.

Je passe les bras autour de sa nuque, les doigts emmêlés dans ses cheveux courts. Je sens la puissance de ses bras qui m'étreignent. Avec un grognement, il interrompt notre baiser et recule pour me dévisager.

— Qu'est-ce qu'on est en train de faire ? demande-t-il d'une voix rauque.

— On s'embrasse, réponds-je avec un petit sourire aux lèvres.

— Comme un homme et sa petite amie ?

— Exactement, dis-je simplement en l'attirant à moi pour un autre baiser.

Cette fois, il réagit avec encore plus de passion, et ses mains explorent mon corps pendant qu'il m'embrasse langoureusement.

Tandis que nos bouches se meuvent dans une harmonie

parfaite, je réalise que c'est ça qui me manquait. De la passion, du désir, et le frisson de l'inconnu. Je ne sais pas où cela va nous mener, mais pour l'instant, tout ce qui compte, c'est ce feu entre nous, cette avidité dans notre baiser et la promesse d'autres moments comme celui-ci.

Chapitre Trente-Trois

Armando

Nous pénétrons dans son petit appartement, en plein baiser, enveloppés dans un ouragan de désir. J'ai besoin de cette femme comme j'ai besoin d'oxygène.

Alors que nous passons la porte en trébuchant, nos lèvres jointes dans une passion frénétique, une vague de soulagement m'envahit. Enfin, je suis là, avec elle, et rien d'autre ne compte. Son appartement est tout petit, minuscule, même, mais je m'en fiche. Tout ce qui m'importe, c'est elle. Nous sommes deux bêtes de retour dans notre nid. Notre nid de péché.

Mes mains explorent son corps, parcourent les pleins et les déliés de sa silhouette. De la chaleur irradie de sa peau, amplifiant mon désir. J'ai besoin d'être en elle. Tout de suite.

Je la soulève, ses jambes enroulées autour de ma taille tandis que je me dirige maladroitement vers le lit. Son odeur emplit mes narines, m'enivrant davantage.

Alors que nous nous écroulons sur le lit, j'interromps notre baiser un instant pour la regarder dans les yeux. Les siens sont sombres et pleins d'une avidité égale à la mienne. Je la veux tout entière, et je sais que c'est réciproque.

— Je vais te baiser comme un homme baise sa petite amie, dis-je en me remémorant ce qu'elle m'a demandé tout à l'heure.

Ses mains s'enfouissent dans mes cheveux pour m'attirer contre elle. Je perçois son impatience, son désir pour moi.

— Non. Baise-moi comme un animal baiserait sa proie.

Cette fille... Elle est incroyable. Incroyable.

Je baisse la tête pour l'embrasser à nouveau, et ma langue plonge dans sa bouche tandis qu'elle gémit de plaisir. Nos corps sont pressés l'un contre l'autre, et mon érection n'attend qu'une chose : la pénétrer. Je glisse une main entre ses jambes et je constate qu'elle est mouillée, prête pour moi, ce qui m'encourage à aller plus loin. J'ai besoin d'être en elle. De la faire mienne.

D'une main, je défais les boutons de sa robe, révélant sa peau douce. Mes lèvres quittent les siennes pour descendre le long de son cou et de sa poitrine dans une pluie de baisers. Mon autre main tire sur le bas de sa robe pour la faire glisser le long de son corps jusqu'à ce qu'elle tombe par terre.

Mes mains se promènent partout, car je veux toucher chaque centimètre carré de sa peau. Elle gémit et se tortille sous mon corps alors qu'elle referme les doigts dans mes cheveux pour me coller à elle, comme si elle craignait que je l'abandonne.

Ma bouche trouve son téton, et je me mets à le sucer, à le stimuler avec ma langue tout en caressant son autre sein.

Son corps tremble sous le mien, et elle se met à haleter.

Je fais glisser mes doigts le long de son ventre pour retrouver son centre mouillé.

Elle lève les jambes et les serre autour de ma taille pour me presser contre elle, impatiente d'être pénétrée. Quand mes doigts trouvent la couture de sa culotte, j'y glisse l'index pour la lui enlever.

J'insère un doigt en elle, avant de me retirer et de la pénétrer à nouveau sous ses gémissements de plaisir. Je la titille, la torture à chaque caresse. Je veux qu'elle me supplie de lui en donner plus. Je veux qu'elle soit consciente du pouvoir que j'exerce sur elle.

— S'il te plaît, soupire-t-elle. S'il te plaît, j'ai besoin de toi. Baise-moi.

Mes doigts bougent plus vite, à présent, et mon pouce trace de petits cercles autour de son clitoris.

Elle renverse la tête en arrière et gémit, sa voix pleine de désir.

C'est le son le plus érotique que j'aie jamais entendu. Tout ce que je veux, c'est la faire crier sous mon corps, l'entendre gémir mon nom pendant le restant de mes jours.

Elle tire sur mes vêtements, me déshabillant avec impatience.

Je veux la pénétrer sans attendre.

D'un geste vif, je me glisse hors de mon pantalon et le jette au sol. J'arrache mon boxer lorsqu'elle referme la main sur mon membre. Je gémis de plaisir, conscient de ce qui s'annonce.

Mon sexe me lance, et du liquide préséminal s'échappe de mon gland. Les doigts d'Hannah me caressent de bas en haut tout en stimulant mon gland avec son pouce. Je grogne alors qu'elle joue avec moi, mon corps tendu en attendant la suite.

Je glisse deux doigts dans son fourreau accueillant. Elle

se contracte à la moindre caresse, comme si son orgasme était déjà proche.

Je veux être en elle tout de suite.

Mon membre trouve son entrée mouillée, et elle soulève le bassin. Elle est trempée, et je m'enfonce en elle sans effort, la chaleur de ses replis épousant la forme de mon érection. Son corps frémit pendant que je la pénètre, et je sais qu'elle attend impatiemment que je me mette à aller et venir.

Je me retire jusqu'à ce que seul mon gland reste en elle, puis je m'enfonce à nouveau. Je la saisis par les hanches et la prends sauvagement, en pleine extase. Je ne suis pas doux, et elle va à la rencontre de chacun de mes coups de reins agressifs. Le plaisir sur son visage est indescriptible. Je la prends, et elle savoure chaque seconde qui passe.

Je me retire, et elle pousse une plainte. Je veux qu'elle me désire.

— Supplie-moi, grondé-je. Supplie-moi de te baiser.

— Pitié. J'ai envie de toi. Pitié, baise-moi.

Je m'enfonce profondément en elle, ses jambes autour de ma taille pour me prendre plus profondément.

— Baise-moi, répète-t-elle. Baise-moi sauvagement.

Je me retire, mais elle est prête pour moi. Elle est impatiente, et je sais qu'elle veut que je l'emplisse.

— S'il te plaît, bébé, s'exclame-t-elle. Remplis-moi. Laisse-moi jouir. Fais-moi jouir. J'ai besoin de ça. Besoin de toi. Baise-moi. Pitié.

C'est la plus belle chose que j'aie jamais entendue. Je plonge mon membre en elle encore et encore, de plus en plus vite.

Alors que nous bougeons ensemble, nous gémissons, haletons et murmurons. Je sens que son orgasme approche, car son corps se tend sous le mien. Elle plante ses ongles dans mon dos alors qu'elle essaye de s'accrocher à moi.

Mon membre pulse alors qu'elle soulève les hanches, allant à la rencontre de chaque coup de reins avec un gémissement de plaisir. Un plaisir qui devient si puissant que je sens mon propre orgasme monter.

C'est la sensation la plus intense que j'aie jamais connue. Mon sexe me lance à chaque fois que je plonge en elle. Elle pousse des plaintes, me supplie de la faire jouir encore et encore.

Elle n'est plus très loin, désormais. Ses gémissements sont de plus en plus sonores, et son corps remue sous le mien.

— Jouis en même temps que moi, grondé-je. Jouis maintenant.

Je la pénètre profondément, pleinement, la pousse à lâcher prise. Elle frémit, et son sexe se referme sur le mien tandis qu'elle pousse un cri.

Elle tremble, le bassin pressé contre le mien, et son orgasme la secoue jusque dans son centre. Mes bourses se contractent une fois, deux fois, quatre fois alors que je reste enfoui, répandant ma semence en elle.

J'ignore combien de temps nous restons là, collants, brûlants et comblés. Nos respirations ne font plus qu'une, nos cœurs suivent la même cadence. Et pour la première fois de ma vie, je me sens chez moi.

Chapitre Trente-Quatre

Hannah

— Alors il vit avec toi, maintenant ? me demande Josie.
Tu ne trouves pas ça un peu précipité ?

Je hausse les épaules.

— Quelque part, si. Je ne sais pas. C'est particulier,
entre nous. La façon dont on s'est retrouvés a tout accéléré.

— C'est à cause de lui qu'un malabar me suit sur le
chemin du travail ?

— Il veille à notre sécurité. Le temps que les choses se
tassent, avec son boulot.

Elle écarquille les yeux.

— On est en danger ? Je n'ai pas besoin de ces conneries.

— Il est surprotecteur, c'est tout. C'est comme ça, dans
son milieu.

— Et ça vaut le coup ? Il est si doué que ça ? s'enquiert
Josie d'un ton taquin.

Elle sort un bouquet fané de la chambre froide et jette
l'eau du vase dans l'évier.

Je ressens la même angoisse que je ressens toujours lors-qu'elle travaille, mais je suis tout de même contente de pouvoir parler d'Armando avec elle.

Je bats des cils.

— Extrêmement doué. On l'a fait trois fois hier, et une fois ce matin.

— Eh ben ! C'est torride. Du coup, c'est une sorte... d'ac-cord entre vous ? Tu te vends à lui pour qu'il paye ton loyer, ou quoi ?

Je lui jette une rose morte en pleine tête.

— Meuf, je ne me prostitue pas. Il m'a proposé de payer le loyer, c'est tout. Et j'ai accepté.

— Mmm mmm. Et comment ça s'est fait, au juste ?

Mince. Je ne peux pas lui révéler la vérité.

— Bon, d'accord. Je me vends à lui, grommelé-je comme si j'avouais tout.

Josie ouvre de grands yeux.

— Oh, c'est sexy. Je trouve ça hyper chaud. Il a sorti une liasse de billets et il t'a dit *au lit, ma poule ?*

Je glousse.

— Ouais, exactement.

Josie me dévisage avec une curiosité éhontée. Elle est aussi grande que je suis petite. Elle fait un mètre quatre-vingt-cinq, et au sein de sa fratrie, c'est elle la plus petite. Oui, ils font tous du basket. Sa famille est arrivée du Brésil quand elle avait quatre ans. Noire comme moi, elle est très belle, avec des cheveux blonds peroxydés qui forment un halo autour de sa tête. C'est elle qui m'a donné envie de teindre la pointe de mes cheveux en blond, même si je n'ai pas choisi une teinte aussi claire qu'elle.

Elle penche la tête sur le côté.

— Je ne suis pas sûre de savoir ce que j'en pense.

— Comment ça ? demandé-je, un peu sur la défensive.

— Je ne sais pas. Tu as l'air heureuse. Plus heureuse que tu ne l'as été depuis très longtemps. Mais ça ne te ressemble tellement pas que je me demande si je devrais mettre en place une intervention.

Mes joues se mettent à brûler.

— Il me plaît beaucoup, Jos.

Elle agite un doigt sévère dans ma direction.

— Ne le lui dis pas. Et ne pleure pas devant lui ! Pitié, dis-moi que ce n'est pas déjà fait.

Je grimace. Josie sait comment se finissent toutes mes relations. Nous sommes amies depuis le lycée, et je suis toujours le même schéma. Je m'attache trop vite et je cogite pour le moindre détail. Puis je balance un « je t'aime » prématuré. Ou je fonds en larmes pour un rien, et c'est fini. Le type prend ses jambes à son cou. Je suis trop émotive.

— Si, j'ai pleuré devant lui, admets-je.

Josie me jette un regard qui veut dire *alors c'est fichu*, et j'ajoute aussitôt :

— Mais c'était après l'amour !

— Mmm. Et comment ça s'est passé ?

Je réfléchis.

— Euh. Plutôt bien, en fin de compte. Il n'a pas eu l'air de trouver ça bizarre.

Maintenant que je le dis, je suis surprise. Pourquoi cela ne l'a-t-il pas mis mal à l'aise ou convaincu que j'étais dingue ?

— Je ne sais pas... Peut-être que les femmes pleurent sans arrêt après avoir couché avec lui, plaisanté-je, même si l'imaginer avec une autre me laisse un mauvais goût dans la bouche. Il est juste très doué.

Josie pose les mains sur les hanches.

— Ça s'est passé quand, ça ?

Ma gêne revient.

— Hier... et peut-être bien avant-hier.

Et ce matin, il a brutalement cessé de me coller où que j'aille.

Il est parti pendant que j'étais toujours au lit. Il m'a embrassée sur le front et m'a dit qu'il devait aller au boulot. Comme si c'était parfaitement banal, et que je n'étais pas sa prisonnière depuis des jours. Il m'a dit qu'un homme monterait la garde devant la boutique toute la journée, et m'a demandé de ne pas partir seule. Il ne me surveillerait plus. Il m'a simplement dit qu'il m'appellerait dans la journée pour prendre de mes nouvelles, comme dans un couple normal.

J'en ai conclu qu'il me faisait enfin confiance, mais si ça se trouve, ce sont mes pleurs qui l'ont fait fuir. Ou moi et mon côté trop collant. Peut-être qu'il me fuit.

La clochette de l'entrée se met à tinter, et Jack, le livreur, entre.

— Un paquet pour vous, Mademoiselle.

Avec un sourire radieux et paternel, il me tend une enveloppe matelassée.

— Vous devez signer, pour celle-ci.

Perplexe, je signe sur sa tablette et examine le paquet. Je n'ai rien commandé, vu que je n'ai pas d'argent sur mon compte. Enfin, désormais, j'ai l'argent qu'Armando y a déposé.

Je déchire l'enveloppe et découvre une minuscule boîte à bijoux.

— Oh, ouah.

Mon pouls s'emballe. Il m'a acheté un cadeau.

Un cadeau.

Ça veut dire quelque chose, non ?

Josie émet un son enthousiaste.

— Tu as un admirateur.

— Oh, ouah, murmuré-je à nouveau en soulevant le couvercle d'une main tremblante. Ouah.

Apparemment, c'est le seul mot que j'ai à l'esprit. J'ouvre la boîte. À l'intérieur se trouve un anneau pour le nez en or rose et orné d'un diamant.

Josie s'empare du certificat d'authenticité.

— Or dix-huit carats avec un diamant VVS éthique.

Elle lève les yeux vers moi.

— *La vache*. Tu lui plais carrément.

Je ne peux pas m'empêcher de sourire bêtement.

Je lui plais.

C'est un cadeau attentionné. Il me correspond. Il ne s'agit pas d'un pendentif en forme de cœur avec plein de diamants ou un autre truc cliché. Il a choisi quelque chose que j'aimerais et que je porterais. J'enlève mon anneau en or tout simple et le remplace par celui d'Armando.

— Ça me va bien ?

Josie a un grand sourire.

— À merveille.

— Oui, il est parfait.

Bien sûr, pour que le bijou arrive aujourd'hui, Armando a dû le commander il y a deux jours, alors cela ne prouve pas que je lui plais toujours, mais je me sens soudain beaucoup plus optimiste quant à l'avenir de notre relation.

Oui, je veux que nous ayons un avenir.

Mais je ferais mieux de ne pas trop me projeter. C'est comme ça que je gâche toutes mes relations.

Je regarde Josie, car je me dis que le moment est bien choisi pour lui parler de son travail ici et des ajustements à faire. Maintenant, pendant que nous sommes proches et à l'aise.

— Écoute, Josie...

— Mmm ?

. . .

— Euh, je me demandais... ça te plaît de bosser ici ?

Elle me jette un regard d'un air un peu alarmé. J'ai comme une boule dans le ventre. Dans l'œsophage. Dans la gorge.

— Oui, ça me plaît. Pourquoi ?

Je me fais des idées, ou elle a l'air nerveuse ?

— Oh, euh, je...

Bon sang ! Je bafouille comme une idiote !

— Tant mieux, dis-je. Je suis contente. Je voulais juste vérifier.

Je tourne les talons et me rue dans l'atelier.

Super. Ça s'est passé comme sur des roulettes. Argh. Je ne suis vraiment pas faite pour gérer une entreprise toute seule !

J'ai besoin de prendre l'air. Je sors dans la ruelle. Je vois Marco, adossé au mur, en train de balayer l'écran de son téléphone.

— Salut, Marco.

En le voyant là, je me sens à la fois gênée et protégée.

— Armando m'a dit que l'un de tes hommes serait là aujourd'hui. Je ne m'attendais pas à ce que ce soit toi.

— Ça ne me dérange pas, répond-il avec un sourire en quittant son téléphone des yeux.

Marco ressemble beaucoup à Armando. Ça se voit qu'ils appartiennent à la même famille. En fait, ils se ressemblent tellement qu'en le regardant, Armando me manque déjà. J'espère qu'il m'appellera bientôt.

— J'aime bien prendre un peu la température avant.

Je hausse un sourcil.

— Ah oui ? Et quelle est la *température*, alors ?

— Tu plais à mon cousin. Énormément.

Mon cœur virevolte, et je retiens mon souffle.

— C'est vrai ?

— Oh, que oui.

Marco penche la tête et me dévisage attentivement avant d'ajouter :

— Il n'avait encore jamais emmené quelqu'un à l'église.

Je l'ignorais, mais je suis ravie de l'apprendre.

— J'imagine que c'est réciproque ? s'enquiert-il.

Mon visage me brûle. J'ai les paumes moites, et soudain, je regrette de ne pas avoir de cigarette. Je ne fume pas, mais ça aurait le mérite de me donner une contenance, et je ne me sentirais pas aussi gênée de me tenir dans la ruelle avec un homme que je connais à peine.

— C'est réciproque, confirmé-je.

— Et tu sais ce que ça implique ?

Je plante mon regard dans le sien.

— Tu comprends où mène la vie d'Armando, hein ?

Je hoche la tête et me mets à scruter mes vieilles Converse.

— Oui, réponds-je.

— Ce n'est pas quelque chose que tu peux changer.

— Je n'ai aucune envie de changer Armando.

Marco fait un pas vers moi et glisse un doigt sous mon menton pour que j'affronte son regard. Il ouvre la bouche pour parler, mais la sonnerie de mon téléphone l'interrompt.

— C'est peut-être Armando, dis-je.

Je ne reconnais pas le numéro, mais j'espère que c'est bien lui.

Marco me fait signe de répondre.

Chapitre Trente-Cinq

Armando

— Embrasse Nonna de ma part, d'accord ?

Ma mère m'a appelé en chemin pour l'aéroport. Je lui ai offert des billets d'avion pour aller voir sa mère dans l'Arizona pendant deux semaines, pour ne pas avoir à craindre que quelqu'un s'en prenne à elle.

— D'accord, répond-elle. Je sais que tu as des ennuis, et je sais que tu ne peux rien me dire, mais Mando ?

Je retiens mon souffle.

— Oui, Ma ?

— Prends soin de toi, dit-elle d'une voix chevrotante.

— Bien sûr, Ma. C'est ce que je fais. Je veux juste m'assurer que tu sois en sécurité.

— Tu vis dans ton appartement ? Ce n'est peut-être pas une très bonne idée.

— Non. Je loge dans un endroit discret. D'ailleurs...

J'ignore pourquoi j'ai envie de tout lui dire. Mais elle

mérite d'entendre quelque chose - n'importe quoi - de positif.

— J'ai rencontré une fille. Elle m'héberge le temps que les choses se tassent.

Ma mère lâche une petite exclamation surprise.

— C'est fantastique. Elle doit beaucoup te plaire, si tu me parles d'elle.

— Oui.

— Elle te rend heureuse ?

— Oui. Je ne pensais pas que c'était possible. Mais c'est le cas.

— Tu mérites de trouver le bonheur.

— Je ne suis pas sûr de mériter quoi que ce soit, admets-je.

— Tu as fait des erreurs, mon fils. Et tu en commettras plein d'autres. Mais s'il y a bien une chose que je sais, c'est que tu mérites d'être heureux. Ne lutte pas contre le bonheur.

— J'essaye de ne pas le faire.

— Comment s'appelle-t-elle ?

J'hésite, car nous sommes au téléphone, mais je doute que mes ennemis soient assez dégourdis pour m'avoir mis sur écoute. En plus, j'ai un portable prépayé acheté le jour de ma sortie de prison.

— Hannah.

— Hannah. Elle est catholique ?

C'est ma mère tout craché.

— On est allés à l'église ensemble hier.

— C'est très bien. Tu t'es confessé ?

— Oui.

C'était la chose la plus difficile et pourtant la plus simple que j'aie faite depuis bien longtemps. J'ai fait ça pour moi. J'ai fait ça pour Hannah, et pour tenter de libérer mon âme. J'ai prononcé les mots que je devais prononcer, et je n'ai rien caché :

Bénissez-moi mon père car j'ai péché.

Mon âme est irrémédiablement souillée.

Cinq ans se sont écoulés depuis ma dernière confession.

Cinq ans depuis que ma mère en larmes m'a vu être traîné hors du tribunal, les menottes aux poignets.

Trois ans depuis que j'ai tué un homme en prison. À présent, ma tête est mise à prix.

Trois jours de liberté, et je commets déjà un autre péché pour survivre.

Et encore un autre avec elle, ma jolie témoin.

Et un autre avec elle.

Et un autre.

Je ne demande pas l'absolution.

Tout ce que je désire vraiment, c'est elle.

— Ça me fait très plaisir, dit ma mère. J'aimerais beaucoup la rencontrer.

Quelque chose me serre la poitrine. Parce que la normalité, ce n'est pas pour moi. Je n'aurai sans doute jamais l'occasion de présenter Hannah à ma mère, même si je suis certain qu'elles s'adoreraient. Ce sont deux femmes chaleureuses au grand cœur.

— Oui, on verra. Bon voyage, Ma.

— Merci. Sois prudent, Mando. Je vais prier pour toi.

— Je sais. Je t'aime.

Alors que je prononce ces mots, j'ai l'impression de les ressentir aussi. Ou du moins, de me souvenir de ce que ça fait. C'est le pouvoir des mamans.

Je raccroche et me rends au travail. Le don m'a dit de me faire porter pâle, mais rien à foutre. J'y vais. J'emmerde les Hermanos. Qu'ils passent me voir au chantier si ça leur chante. J'ai un pistolet, et je suis prêt à les recevoir.

Je dois me construire une vie à l'extérieur. Je ne peux pas me terrer éternellement chez Hannah, même si je l'apprécie. Oui, *apprécie*.

C'est un mot que je ne pensais pas utiliser de sitôt.

Je me suis encore enfoncé en elle plusieurs fois, hier soir. Lors de l'une de nos sessions passionnées, je l'ai mise à quatre pattes sur le lit et je l'ai baisée, le pouce enfoncé dans son cul. Ensuite, avant le lever du soleil, je me suis réveillé avec une main sur son sexe, et c'était reparti. Je l'ai fait rouler sur le ventre, les cuisses écartées. Je l'ai maintenue d'une main sur sa nuque, parce qu'elle aime un peu de brutalité.

Elle a joui deux fois. Elle est tellement sensible. Tellement courageuse.

C'est quelque chose que j'ai réalisé hier soir. La vulnérabilité dont elle fait preuve ne peut naître que d'un immense courage. Ce n'est qu'en suivant son exemple que je pourrai redevenir humain.

Non que je pense qu'il y ait beaucoup d'humains comme elle.

C'est drôle, comme elle peut sembler normale, à première vue. Comme une vingtenaire ordinaire, capable de s'intégrer partout. Mais elle est tout sauf banale.

Je n'arrive pas à me la sortir de l'esprit. Je n'arrive pas à chasser son odeur de mes narines ; je n'arrive pas à oublier son regard, lorsqu'elle m'a regardé partir, étendue sur le lit. Où que je me tourne, je la vois. Elle m'obsède.

Avant de descendre de son van, que j'ai emprunté, je décide de lui passer un coup de fil. Je sais que Marco monte la garde, mais ça me rassurera d'entendre sa voix.

— Salut, Pâquerette, dis-je lorsqu'elle décroche.

— J'espérais que c'était toi, répond-elle d'une voix souriante.

— Ta matinée se passe bien ?

— Oui. Josie est arrivée à l'heure, et on a discuté.

— Marco est là ? Il a dit qu'il surveillerait la boutique.

— Oui. Et d'ailleurs, j'étais justement en train de lui parler.

Pile quand je m'apprête à lui dire de rentrer dans la boutique, en sécurité, j'entends le pire bruit possible. Un *pop, pop, pop* sonore, suivi d'un cri à percer les tympans.

— Hannah !

Le hurlement continue.

— Hannah !

Puis le silence...

Vouloir plus?

Ancré dans le Péché

Tome 2 de La Série Chicago Sin

Ancré dans le Péché

Livre gratuit de Renee Rose

Abonnez-vous à la newsletter de Renee

Abonnez-vous à la newsletter de Renee pour recevoir livre gratuit, des scènes bonus gratuites et pour être averti·e de ses nouvelles parutions !

https://BookHip.com/QQAPBW

Ouvrages de Renee Rose parus en français

www.reneeroseromance.com/francaise/

Les Nuits de Vegas

Roi de carreau

Atout cœur

Valet de pique

As de cœur

Joker Mortel

Dame de trèfle

Cartes sur Table

Bonne Pioche

La Bratva de Chicago

Prélude

Le Directeur

Le Stratège

Possédée

L'Homme de Main

Le Hacker

Le Bookmaker

Le Nettoyeur
Le Coureur
Le Gardien

Série Made Men
Ne m'Aguiche Pas
Ne me Tente Pas
Ne m'Oblige Pas

Série Chicago Sin
Nid de Péché
Ancré dans le Péché

Dompte-Moi
Son Maître Royal
Oui, Docteur
Son Maître Russe
Son Maître Marine
Soumise à leur Punition
Son Maître Pompier

Alpha des montagnes
Le héros
Rebel
Le Guerrier

Alpha Bad Boys
La Tentation de l'Alpha
Le Danger de l'Alpha
Le Trophée de l'Alpha
Le Défi de l'Alpha
L'Obsession de l'Alpha

Ouvrages de Renee Rose parus en français

L'Amour dans l'ascenseur (Histoire bonus de *La Tentation de l'Alpha*)
Le Désir de l'Alpha
La Guerre de l'Alpha
La Mission de l'Alpha
Le Fleau de l'Alpha
Le Secret de l'Alpha
La Proie de l'Alpha
Le Sang de l'Alpha
Le Soleil de l'Alpha
La Lune de l'Alpha
La Serment de l'Alpha
La Vengeance de *l'Alpha*

Le Ranch des Loups
Brut
Fauve
Féral
Sauvage
Féroce
Impitoyable

Deux Marques
Indomptée (libre)
Temptée
Désirée
Séduite

Maîtres Zandiens
Son Esclave Humaine
Sa Prisonnière Humaine
Le Dressage de Son Humaine

269

À propos de Renee Rose

RENEE ROSE, AUTEURE DE BEST-SELLERS D'APRÈS USA TODAY, adore les héros alpha dominants qui ne mâchent pas leurs mots ! Elle a vendu plus d'un million d'exemplaires de romans d'amour torrides, plus ou moins coquins (surtout plus). Ses livres ont figuré dans les catégories « Happily Ever After » et « Popsugar » de USA Today. Nommée *Meilleur nouvel auteur érotique* par Eroticon USA en 2013, elle a aussi remporté le prix d'*Auteur favori de science-fiction et d'anthologie* de Spunky and Sassy, e celui de *Meilleur roman historique* de The Romance Reviews. Elle a figuré dix fois sur la liste des best-sellers de USA Today avec ses livres Bratva de Chicago, Wolf Ranch et Bad Boy Alpha et plusieurs anthologies.

Abonnez-vous à la newsletter de Renee pour recevoir des scènes bonus gratuites et pour être averti·e de ses nouvelles parutions!

https://www.subscribepage.com/reneerosefr